목망을 오래하는 세프

욕망을 요리하는 셰프

마르틴 주터

차경아, 김혜경 옮김

까치

Der Koch

by Martin Suter

Copyright © 2010 Diogenes Verlag AG Zürich
All rights reserved
Korean Translation Copyright © 2011 Kachi Publishing Co.
The Korean edition is published by arrangement with Diogenes
Verlag AG Zürich through Shin Won Agency Co.

편집 _ 교정 이인순(李仁順)

욕망을 요리하는 셰프

저자 / 마르틴 주터
역자 / 차경아, 김혜경
발행처 / 까치글방
발행인 / 박종만
주소 / 서울시 종로구 행촌동 27-5
전화 / 02 · 735 · 8998, 736 · 7768
팩시밀리 / 02 · 723 · 4591
홈페이지 / www.kachibooks.co.kr
전자우편 / kachisa@unitel.co.kr
등록번호 / 1-528
등록일 / 1977. 8. 5
초판 1쇄 발행일 / 2011. 3. 5

값 / 뒤표지에 쓰여 있음

ISBN 978-89-7291-497-6 03850

토니를 위하여,
2006년 7월 20일부터 2009년 8월 25일까지

1

"마라반! 휘핑기!"

마라반은 곱게 채 썬 채소더미 옆에 날카로운 칼을 얼른 내려놓고 온장고로 달려가 특수강으로 만들어진 따끈한 휘핑기를 꺼내 안톤 핑크에게 가져다주었다.

휘핑기 안에는 절인 고등어살 요리에 얹을 산마늘거품 크림소스 반죽이 들어 있었다.

마라반은 소스의 거품이 손님 테이블에 오르기도 전에 주저 앉아버릴 것이라고 확신했다. 분자요리의 전문가 핑크가 크산텐과 구주(救主) 나무 콩가루를 쓰는 것을 마라반의 시선은 놓치지 않았다. 뜨거운 거품을 내는 데는 크산텐과 구아 콩가루가 권장되는 데도 말이다.

그는 초조하게 기다리고 있는 핑크의 작업대 위에 휘핑기를 놓았다.

"마라반! 채 썬 채소!" 이번에는 채소담당 요리사 베르트랑의 목소리가 들려왔다. 사실 마라반은 베르트랑의 주문으로 채소를 채 썰던 중이었다. 그는 서둘러 자신의 도마로 되돌아가 나머지 채소를 번개같이 썰어서—마라반은 칼질의 명수였다—베르트랑에게 건넸다.

"제기랄!" 마라반의 등 뒤에서 분자요리의 대가(大家) 안톤 핑크의 짜증 섞인 비명이 들려왔다.

요즘 경제적 상황이나 날씨를 감안할 때, 후빌러—이 레스토랑의 간판에 내건 것처럼, "셰즈 후빌러"라고 부르는 사람은 없었다—에는 손님이 붐볐다. 4번 테이블과 9번 테이블이 비어 있고, 그 밖에 예약팻말이 놓인 다른 두 테이블이 손님을 기다리고 있다는 것은, 세밀한 관찰자의 눈에나 띄었을 것이다.

이 식당은 누벨 퀴진 시대에 생긴 대부분의 고급 레스토랑이 그렇듯이 인테리어가 조금 과했다. 무늬 벽지, 수놓은 인조 비단의 묵직한 커튼, 벽마다 걸린 유명한 복제 정물화(靜物畵)의 금빛 액자—게다가 서비스 플레이트는 지나치게 크고 요란했으며, 포크며 나이프도 거추장스러웠고, 유리잔도 유별났다.

프리츠 후빌러는 자신의 레스토랑 장식이 한물간 트렌드라는 점을 알고 있었다. 여류 실내장식 상담가의 말대로 '이미지 변신'에 대한 구체적인 계획도 있었다. 그러나 지금은 그런 데에 투자할 시기가 아니었다. 그래서 한 단계씩 쇄신하기로 했다. 그중 하나로 요리사의 상의와 바지, 삼각모의 색깔을 요즘 유행하는 검정색으로 바꾸었다. 주방장에서 조리보조까지 주방 종업원 전체가 검정 유니폼 차림이 되고, 주방보조와 사무직원만 그대로 흰색을 입었다.

후빌러는 식단에 관해서도 슬그머니 방향전환을 시도했다. 고전요리, 세미 고전요리에 간간이 분자식 하이라이트로 악센트를 가미하는 식이었다. 이를 위해서 공석이 된 전채요리 담당 자리에 분자요리 경력이 있는 요리사를 들어앉혔다.

후빌러 자신으로 말할 것 같으면, 요리 자체에는 이미 개인적 야심이 없었다. 어쩌다 주방에 얼굴을 내밀고 거드는 시늉만 할 뿐, 주로 손님을 맞고 관리하는 임무에 치중했다. 여러 차례 요리상을 받기도 했고, 30년 전에는 '누벨 퀴진'의 선구자 역할을 했던 그이지만, 이제는 어느새 50대 중반의 나이에 들어서지 않았는가. 자신은 이 나라의 요리 발전에 할 만큼 몫을 다했으며, 새로운 도전을 하기에는 너무 늙었다는 생각이었다.

셰즈 후빌러를 성공적으로 일으켜 세우는 데에 태반의 공적이 있으며, 실패한 실내장식에도 전적으로 책임이 있는 아내와 불미스럽게 헤어진 후, 그는 주로 레스토랑을 대표하여 손님을 접대하는 임무에만 충실했다. 이혼 전에는 매일 밤 손님 좌석을 돌아보는 일이 성가시기만 했었는데, 그새 이 일에 취미가 붙었고 한 테이블에 들러붙어 화제에 끼어드는 경우도 잦아졌다. 뒤늦게 찾은 이 같은 사교적 재능으로 그는 레스토랑 협회에도 발을 들여놓았고 그곳 일에도 많은 시간을 할애하게 되었다. 현재 프리츠 후빌러는 "스위스 요리사협회"의 이사이자 순번제 회장직을 맡고 있었다.

지금 그는 1번 테이블 곁에 서 있었다. 원래 6인석인 이 테이블을 오늘은 두 사람이 차지했다. 손님은 에릭 달만과 네덜란드에서 온 그의 사업 파트너였다. 달만은 아페리티프로 평소에 늘 주문하던 420프랑짜리 크루그 그랑 퀴베 특급 샴페인 대신에 150프랑짜리 2005년 말란스(스위스 그라우뷘덴 주의 작은 도시/역주)산 토마스 슈투다흐 샤도네이를 주문했다.

어쨌든 이는 그가 경제위기에 맞추어 양보한 유일한 제스처였다. 그렇지만 식사는 늘 주문하던 대로 서프라이즈 특별 메뉴를 택했다.

"여기는 어떻습니까? 타격이 좀 있습니까?" 달만이 물었다.

"전혀 없습니다." 후뷜러가 거짓말을 했다.

"품질이야말로 위기 앞에서도 끄떡없는 무기지요." 달만은 대꾸하며, 웨이트리스가 들고 온 묵직한 종모양 덮개가 씌워진 접시를 놓을 자리를 만들려고 두 손을 들어올렸다.

다음번에 없앨 건 접시 덮개를 가지고 벌이는 이 쇼로군, 하고 후뷜러가 생각하는데, 젊은 웨이트리스가 어느새 은제 뚜껑의 놋쇠꼭지를 양손으로 잡고 들어올렸다.

"양념에 절인 고등어살 요리를 하트 모양 회향에 얹어서 산마늘거품 소스를 곁들였습니다." 아가씨가 기계적으로 요리의 이름을 뇌었다.

두 신사는 앞에 놓인 요리접시는 쳐다보지도 않고, 접시를 날라온 여자에게만 시선을 꽂았다.

유독 후뷜러만이 초록색 죽이 되어 접시 바닥에 흥건히 주저앉은 산마늘거품 소스를 뚫어져라 쳐다보았다.

안드레아는 남자들이 그녀에게 보이는 반응에 익숙해져 있었다. 그런 반응이 대개는 성가셨지만 더러는 유용하게 써먹기도 했다. 특히 직장을 구해야 할 때. 그녀에게 구직은 자주 있는 일로, 그녀의 외모가 취업에 유리하기도 했지만 그 자리를 유지하기 어렵게도 만들었기 때문이다.

후뷜러에서 일한 지 채 열흘도 되지 않았는데, 주방 안에서도 홀에서도 너무나 뻔하고 지겨운 라이벌전이 벌어졌다. 전에는 이런 경우에 그녀도 화통한 친구처럼 대응하려고 했다. 하지만 그때마다 오해를 불러오는 통에 이제는 누구에게나 거리를 두고 대하기로 마음먹었다. 그래서 콧대가 높다는 평판을 얻고 있기는 하지만, 이 편이 지내는 데는 더 나았다.

지금 요리접시 대신에 그녀를 쳐다보는 눈앞의 이 엉큼한 두 남자의 경우도 마찬가지였다. 고등어살이 마늘거품 소스에 잠겨 곤죽이 되었다는 사실을 그들이 모르고 넘어갈 수도 있지 않은가.

"여주인이 있을 땐 음식 맛이 훨씬 더 좋았지요." 손님과 단 둘이 남게 되자, 달만이 말했다.

"부인이 주방에서 일을 했나요?"

"아니요. 남편이 직접 요리를 했다오."

반 겐더렌이 웃음을 터뜨리며 생선 맛을 보았다. 그는 네덜란드에 본사를 둔 세계적 기업의 하나인 태양열 산업의 주요 하청업체의 2인자였다. 그가 달만과 회동한 이유는 그에게 모종의 만남을 주선해달라고 부탁할 수 있을 것 같아서였다. 중개인 노릇—그것이 달만의 전문 분야였다.

몇 주일 전에 예순네 번째 생일을 지낸 달만에게는, 한사코 미식(美食)을 결정적인 설득수단으로 삼고 살았던 사업계 생활의 흔적이 붙어 있었다. 약간의 과체중—그는 조끼를 입어 뚱뚱한 몸집을 가리려고 애썼다—과 생기 없이 빛바랜 푸른 눈 아래로 늘어진 눈물주머니, 점점 붉어지고 모공이 넓어져 처진 광대뼈 위의 피부, 가느다란 입술, 세월이 가면서 카랑카랑해진 목소리 등등. 그의 샛노랗던 금발은 주변머리만 남아 눈썹처럼 누리끼리하게 퇴색되어서, 셔츠깃 위에 목선과 얼굴 양쪽을 반쯤 무성하게 덮은 구레나룻과 맞닿아 있었다.

달만은 시쳇말로 '네트워커'라고 칭해지는 역할을 하며 살아왔다. 인간관계를 조직적으로 관리하여 거래를 중개하고, 뭔가 묘안을 귀띔해주고 돈을 챙겼다. 그는 사람들을 소개해주면서 정보를 수집했고, 그 정보를 선별적으로 흘리며 할 말과 하지 말아야 할 말을 시의적절하게 선택할 줄 알았다. 그는 그런 일로 살아왔다. 그것도 제법 호사스럽게.

지금 달만은 입을 다물고 있었다. 반 겐더렌이 네덜란드식 독일어를 쏟아내며 그를 설득하는 동안, 오늘 저녁에는 어떤 인물이 또 후빌러에 와 있는지를 묵묵히 관찰했다.

미디어계를 대표하는 인물로는, 최근에 가차 없는 예산절감으로 주목받은 대형 출판사의 대표이사 두 명이 여자들과 동석해 있었다. 정계 인물로는, 지금은 잊혀진 지난날의 한 정당간부가 부인을 동반하고 조금 젊은 부부 두 쌍과 함께 있었다. 젊은 측은 당 동료의 입장에서 당 지도부의 위임을 받고 원로의 무슨 연례 기념일을 축하하러 온 듯했다. 의학계 인물로는, 수석의사와 심각한 대화를 나누고 있는 한 병원장이 눈에 띄었다. 그 옆 테이블에서는 스폰서가 없어 위기를 맞은 축구팀의 고위 간부가 어느 보험회사의 재무국장과 식사 중이었는데, 둘 다 부부 동반이었다. 그 밖에도 자동차 수입업자, 광고대리점 사장, 자의반 타의반으로 퇴임한 은행장이 보였다. 그들은 하나같이 날씬하고 큰 키에 금발인 두 번째 부인을 대동했다.

식당 안은 소리 죽여 말하는 쾌적한 웅성거림, 포크와 나이프의 조심스러운 달그락거림, 면밀하게 배합된 은근한 음식 냄새로 가득 차 있었다. 조명은 따뜻하고 정다웠다. 저녁 무렵부터 내리기 시작하여 늦겨울의 상쾌한 눈발을 잿빛 진창으로 바꿔놓고 있는 빗줄기를 동반한 요란한 돌풍소리도, 창가 좌석의 손님들한테만 커튼을 걸러 사각거리듯이 아득히 들려올 뿐이었다. 이날 저녁 후뷜러 레스토랑은 바깥 세상과는 무관하게, 마치 누에고치 속에 들어앉은 듯한 분위기였다.

바깥 세상은 결코 유쾌한 풍경이 아니었다. 금융시장에서는 수년간 허깨비 돈으로 장사판을 벌여왔다는 사실이 마침내 백일하에 드러났다. 언제까지나 건재할 것 같던 은행들이 침몰위기에 빠져 조난 신호를 보내게 되었다. 금융위기의 블랙홀 속으로 빨려드는 경제계의 범위가 시시각각 확산되고 있는 판이었다. 자동차 산업의 조업단축, 하청업체들의 파산, 금융자본가들의 자살. 도처에서 상승하는 실업률, 파산을 향해 치닫는 국가들, 정부의 품 안으로 도망쳐 재기(再起)를 노리는 기업가들, 신자유주의를 부르짖던 예언가들의 목청은 기어들었다. 글로벌화된 세계는 지금 처음으로 맞은 글로벌 위기의 초기 증세를 겪고 있었다.

이런 판에, 이제 겨우 모습을 드러내는가 싶던 작은 알프스의 나라는 자기네 잠수종(潛水鐘)을 타면 목전(目前)의 태풍을 이겨낼 수 있다는 듯이 다시금 캡슐 속으로 기어들기 시작했다.

안드레아는 주문담당 반디니가 5번 테이블에 나갈 요리를 점검하고 주문 내역과 비교하는 동안, 그녀의 순서를 기다리고 서서 마라반을 눈여겨보았다. 종업원들 중에서 가장 편안한 인상이었다.

타밀인 치고는 훤칠한 키로 분명 180센티미터는 넘을 것이었다. 날카롭게 오뚝한 코, 짧게 다듬은 콧수염, 아직 초저녁인데 어느새 수염자국이 검푸른 그림자를 드리우고 있었다. 오후 근무시간에 맞춰 늘 새로 면도를 하고 나타나는데도 말이다. 그는 주방보조들이 입는 흰색 유니폼에, 전통적인 힌두 복장처럼 긴 앞치마를 두르고 있었다. 반듯하게 가르마를 탄 그의 새까만 머리칼 위에 얹힌 크레이프천 요리사 모자가 간디 토피(마하트마 간디가 쓴 데서 유래한, 앞부분과 뒷부분에 포인트를 둔 흰색 캡/역주) 같아 보였다.

지금 마라반은 싱크대 앞에 서서 힌두교의 승무(僧舞)를 추는 듯한 우아한 몸짓으로 접시에 남은 소스 찌꺼기를 물로 씻어내고는 식기세척기에 넣는 중이었다. 그녀의 시선을 느낀 듯, 그는 잠시 눈을 들어 새하얀 이를 드러내 웃었다. 안드레아도 미소로 응답했다.

요식업계에서 짧은 경력을 쌓는 동안, 그녀는 타밀인을 여러 번 만났다. 대부분은 임시 거주허가를 받은 망명 신청자로, 그들은 요식업계에서도 구체적으로 지정된 업소에 저임금으로 취업할 자격밖에 부여받지 못했다. 그러나 그것도 고용주의 청원이 전제되어야 해서, 체류 허가증을 받은 여타 외국인보다 더 고용주에게 매달릴 수밖에 없는 처지였다. 안드레아는 그들 대부분과 잘 어울렸다. 그들은 친절하고 치근대지 않았으며, 그녀에게 인도 남부로 떠났던 배낭여행 시절을 상기시켰다.

후빌러에서 일을 시작한 이후, 그녀는 온갖 작업에 임하는 마라반의 솜씨를 눈여겨보았다. 채소를 준비하는 솜씨는 가히 예술이었고, 굴 껍질을 깔 때는 마치 굴이 그를 위해서 자발적으로 벌어지는 것 같았다. 능숙한 손놀림 몇 번으로 가자미 가시를 빼고 살코기를 발라냈고, 토끼 뒷다리를 손질할 때도 어찌나 세심하게 속뼈를 발라내는지 그 속에 여전히 뼈가 들어 있는 것처럼 보였다.

또한 그녀는 그가 아주 정성스럽게, 섬세하고 민첩하게 접시 위에 예술작품을 펼치는 모습, 또는 절인 산딸기와 바삭바삭한 아를레트 파이로 너무나 능숙하게 3층 밀페이를 쌓는 모습을 보았다.

후빌러의 요리사들은 자기가 담당한 일에 마라반을 곧잘 써먹었다. 그러면서도 그 누구도 마라반이 해낸 성과를 칭찬해주는 일은 없었다. 그의 예술작품을 넘겨주는 즉시, 그는 다시 접시닦이나 잡역부로 격하되었다.

반디니가 주문받은 요리를 내가라고 허가하자, 두 명의 웨이터가 접시 위에 덮개를 덮어 테이블로 날랐다. 안드레아도 1번 테이블의 다음 코스를 받을 수 있었다.

2

자정이 훨씬 지났지만, 전차는 아직 운행되고 있었다. 12번 전차의 승객들은 녹초가 되어 귀가하는 야간 노동자이거나 파티 기분에 젖어 밤의 환락을 쫓는 사람들이었다. 마라반이 살고 있는 지역은 망명 신청자들이 운집해 있기도 했지만, 도시에서 소문난 클럽, 디스코텍, 라운지들이 있는 곳이기도 했다.

마라반이 앉은 1인용 좌석 앞자리에는 뚱뚱한 목덜미의 웬 남자가 연신 고개를 옆으로 떨구며 졸고 있었다. 그에게서 풍기는 부엌 냄새로 미루어, 마라반과 같은 직종에 종사하는 사람인 모양이었다. 마라반은 후각이 예민했고, 그런 일을 하더라도 냄새를 풍기고 다니지는 말아야 한다는 생각이었다. 동료들은 음식 냄새를 얼버무리려고 향수나 면도용 화장수를 썼지만, 그는 출퇴근 옷을 지퍼가 달린 좀방지용 옷덮개를 씌워 사물함에 보관하고, 가능하면 직원 탈의실에 갖춰진 샤워시설을 이용했다.

물론 기분 좋은 부엌 향내도 있었다. 이 나라의 주방에서는 한 번도 맡을 수 없었지만, 낭가이 할머니의 부엌에서는 그런 향내가 났다. 낭가이 할머니가 마라반이 부엌 앞 나무에서 따다준 카레잎 9장을 지글지글 끓는 야자유에 넣으면, 오래오래 코 안에 간직하고 싶은 향내가 작은 부엌을 채우곤 했다.

계피향도 마찬가지였다. 낭가이 할머니는 "계피는 항상 듬뿍 넣어라" 하고 말씀하셨다. "향도 좋고 맛도 좋단다. 살균작용을 하고 소화도 도와주고, 어디서든 값싸게 구할 수 있거든."

낭가이 할머니는 그 당시 50대 중반의 나이였지만, 마라반에게는 늘 파파 할머니였다. 그녀는 그의 이모할머니였다. 1983년 대학살('검은 7월'이라고 불리는, 스리랑카에서 싱할리족이 타밀족 타도를 내걸고 자행한 대학살. 이후 스리랑카의 타밀계 사람들은 대거 이웃나라들로 이주했다/역주) 당시에 콜롬보 근처에서 그의 부모님이 자동차 안에서 불에 타 사망한 후, 마라반의 형제자매는 두 할머니와 함께 자프나로 피난을 갔다. 4명의 남매들 가운데 막내인 마라반은 그후 낭가이 할머니의 부엌에서 시간을 보내며 요리하는 그녀를 도왔고, 그렇게 만든 음식은 형과 누나들이 자프나 시장에 내다 팔았다. 그는 학교에서 배워야 할 것들을 모두 이모할머니의 부엌에서 배웠다.

콜롬보에서 살던 시절에 어느 기업인 저택의 개인 요리사로 일했던 낭가이 할머니는 피난살이 중에 장터에서 간이음식점을 열었는데, 곧 맛있다는 평판이 나서 그들 가족에게 얼마간 일정한 수입을 보장해주었다.

이모할머니는 장터에 내다 팔 소박한 음식 외에도, 비밀 엄수를 당부하는 고객들, 대체로는 나이 차이가 많이 나는 부부들을 위한 비밀스러운 특별요리를 만들었고, 그 요리의 수요는 점점 늘어났다.

지금도 마라반은 갓 따온 카레잎을 튀기거나 약한 불에 카레를 삶을 때면, 머리칼과 사리에서 늘상 카레잎과 계피의 향내를 풍기던 자그마하고 마른 낭가이 할머니의 모습을 떠올렸다.

전차가 멈춰 섰다. 승객 몇몇이 올라탔고, 내리는 사람은 없었다. 전차의 문이 닫히자 앞좌석의 남자가 잠에서 깨어나 후다닥 문께로 달려갔다. 그러나 차는 이미 출발한 뒤였다. 뚱보 승객은 화가 나서 출입문 자동계폐 단추를 눌러대며 큰소리로 욕지거리를 하더니, 비난에 찬 표정으로 마라반을 노려보았다.

마라반은 고개를 돌리고 창밖을 내다보았다. 저녁 무렵부터 내리던 빗줄기는 여전했다. 유리창으로 줄지어 비껴 흘러내리는 빗방울에 도시 야경의 불빛이 비쳤다. 한 클럽 앞에서 두 팔을 활짝 벌리고 고개를 젖힌 채 비를 맞고 서 있는 청년이 보였다. 다른 건물의 처마 밑에서 담배를 피우며 서 있던 젊은이들은 비를 맞고 있는 남자를 보고 웃음을 터뜨렸다.

다음 정류장에서 한 부대의 파티족이 부엌 냄새를 풍기는 뚱보를 뒤따라 내렸다. 마라반은 그 뚱보가 전차의 건너편으로 가서 못마땅한 표정으로 대기실 안에 들어가 앉는 모습을 바라보았다.

이제 전차 안에는 승객이 별로 남아 있지 않았다. 대부분 외국에서 온 듯한 생김새의 승객으로, 졸고 있거나 골똘한 생각에 잠겨 있었고 한 젊은 세네갈 여자만이, 아무도 알아듣지 못하리라고 확신해서인지, 휴대전화에 대고 신나게 그녀의 고향말로 수다를 떨고 있었다. 이번에는 그녀도 내렸다. 마라반은 여전히 웃고 재잘거리며 뒷골목을 향해 걸어가는 그녀의 뒷모습을 바라보았다.

조용해진 객차 안에는 스피커에서 흘러나오는 정류장 안내방송만 들렸다. 종점 바로 전 정류장에서 마라반도 내렸다. 그는 우산을 펼쳐들고 전차와 같은 방향으로 걸었다. 12번 전차가 그의 곁을 지나갔다. 불 켜진 차창문이 멀어져가며 빗물에 젖은 도로 위로 반짝이는 빛을 남겼다.

추운 날씨였다. 마라반은 목도리를 여미고 테오도르 가로 꺾어들었다. 길 양편으로 늘어선 회색 집들, 새하얀 가로등 불빛에 물기로 반짝이며 주차된 자동차들, 듬성듬성 보이는 상점, 아시아 특별요리점, 여행사, 중고품 가게, 송금가맹점 등등.

1950년대에 세워진 한 갈색 임대주택 앞에서 마라반은 호주머니에서 열쇠꾸러미를 꺼내들고, 스프레이로 낙서가 갈겨진 통로를 따라 넘쳐나는 두 통의 쓰레기 수거함을 지나서 건물 입구에 이르렀다.

건물 현관으로 들어선 그는 우편함 겸 우유배달함으로 가득한 벽 앞에 멈춰 서서 마라반 빌라잠이라고 쓰인 함을 열었다.

그의 우편함에는 큰누나의 필적으로 스리랑카의 발신주소가 적힌 편지 한 통, 청소부 소개회사의 광고지, 외국인에게 적대적인 정당을 대표하는 입후보자의 선거 홍보지, 주방기구 전문 도매상의 카탈로그가 들어 있었다. 마라반은 우편함 앞에서 카탈로그를 뜯어 층계를 오르는 동안 뒤적거렸다. 그가 사는 집은 5층에 있었다. 작은 방 두 개, 작은 욕실, 발코니까지 딸린 의외로 널찍한 부엌—이 모든 공간이 낡은 리놀륨 바닥의 복도로 연결되어 있었다.

마라반은 전등 스위치를 켜고, 거실로 들어서기 전에 욕실로 가서 세수부터 한 뒤 신발을 벗었다. 그리고는 우편물을 식탁에 놓고 성냥을 그어 디팜(Deepam, 인도어로 '빛'이라는 뜻/역주)의 심지에 불을 붙였다. 가정용 제단에 놓인 도기로 된 램프였다. 이어서 무릎걸음으로 제단 앞으로 다가가 이마에 합장을 하고 부와 아름다움의 여신 락슈미에게 경배를 올렸다.

집 안은 썰렁했다. 마라반은 석유난로 앞에 웅크리고 앉아 점화장치를 확 당겼다가 놓았다. 난로에 불이 붙기까지 날카로운 금속성 소음이 쾅쾅 다섯 차례 방 안을 울렸다. 그는 가죽재킷을 벗어 복도에 비치된 두 옷걸이 중 하나에 걸어놓고 침실로 갔다.

침실에서 다시 나왔을 때, 그는 바틱 날염을 한 셔츠와 보랏빛 줄무늬 사롱 차림에 샌들을 신고 있었다. 이제 난로 곁에 앉아서 누나의 편지를 읽었다.

우울한 소식이었다. 타밀족 거주지역으로 통하는 검문소마다 화물수송을 통제하고 있어서 2월과 3월의 최소한의 생필품은 킬리노치치 구역(스리랑카 북부의 타밀족 거주지역. 자프나의 남동쪽 100킬로미터에 위치한다/역주)까지만 운송되었고, 주식(主食)과 의약품, 연료 가격이 천정부지로 올랐다고 했다.

그는 편지를 식탁에 놓고 양심의 가책을 가라앉히려고 애썼다. 근처에 있는 타밀인 상점, 바티칼로아 바자(Batticaloa Basar, 바티칼로아는 스리랑카 동부 벵갈 만에 위치한 지역 명칭. 바자는 시장이라는 뜻/역주)에 들러 상점주인에게 누나의 여권번호를 일러주고 돈을 부친 지 벌써 석 달이 지났다. 수수료를 제하고 400프랑, 3만 7,800루피(스리랑카, 인도의 화폐단위/역주)였다.

그의 수입은 3,000프랑이 채 되지 않았다. 혼자 사는데다가 비교적 싼 집세를 내는데도, 의료보험료와 후빌러에서 공제하는 원천과세를 내고 남는 금액은 먹을 것을 살 수 있는 정도였다. 정확히 말하자면, 요리를 할 수 있는 만큼이었다.

요리는 마라반에게 직업 그 이상이었다. 그것은 그의 크나큰 열정이었다. 어린 시절에 온 가족이 수도 콜롬보에서 살 때부터 그는 대부분의 시간을 낭가이 이모할머니의 부엌에서 보냈다. 그의 부모님은 콜롬보의 어느 큰 호텔에서 일했다. 아버지는 프런트 직원으로, 어머니는 객실 청소부로. 학교에서 돌아온 아이들은 친할머니가 돌보았다. 그렇지만 마라반은 취학을 하지 않은 나이였기 때문에, 친할머니에게 집안일이나 장보는 시간을 주려고 낭가이 이모할머니가 그를 데리고 출근하는 날이 많았다. 이모할머니는 대저택의 주방에서 6명의 여자 조수를 거느리고 요리를 했는데, 그중 한 명이 어린 그를 보살폈다.

그렇게 마라반은 프라이팬과 냄비, 양념과 나물, 채소와 과일 틈새에서 성장했다. 쌀을 씻거나 렌즈콩을 고르는 일, 야자를 강판에 갈거나 고수풀을 다듬는 일을 도왔고, 세 살 때 이미 어른이 지켜보는 가운데, 잘 드는 칼로 토마토를 네모나게 자르거나 양파를 다져도 된다는 허락을 받았다.

이때부터 마라반은 몇 가지 날 것을 생판 다른 것으로 바꿔

놓는 과정, 먹을 수 있고 포만감과 양분을 선사할 뿐만 아니라 심지어 사람들을 행복하게 만드는 것으로 변화시키는 과정에 홀딱 반했다.

식재료며 음식에 들어가는 재료의 양과 준비과정, 그 순서를 열심히 눈여겨보고 머릿속에 새겼다. 다섯 살이 되자 모든 메뉴를 요리할 수 있게 되었고, 여섯 살 때는 학교에 들어가기도 전에 읽기와 쓰기를 배웠다. 더 이상 모든 요리법을 머릿속에 저장할 수 없었기 때문이었다.

학교에서 받는 길들이기 수업은 그에게, 취학 직후에 그를 덮친 부모님의 죽음보다도 더 큰 비극으로 느껴졌다. 부모님의 죽음에 대한 구체적인 실상은 어른이 다 되어서야 알게 되었으니까. 당시 그 사건은 어차피 그에게 대체로 부재중이던 부모님이 자프나에 함께 오지 못했다는 정도로만 다가왔다. 자프나로의 여행은 그에게 혼란스러운 체험으로, 그들이 초기에 묵었던 친척집이 비좁고 초만원이었다는 기억으로 남았다. 그러나 그는 자프나에서 학교에 갈 필요가 없었고, 낭가이 이모할머니와 부엌에서 시간을 보낼 수 있었다.

석유난로 덕분에 작은 거실이 웬만큼 훈훈해졌다. 마라반은 일어나 부엌으로 갔다.

4개의 형광등이 켜지자, 새하얀 빛 속에 부엌 공간이 드러났다. 큼지막한 냉장고, 같은 크기의 냉동고, 점화구가 넷 달린 가스레인지, 개수대가 둘인 싱크대, 조리대, 각종 주방용기와 기구들이 얹힌 철제 덮개의 붙박이 벽장이 눈에 들어왔다. 소독을 한

듯이 깨끗해서, 부엌이라기보다는 실험실 같은 인상을 주는 공간이었다. 다만 자세히 살펴보면, 설비 군데군데의 높이가 고르지 않고 앞면도 약간씩 어긋나 있는 것이 드러났다. 그것은 마라반이 건축 자재소나 중고품 시장에서 한 점씩 구입해서 모은 것들로, 고향에서 위생설비 기사를 하다가 이곳에 와서 창고관리 보조원 노릇을 하는, 한 동향사람의 도움으로 조립한 것이었다.

마라반은 가장 약한 불 위에 조그만 프라이팬을 얹고 야자유를 부은 다음 발코니로 통하는 문을 열었다. 건너편 건물 창문들은 거의 불이 꺼졌고 아래 뒷마당은 적막하고 황량했다. 여전히 굵고 차가운 빗방울이 떨어지고 있었다. 그는 발코니문을 약간 열어두었다.

그의 침실에는 작은 대나무 지주가 꽂힌 제각기 다른 나이의 카레나무 화분이 열 지어 있었다. 가장 큰 나무는 그의 어깨까지 닿았다. 몇 해 전에 스리랑카 출신의 동향사람에게 묘목을 얻어 길렀는데, 어린 가지를 다시 꺾꽂이하여 새끼 묘목을 치다 보니 너무 많아져서 간간이 팔기도 했다. 마음은 팔고 싶지 않았지만, 겨울철에 화분을 들여놓을 자리가 없었다. 이 묘목들은 추위에 약해서 따뜻한 계절에만 부엌 발코니에 내다놓을 수 있고, 겨울에는 침실 안에 들여놓고 원예용 램프를 쏘여야 하기 때문이었다.

마라반은 잎이 9개 달린 여린 가지 2개를 꺾어 부엌으로 돌아와 뜨거운 기름에 넣고 10센티미터 길이의 계피 한 토막을 첨가했다. 서서히 그의 어린 시절의 향이 피어나기 시작했다.

　그는 붙박이 벽장 아래에 놓인 작은 찬장 안에 증류도구들을 보관해두었다. 각종 증류 플라스크, 냉각통이 달린 분별 증류관, 증류액을 받는 용기, 한 쌍의 증류기 집게, 온도계 그리고 PVC-호스 등. 그는 증류 플라스크가 가스 점화구 위에 오도록 유리 부분을 조심스럽게 조립하고는, 호스를 개수대 안에 넣고 한쪽 끝은 수도꼭지에, 다른 한쪽 끝은 냉각통에 연결했다. 다음에는 한쪽 개수대를 냉수로 채우고 냉동고에서 얼음이 든 플라스틱 주머니를 꺼내 쏟아부었다.

　그 사이에 야자유, 카레잎, 계피의 향이 완전히 무르익었다. 그는 프라이팬의 내용물을 깊숙한 내열 유리용기에 따라붓고 핸드 블렌더를 이용해서 호둣빛의 끈끈한 용액으로 만든 다음, 증류 플라스크에 옮겨넣었다.

　이제 마라반은 플라스크 밑의 가스레인지를 점화하고, 단 하나뿐인 의자를 끌어와서 즉석 조립한 증류장치 앞에 앉았다. 증류과정을 지켜보는 것은 중요했다. 경험상 알게 된 것이지만, 용액에 너무 센 불을 가하면 향이 변질되었다. 이 향내, 그의 어린 시절의 향기의 진액을 추출해보려고 지금껏 여러 차례 시도했지만, 한번도 성공하지 못했다.

　증류 플라스크의 유리벽에 김이 서리기 시작했다. 물방울이 맺혀 점점 불어나더니 부연 유리벽을 타고 투명한 줄을 그으며 흘러내렸다. 증기의 온도가 50도, 60도, 70도로 급속하게 올랐다. 마라반은 가스불을 낮추고 수도꼭지를 약하게 틀어놓았다. 차가운 물이 투명한 호스를 통해서 냉각통의 이중벽을 채웠다가 빠져나가 다시 호스를 통해서 또 하나의 개수대 배수구로 흘러들었다.

부엌 안에서는 이따금 냉수가 배수구로 콸콸거리며 빠져나가는 소리만 들렸다. 그의 머리 위의 꼭대기 방에서는 간간이 발자국 소리가 났다. 테오도르 가 94번지의 거주민 대부분이 그렇듯이, 위층에도 역시 타밀 출신의 그나남이 살고 있었다. 이곳에 온 지 얼마 되지 않은 그나남은 입국 직후 통상 6개월간의 취업 금지 기간이 지나고 일자리를 하나 얻었다. 스리랑카에서 온 대다수의 망명 신청자처럼 주방보조직이었다. 그는 시립병원에서 일했다. 이 시간에 그의 발자국 소리가 들린다는 것—새벽 2시가 되지 않은 시각이었다—은 그가 오전근무라는 의미였다.

마라반도 망명 신청자의 신분이었기 때문에 주방보조 노릇밖에 할 수 없는 처지였다. 그래도 그나남에 비하면 호사를 누리는 셈이었다.

후빌러에는 꼭두새벽 4시부터 시작되는 오전근무조가 없었으므로, 낮근무일 때는 아침 9시까지 주방에 나타나면 그만이었다. 또한 200리터들이 취사용 솥을 다루거나 제곱미터 크기의 회전 프라이팬의 새까맣게 눌어붙은 바닥을 문질러 닦을 일도 없었다. 또한 후빌러에서도 쉴 틈은 없었지만, 그래도 어깨너머로 배우는 것들이 있었다. 눈을 통해서 기억하며 조리법을 슬쩍 배우기도 하고, 남들의 미숙한 기술에서 거꾸로 배우는 부분도 있었다. 요리사들이 그를 홀대하는 것쯤은 별 문제가 아니었다. 그보다 더하게 사람대접도 받지 못하며 살아오지 않았던가. 이곳에서든, 그의 고향에서든.

마라반은 일어나서 반죽그릇에 밀가루를 한 움큼씩 두 차례 집어넣고 미지근한 물과 기이를 약간 첨가한 다음, 그릇을 든 채 다시 의자에 앉아서 반죽을 주무르기 시작했다.

자프나에서 요리를 배우던 시절, 요리선생들은 그가 자기들보다 더 뛰어난 솜씨와 재능, 아이디어를 가진 것을 참아내지 못했다. 마라반은 그때 앞으로 나아가려면 멍청한 척 굴어야 한다는 것을 배웠다. 그후 자프나를 떠나 남서해안의 호텔에서 일하던 시절에 만난 싱할리족(Sinhalese, 스리랑카의 대다수인 75퍼센트를 점한 민족명. 나머지 25퍼센트가 타밀족이다/역주)들은 그들이 타밀족을 상대하는 타성대로 그를 멸시하며 홀대했다.

반죽이 말랑말랑해지면서 탄력이 생겼다. 마라반은 반죽그릇을 옆으로 밀어놓고 깨끗한 행주로 덮었다.

특히 최근에 그는 후빌러에서의 일이 즐거워졌다. 정확히 말하자면, 안드레아가 그곳에서 일하기 시작한 때부터였다. 쌀쌀맞은 미소로 모든 사람들을 꿰뚫어보는 듯한 기묘한 성품을 가진 날씬하고 창백한 그녀에게 종업원 모두가 흥미를 보였고, 사실 마라반도 그녀에게 반해 있었다. 드물기는 해도 어쨌거나 그녀의 관심을 사는 유일한 인물은 자신이라는 생각도 들었다. 그녀가 시야에 나타나기만 하면, 요리사들이 눈에 띄게 그를 깔아뭉개는 태도를 보이는 것 역시 그런 사실에 부합했다.

예컨대 오늘 안드레아는 코스 요리가 나왔다는 반디니의 신호를 기다리는 동안, 접시를 씻고 있는 그를 향해서 시선을 보내며 미소를 지었다. 그냥 스쳐지나는 시선이 아니었다. 미소를 보냈던 것이다.

마라반은 여자들과 교제한 경험이 별로 없었다. 타밀 사회에서 미혼의 딸들은 남자들을 사귀지 못하도록 유별나게 엄한 보호를 받았다. 타밀 여성은 반드시 처녀로 시집을 가야 했고, 신랑감은 부모가 정해주는 것이 전통이었다.

그에게 관심을 보인 스위스 여자들이 있기는 했다. 그러나 개방적으로 처신하는 그녀들은 타밀인의 기준에서 타락한 여자들이었다. 스위스 여자와 관계를 맺는다면, 그것은 스리랑카에 있는 가족에게 먹칠을 하는 일이며, 그 사실은 어차피 조만간 가족에게 알려질 터였다. 타밀 망명자들로 이루어진 이주민 공동체가 그런 일을 챙기고 있었다. 그는 금욕적인 생활을 하기로 작심했고, 언젠가는 스리랑카에서 남편과 아버지 노릇을 할 막연한 미래를 꿈꾸면서 스스로를 달래고 살았다.

그런데 안드레아의 출현 이후, 뿌리 깊고 강력한 그의 열정, 즉 요리로 스스로 극복했다고 여겼던 감정이 꿈틀대기 시작했다.

증류된 첫 물방울이 투명하게 분리용 깔때기에 떨어졌다. 한 방울, 또 한 방울. 곧이어 증류액은 규칙적인 짧은 간격으로 증류액이 모이는 용기에 떨어졌다. 마라반은 물방울 말고는 다른 생각을 하지 않으려고 애썼다. 1초, 1분, 1일, 1년, 흘러가는 세월처럼, 물방울이 떨어지고 있었다.

플라스크의 내용물이 불과 1, 2센티리터로 줄어들고, 증류액이 고갈되기까지, 얼마나 시간이 흘렀을까. 마라반은 분리 깔때기의 마개를 열고 원뿔 모양 용기의 밑바닥에 방향유(芳香油)만 남을 때까지 물을 따라냈다. 그리고 그것을 플라스크의 농축물과 섞어 코에 가져갔다.

카레잎, 계피, 야자유의 냄새가 났다. 그러나 그가 얻어내려는 냄새, 장작불에 올려진 낭가이 할머니의 무쇠 프라이팬에서 그 세 가지 재료가 만들어내던 그 향은 아니었다.

마라반은 벽에 걸렸던 묵직한 무쇠 프라이팬, "타와"를 가스 불 위에 얹었다. 그리고 레인지 옆 작업대 위에 밀가루를 슬슬 뿌린 다음, 만들어놓은 반죽으로 차파티를 빚었다. 달아오른 프라이팬에 처음 하나를 넣고 갈색이 되도록 뒤집어가며 굽자, 그를 다시 어린 시절로 옮겨놓는 향내가 번졌다.

마라반이 열다섯 살이 되었을 때, 낭가이 할머니는 그를 인도 남부의 케랄라로 보냈다. 신장개업한 그곳의 한 호텔 단지에서 할머니의 오랜 친구가 아유르베다(인도의 전통적인 자연치료법. 케랄라에 있는 대단지의 요양 및 연구, 관광시설이 유명하다/역주)식 요리사로 일하고 있었다. 아유르베다식 치료를 광범위하게 제공하는 인도 최초의 요양시설이었는데, 그곳의 호텔 주방에서 일하며 아유르베다식 요리비법을 익히라는 낭가이 할머니의 뜻이었다.

마라반은 이미 낭가이 할머니로부터 익히 많은 것을 배워서 알고 있었고, 그 점을 굳이 숨기려고 하지 않았다. 그러다 곧, 입학 전에 읽기와 쓰기를 습득해서 아는 척하는 바람에 선생님과 친구들에게 외면당하는 초등학교 1학년짜리의 상황에 빠지고 말았다. 비좁은 종업원 사택에서 공동생활을 하면서도 그는 동료들이나 상관들과 접촉이 없었다. 낭가이 할머니의 친구인 노부인까지도 그를 거리를 두고 대했다. 자신의 피보호자라는 것이 마라반을 한층 곤란한 입장으로 몰아갈지도 모른다는 염려에서였다.

마라반은 대부분의 시간을 혼자 지내며 배우는 일에만 전념했고, 그런 그의 태도가 그를 더욱 인기 없게 만들었다. 여가시간에는 인적 없는 망망한 해안을 따라 긴 산책을 했다. 아니면 끊임없이 밀려드는 인도양의 파도 속으로 몇 시간이고 멋진 다이빙 연습을 했다.

그렇게 케랄라에서 마라반은 외톨이가 되었다. 그리고 오늘날까지도 그는 외톨이였다.

드디어 차파티가 완성되었다. 그는 하나를 집어서 신선한 농축액을 몇 방울 떨어뜨린 다음, 눈을 감고 향내를 빨아들였다. 다음으로는 한입 베어물고 조심스럽게 씹어보았다. 그렇게 입 안에 물고 있다가 혀로 입천장까지 밀어올리고 코를 통해서 길게 숨을 내쉬었다. 실패를 반복한 실험 가운데 이번만큼은 두 번째 높은 점수, 9점을 줄 수 있을 것 같았다. 그는 "추출액"이라는 제목이 붙은 수첩에 날짜, 시간, 첨가물, 증류 지속시간, 온도를 적어넣었다.

이어서 마라반은 그의 실험작품인 향기로운 차파티를 별로 식욕도 없으면서 허겁지겁 먹어치우고는, 플라스크며 호스 등의 도구를 씻어 물기가 마르도록 싱크대에 놓은 다음, 전등을 끄고 거실로 돌아갔다.

거실 벽면의 작은 책상에는 낡은 중고 컴퓨터가 놓여 있었다. 마라반은 컴퓨터를 켜고 부팅이 될 때까지 인내심을 가지고 기다렸다가 인터넷을 연결하고 며칠째 지켜본 회전 증류기의 경매 상황을 점검했다. 1,430프랑, 어제와 같은 가격이었다. 경매 마 감시간까지는 아직 2시간 20분이 남았다.

회전 증류기만 있다면, 오늘밤에도 실패한 실험 결과물을 적 절한 시간과 적정 온도에 맞춰, 태우거나 맛의 변질 없이 성공적 으로 채취할 수 있을 것 같았다. 다만 가격이 그가 감당할 수 있 는 액수의 몇 갑절, 무려 5,000프랑이 넘는다는 것이 문제였다. 그런데 지금 눈앞의 컴퓨터 화면에 떠 있듯이, 구식 모델의 중고 품이 간혹 인터넷 경매에 나오곤 했다.

1,500프랑 미만이면 괜찮은 가격이었다. 마라반에게는 꿍쳐 놓은 1,200프랑이 있었다. 경매가격이 더 이상 떨어지지 않으면 모자라는 차액은 어떻게든 조달하리라. 2시간만 더 기다렸다가 경매 마감시간 직전에 응찰할 생각이었다. 혹시나 운이 좋을 수 도 있지 않은가.

그는 책상에서 누나의 편지를 집어 이번에는 끝까지 읽었다. 마지막 장에 가서야 누나는 요점을 썼다. 낭가이 할머니가 아 프다는 흉보였다. 디아베테스 인시피두스(요붕증. 항이뇨 호르몬 분비의 이상으로 많은 양의 소변이 생성되고 과도한 갈증을 동반하는 질 환/역주)라는 병명인데, 본격적인 당뇨가 아니라 하루 종일 갈증 을 느껴서 몇 리터씩 물을 마시고 줄곧 화장실을 들락거리는 증 세라고 했다. 치료용 약이 있지만 너무 비싸고 자프나에서는 구 하기 어렵다는 것, 하지만 약을 먹지 않으면 탈수증으로 탈진할 것이라는 의사의 소견을 전했다.

마라반은 한숨을 내쉬었다. 그리고 컴퓨터 화면으로 시선을 돌렸다. 여전히 1,430프랑이었다. 그는 컴퓨터를 꺼버리고 잠자리에 들었다. 충계참에서는 오전근무를 하려고 나서는 그나남의 발자국 소리가 들렸다.

3

며칠 후, 후빌러의 주방에서 마라반에게 중대한 변화를 가지고 올 사건이 터졌다.

전채담당 요리사 안톤 핑크가 "카레 젤리에 편도 쌀과자를 곁들인 참새우"라고 이름 붙인 전채요리를 창안해서 내일 서프라이즈 메뉴로 내놓을 예정이었다. 마라반은 냄비 씻는 싱크대 앞에 서서 그가 카레 젤리를 준비하는 과정을 지켜보았다. 그는 잘게 썬 양파를 살짝 볶아서 인스턴트 카레가루에 섞더니 소리 쳤다. "마라반! 야자우유!"

마라반은 찬장에서 야자우유 캔을 꺼내 세차게 흔든 다음 뚜껑을 열어서 전채요리 파트의 부요리사에게 가져다주었다. 부요리사가 야자우유를 절반쯤 프라이팬에 붓는 사이에 마라 반이 입을 뗐다. "원하신다면 다음번에 제가 진짜 카레를 만들어드리겠습니다."

핑크는 프라이팬 옆에 주걱을 내려놓고는 마라반을 위에서 아래로 훑어보더니 말했다. "아이고 그러셔, 진짜 카레? 그러니까 주방의 허드렛일꾼 따위가 날 가르치시겠다는 거로군, 자네들 들었나?"

그가 목청을 높이자, 곁에 있던 요리사들이 고개를 들었다.

"여기 마라반이 나한테 요리강습을 해주겠다는군. 자네들 중에 누구 등록하고 싶은 사람 있나." 그때 핑크는 안드레아가 주문장을 들고 들어선 것을 알아챘다. "진짜 카레 조리법. 초보자를 위한 입문 코스라네."

마라반은 우두커니 서서 입을 다물고 있다가, 안드레아를 알아보고 그제야 말을 꺼냈다. "도와드리려고 했을 뿐입니다."

"암, 당연히 그래야지, 도와야지. 그러자고 자네가 주방보조로 있는 게 아닌가? 도와야 하구 말구. 프라이팬을 닦고, 접시를 헹구고, 채소를 씻고, 음식물 찌꺼기를 닦아내고 말이야. 그런데 나한테 요리강습을 하시겠다고? 고맙네, 다 배우려면 아직 멀었지. 난 이제야 간신히 카레를 좀 만들어보는 중이니까!"

안드레아가 없었다면, 마라반은 그저 죄송하다고 말하고 프라이팬을 씻으러 싱크대로 돌아갔을 것이다. 하지만 용기를 내어 입을 뗐다. "저는 평생 동안 카레요리를 했습니다."

"아하, 그러셔? 카레를 연구하셨다고? 용서하십시오, 카레 박사님. 아니면 벌써 교수님이 되셨나?"

마라반은 대꾸할 말을 잃었다. 그 자리에 들어선 침묵을 깨고 안드레아가 말했다. "네가 만든 카레를 한번 맛보고 싶어, 마라반. 언제 나를 위해 요리해줄래?"

뜻밖의 제안에 깜짝 놀란 마라반은 입을 열지 못하고 고개만 끄덕였다.

"월요일 저녁 어때?" 월요일은 후뷜러 레스토랑이 휴업이었다.

이번에도 마라반은 고개만 끄덕였다.

"약속한 거지?"

"약속했어."

핑크가 만든 카레에서는 연기가 올라오며 타는 냄새가 났다.

마라반은 안드레아의 개입이 자신에게 도움이 되기보다는 화를 불러올 것임을 예감했다. 핑크에게 적대감을 일으켰을 뿐만 아니라 여타 동료들의 시기심도 자극했다. 그럼에도 불구하고 그의 마음은 전에 없이 기뻐서 날아갈 것 같았다. 허드렛일을 즐겁게 해치우면서, 그날 저녁 아무도 그에게 수준 높은 일거리를 부탁하지 않는 것에도 개의치 않았다.

진심으로 한 말이었을까? 그의 요리를 정말로 원하는 것일까? 그의 집에서? 비좁은 그의 집에 안드레아 같은 여자를 맞아서 대접하는 상상을 하니, 그 자신도 과연 그녀의 진심을 진정으로 원하는 것인지 의혹이 일었다.

마라반은 그녀의 깜짝 개입으로 인해, 이런 이중의 불확실성 속에서 안절부절못하며 하루를 보냈다. 마침내 퇴근하려고 했을 때, 그녀는 이미 가고 없었다.

한스 슈타펠은 처음으로 아내와 함께 후빌러에 왔다. 사업상 부득이하게 두세 차례 이곳에서 식사를 한 적이 있었는데, 그때마다 베아트리체에게도 한번 데려오겠다고 약속했었다. 하지만 경영자의 생활이라는 것이 늘 그렇듯이, 하룻저녁 느긋한 여유가 생기면 집에서 빈둥거리게 되기 마련이었다.

그러나 이번 경우에는 빠져나갈 핑계가 없었다. 지금 이 시점에 꼭 아내하고만 축하할 일이 생긴 것이다. 이 나라 최대 경제지의 편집장이 비밀을 엄수하라는 다짐하에 떠오르는 최고 경영인으로 그가 선정된 사실을 귀띔해주면서, 열흘 뒤에 공식 발표가 있다고 했다.

베아트리체는 아직 그 사실을 몰랐다. 그는 주요리가 나오기 전에 입가심용 코스를 즐기면서, 말하자면 주류담당 웨이터가 권하는 포도주가 입에 맞다며 한 잔 더 시키고 난 즈음에, 아내에게 비밀을 털어놓을 작정이었다.

슈타펠은 쿠각의 CEO였다. 쿠각은 기계공업 분야의 오랜 문벌기업으로 슈타펠이 12년 전부터 경영을 맡으면서—편집장의 말에 의하면—재기(再起)한 회사였다. 슈타펠은 사주(社主)를 설득해서 생산판도를 환경기술에 맞추어 새롭게 투자하는 한편, 주식을 상장시켜서 기업자본을 확장했다. 쿠각 사는 태양열 집열판의 몇몇 부품에 특허를 따낸 소기업을 인수해 단기간에 태양열 산업 분야에서 주요한 부품 납품업체로 부상했다. 일반적인 경제동향과는 상관없이 쿠각 사의 주식시세는 줄곧 올랐고, 슈타펠 자신도 부자가 되었다. 월급의 일부를 떼어내 상장된 품목 중 미처 오르지 않은 주식에 투자한 덕분이었다.

슈타펠 부부는 서프라이즈 메뉴 2인분을 주문했다. 베아트리체는 혹시 나올지 모를 내장과 개구리 뒷다리는 빼달라고 부탁했고, 슈타펠은 특별 메뉴를 존중해 무조건 좋다고 했다.

긴 검은 머리칼을 오른쪽으로 바싹 빗어서 넘긴, 키가 크고 창백한 웨이트리스가 막 생선요리를 날라왔다. 뭔지 별 맛이 없어 보이는 끈끈한 젤리 위에 얹힌, 역시 끈적한 옷을 입혀 조리한 왕새우 2인분이었다. 주류담당 웨이터가 샴페인을 더 따라붓자, 그들은 백포도주는 포기하고 생선요리를 끝낼 때까지 샴페인을 마시기로 결정했다. 그러니까 그 이야기를 꺼낼 적절한 순간이 온 것이었다.

슈타펠은 샴페인잔을 들어올리고 아내를 향해 웃음을 띠면서 그녀도 술잔을 들어올리기를 기다렸다. 그녀는 술잔을 마주 들어올리며, 오늘 저녁의 외식이 마련된 요점이 개봉될 순간이 왔음을 알아챘다.

바로 그때, 누군가 그들의 테이블로 다가와 말했다. "두 분이 축하하는 자리를 방해하고 싶지는 않으니 개의치 말고 잔을 드십시오. 다만 진심어린 축하의 말을 전하고 싶었습니다. 사장님만큼 그럴 자격을 가진 사람이 없지요."

기습을 당해 엉거주춤 일어선 슈타펠과 세찬 악수를 하고 난 달만은 슈타펠의 아내에게 자기소개를 했다. "에릭 달만입니다. 참으로 자랑스러운 남편을 두셨습니다. 부군 같은 분이 더 많다면, 우리 같은 사람들도 경제위기 따윈 겁나지 않을 겁니다."

"누구예요?" 둘만 남게 되자, 베아트리체가 물었다.

"모르겠어. 달만, 달만이라? 무슨 고문역인가? 나도 잘 모르겠는걸."

"근데 왜 당신한테 축하한다는 거예요?"

"당신한테 방금 그 말을 하려던 참이었어. 내가 올해 최고의 경영인으로 선정되었거든."

"역시 당신에겐 뭐든 내가 꼴찌네요."

안드레아가 3번 테이블의 접시들을 수거해왔을 때, 마라반은 마침 식기 반환구에서 일하라는 명을 받고 있었다. "카레 젤리에 편도 쌀과자를 곁들인 참새우 요리"에 대한 고객의 반응이 궁금했던 핑크가 얼른 달려왔다. 그것은 오늘 저녁 첫 번째 서프라이즈 메뉴였다.

먹고 남은 접시에는 왕새우 대가리 말고도—카레 젤리 대부분이 그대로 남아 있었다.

마라반은 모르는 척했다. 그러나 안드레아는 어이없다는 듯이 고개를 가로저으며 핑크에게 동정어린 미소를 보내고, 마라반을 향해 다짐했다. "월요일 저녁 7시 맞지? 네 주소를 적어줘."

이튿날 마라반은 바티칼로아 바자의 첫 손님이 되었다. 불과 며칠 사이에 두 번째 방문으로, 지난번에는 낭가이 할머니의 약값으로 800프랑을 송금해달라고 상점 주인에게 맡기러 왔었다.

이 상점에는 통조림과 쌀 이외에는 별로 갖추어놓은 품목이 없었다. 과일은 아예 없었고 채소도 보기 힘들었다. 대신에 타밀 공동체의 조직과 행사를 알리는 포스터와 전단 그리고 LTTE (Liberation Tiger of Tamil Eelam), 즉 타밀 엘람 해방호랑이 스티커 몇 장이 눈에 띄었다. 바티칼로아 바자는 생필품 가게라기보다는 망명 온 타밀인들의 연락 및 접촉 장소이자, 비공식적으로 스리랑카 북부에 현금을 부쳐주는 송금 루트의 일번지였다.

마라반은 상점주인에게, 낭가이 할머니와 통화하고 싶으니 자프나에 있는 상점점원에게 그의 누나한테 연락해서 스리랑카 현지시간으로 2시 반에 그 상점에서 그의 전화를 기다려달라고 부탁했다. 이는 바티칼로아 바자에서만 주선이 가능하며 돈을 받고 해주는 서비스였다.

마라반은 개운한 기분으로 출근했고, 그의 기분을 잡쳐놓으려는 종업원들의 온갖 시도에도 아랑곳하지 않았다. 마라반과 안드레아와의 만남 약속은 당연히 소문이 났고—월요일, 저녁 7시, 자기 집에서래!—모두들 "마라반 이리 가져와, 마라반 저거 가져가, 마라반 어서, 마라반!" 하면서 그때까지 그를 괴롭히기로 작당이라도 한 것 같았다.

또다른 타밀 출신의 주방일꾼인 칸단에게는 기회가 왔다. 그는 땅딸막하고 억센 체격에 아둔하면서 요리에는 전혀 재주가 없는 작자였다. 게다가 망명 온 타밀 남자들이 대부분 그렇듯이 알코올 중독이었는데, 마라반의 예민한 후각은 피할 수 없었지만 그 점을 치밀하게 감출 줄도 알았다. 오늘 마라반이 설거지며 비질, 청소 등의 허드렛일을 하느라 벅벅 닦고 이리저리 물건을 옮기는 동안, 칸단은 비교적 수준 높은 일거리를 분배받았다.

주방 분위기는 과민하게 곤두서 있었다. 레스토랑에는 손님이 별로 없었고, 이튿날 저녁 생일축하 파티를 하겠다던 12명의 예약도 취소되었다. 후빌러는 주방 안을 서성대며 주방장들에게 화풀이를 했고, 주방장은 부주방장에게, 부주방장은 다시 그 아래 요리사들에게, 그들은 다시 주방보조들에게 화풀이를 했다.

그러나 마라반은 들떠 있었다. 안드레아가 근무를 시작하자마자, 자신의 주소를 적은 종이를 몰래 그녀에게 찔러주었다. 그녀는 미소를 보내며, 우연히 가까이에 있던 베르트랑에게도 들릴 만큼 큰소리로 말했다. "기대할게."

그는 내일 궁리할 참인 한두 가지 세부목록을 빼고는 요리의 메뉴도 정해놓았다. 또한 조리법에 대해서도 대담한 계획을 품고 있었다.

마라반은 헤드폰을 끼고 컴퓨터 앞에 앉았다. 접속상태는 놀랍게도 깨끗했지만, 낭가이 할머니의 목소리는 기운이 없었다. 그녀는 네가 번 돈은 네가 챙기고 난 그냥 조용히 죽게 내버려두라고 마라반을 나무랐다. 자신은 지쳤다면서.

할머니는 지금 여든 살을 넘기셨다. 그리고 마라반이 기억하는 한, 조용히 죽겠다는 것이 그녀의 입버릇이었다.

처음에 그녀는 미심쩍어하면서 마라반의 질문에 대꾸하려고 들지 않았다. 하지만 그 비법을 아는 것이 그의 수입을 올리는 데에 유리하다는 말을 듣자, 식재료와 요리법을 일러주는 동시에 그 이상의 소상한 정보를 자진해서 늘어놓았다.

통화가 길어졌다. 통화가 끝났을 때, 마라반의 수첩에는 뭔가가 잔뜩 적혀 있었다.

4

다음 일요일 점심시간, 후뷜러에는 흡족하리만치 손님이 많았다. 일요일이면 늘 그렇듯 저녁이 되자 한산해졌고, 마지막 손님들도 일찍 떠났다.

마라반은 주방 종업원들 중 마지막 퇴근자였다. 프라이팬을 닦고 다루기 힘든 주방도구들을 씻었다. 온도 조절장치, 훈연기, 회전 증류기까지.

그는 청소부들이 주방으로 들어설 때까지 기다렸다가 도구들을 들고 비품실로 들어섰다. 그리고 곧장 탈의실로 향했다.

익숙한 손놀림으로 회전 증류기의 유리부품들을 분리해 티셔츠 두 벌에 둘둘 말아서 스포츠 가방에 집어넣고, 그것들이 가열장치와 전자부품이 장착된 육중한 증류기 몸체에 닿지 않도록 세심하게 주의하며 쿠션을 댔다.

이어서 옷을 벗고 허리에 타월을 두르고 빨래바구니에 작업복을 던지고 속옷은 스포츠 가방에 쑤셔넣은 뒤, 서랍에서 샴푸와 비누를 꺼내 들고 샤워기 아래에 섰다. 그는 5분 후에 다시 나와 사물함에서 외출복을 꺼내 입었다.

출구를 향하면서 포도주 저장고에도 들렀다. 묵직한 스포츠 가방을 들고 주방의 물품인수 통로를 지나 후뷜러를 떠날 때,

마라반은 검정 바지에 검푸른 목 폴라 스웨터, 가죽재킷 차림이었다. 그에게서는 아무런 음식 냄새도 나지 않았다.

그날 저녁 당장 그는 작업에 착수했다. 벵갈후추의 원추형 대에서 깨알 같은 낟알을 골라내고, 카슈미르산 마른 고추의 씨앗을 빼고, 검정 통후추와 카르다몸, 캐러웨이, 회향, 호로파, 고수와 겨자 씨앗을 저울에 달고, 울금뿌리의 껍질을 벗기고, 계피를 분질러놓은 후, 그 모든 재료가 최고의 향을 뿜을 때까지 하나씩 하나씩 무쇠 프라이팬에 볶아냈다. 그리고는 그 향료들을 각기 세밀하게 저울에 달아 몇 가지로 분류하여 섞은 뒤, 그 배합을 다시 각기 절구에 빻아 고운 분말을 만들어서 그중 오늘 밤에 사용할 것들을 빼놓고, 내일 쓸 나머지는 밀폐 유리병에 담아 라벨을 붙여서 보관했다.
　새하얀 카레, 우유와 이집트 콩가루를 버무린 살리 쌀, 그리고 당연히 카레잎과 계피를 넣은 흉내낼 수 없는 야자유 등—각종 내용물을 담은 증류기가 새벽까지 돌아갔다.
　작은 불꽃 위에 얹힌 프라이팬에서는 신선한 버터가 투명한 기름으로 녹아들어 기이를 만들었고, 질그릇들 안에 담긴 따뜻한 물과 강판에 간 야자열매가 뒤엉겨 유액으로 변했다.
　마라반이 잠시 눈을 붙이려고 침실 바닥에 깔린 매트리스에 누웠을 때는 이미 동이 터오고 있었다. 그는 묘하게 에로틱한 꿈으로 연신 기분 좋게 깨어나곤 하는 짧은 잠을 잤다.

안드레아는 마라반에게 전화를 걸어 핑계를 대고 약속을 취소하기 직전까지 갔었다. 부당한 일을 보면 참지 못하는 자신의 오지랖을 원망하기도 했다. 그녀가 끼어들지 않아도 마라반은 잘 헤쳐나갔을 텐데. 더 현명하게. 아마도 어쭙잖게 그녀가 끼어들어서 그를 더 곤란한 처지로 몰아넣었는지도 모른다. 아마도가 아니라 분명히.

이런 깨달음 때문에 지금 그녀는 핸드백과 포도주병이 담긴 플라스틱 봉지를 무릎에 얹고 전차에 앉아 있게 되었고, 마라반은 그 덕분에 그녀를 집으로 맞게 된 것인지도 모른다.

포도주를 선물로 결정한 이유는 타밀인들이 과연 술을 마시는지 알 수 없었기 때문이다. 술을 들지 않는 그가 마실 것을 아무것도 내놓지 않을 경우, 사들고 간 피노 누아르를 따서 즐길 생각이었다. 특상품은 아니지만 수준급은 되었다. 최소한 일개 주방의 막일꾼이 조달할 수 있는 것보다는 낫겠지. 만약 그 집에 포도주가 있다면 말이다.

그녀가 마라반 편을 들며 끼어든 이유는 요리장들, 특히나 핑크라는 녀석을 참을 수가 없었기 때문이지, 마라반을 좋아해서는 아니었다. 그의 집 안에 들어서면 그 점부터 분명하게 전할 생각이었다. 이는 그녀에게는 익숙한 외교적 사명이었다.

요리장들에 대한 그녀의 거부감은 직장을 바꿀 때마다 점점 불어났다. 어쩌면 그것은 주방을 지배하는 엄격한 위계질서의 분위기 탓일지도 몰랐다. 서빙하는 여종업원에게까지도 특권을 과시하는 그들의 위압적 태도 때문이었을 것이다. 어쨌거나 그녀에게는 그렇게 느껴졌다.

그도 그럴 것이, 아무리 별 볼일 없는 레스토랑이라도 주방 안에는 일종의 스타 경배의식이 지배했고, 그런 분위기는 요리사들로 하여금 불가침의 위치를 자처하게 만들었다.

안드레아는 자신이 왜 직종을 바꾸지 못하는지 매일 자문했다. 그리고 그때마다, 그 일밖에 다른 것은 배우지 못했다는 답이 나왔다. 서비스 종업원 노릇 외에는 별다른 수가 없었다.

원래 그녀의 꿈은 호텔이나 레스토랑의 경영자가 되는 것이었다. 그래서 호텔 전문학교에 입학했는데, 실습기간 중에 중도하차하고 서비스업에 주저앉고 말았다. 진저리 나는 학교를 떠나 단기 실습을 거치면서, 이를테면 여름에는 코모 호반이나 이시아 섬, 겨울에는 엥가딘이나 베른 주 고지의 여러 호텔을 돌아다니며 일할 수 있는 가능성이 그녀의 방랑기질에 걸맞았다. 그녀처럼 반반한 외모에 팁을 챙기는 재주까지 있는 경우에는 수입도 짭짤했다. 그렇게 그녀는 우수한 성적표에다 경험을 쌓았고, 어쨌거나 드미셰프 드 랑(Demichef de Rang, 레스토랑에서 일정 테이블 구역을 책임지는 웨이터 자격/역주)의 자격증은 갖추게 되었다.

다른 직종에 종사하려고 시도해본 적도 있었다. 현지 여행 가이드 노릇이었다. 그러나 그녀가 맡은 임무는 다름 아닌, 그리스 코스 섬 공항에서 소속 여행사의 이름이 쓰인 팻말을 들고 있다가 도착하는 여행객들을 여러 호텔 버스에 나눠 태우고 그들의 불평에 대응하는 일이었다. 안드레아는 바다도 아닌 거리에 나서서 분실된 여행가방이나 부족한 호텔방을 놓고 씨름하기보다는, 조금 덜 익었거나 너무 바싹 구워진 스테이크를 놓고 레스토랑 손님과 승강이를 벌이는 편이 차라리 낫다는 점을 곧 터득하게 되었다.

한번은 미인 선발대회에 응모하기도 했다. 제법 높은 점수를 받아 우승이 눈앞에 열릴 듯도 싶었다. 그런데 수영복 차림 사진 촬영 때 무슨 마가 끼었던지, 이전에 직업 모델을 해본 적이 있느냐는 사진사의 질문에 빌어먹을! 멍청하게도, "이렇게 옷을 많이 걸치진 않았었죠"라고 대답하고 말았다.

셰즈 후뷜러는 이름난 고급 레스토랑인지라 그녀의 생애에 깊은 인상으로 남을 듯싶었다. 어디서든 보통 두세 달밖에 버티지 못하던 그녀가 조금 오래 머물 수만 있다면 말이다. 반년, 아니 1년을 채울 수 있다면 더 좋고.

전차 안의 통로 맞은편, 그녀와 비스듬한 위치에 30대쯤의 한 남자가 앉아 있었다. 그녀를 뚫어지게 바라보는 남자의 모습이 유리창에 비쳤다. 그녀가 고개를 돌릴 때마다 남자는 미소를 흘렸다. 그녀는 옆 좌석에 버려진 무료신문을 집어들고 얼굴을 가렸다.

어쩌면 다시 한번 처음부터 시작해봐야 하지 않을까. 이제 스물여덟인데, 아직은 무슨 공부든 할 수 있지 않을까. 고등학교 졸업은 했으니, 그 자격으로 예술학교에 진학할 수 있고, 최소한 입학시험은 치를 수 있다. 사진공부, 그보다는 영화공부를 하면 어떨까? 운이 좋으면 장학금을 받을 수도, 다른 국가 보조금을 받을 수도 있을 것이다.

스피커에서 그녀가 내릴 정류장 이름이 들렸다. 안드레아는 일어나서, 뚫어지게 그녀를 쳐다보던 남자 곁을 지나치지 않으려고 일부러 먼 문으로 향했다.

프라이팬에서는 풋고추, 양파, 호로파 씨앗, 붉은 고춧가루, 소금과 카레잎이 든 오크라가 끓고 있고, 진한 야자우유는 대접에 담긴 채 가스레인지 옆에 놓여 있었다. 마라반이 채소 메뉴를 오크라로 결정한 이유는 그것의 영어 명칭이 레이디즈 핑거 (Ladies' Finger)이기 때문이었다.

파티야 카리(Pathiya Kari) 역시 여성용 요리였다. 고향에서 사람들은 아이에게 젖을 먹이는 엄마들에게 이 음식을 준비해주었다. 마라반은 자작한 물에 양파, 호로파, 울금, 마늘, 소금을 첨가해 영계의 살을 충분히 익힌 다음, 지난밤에 만들어둔 혼합 양념 중 한 가지—고수, 캐러웨이, 후추, 고추, 타마린드 파스타—를 닭고기 육수에 넣고 다시 한번 끓여 불에서 내려놓고 뚜껑을 덮었다. 상을 차리기 직전에 다시 데울 것이었다.

메뉴 중 남성적인 것은 상어살 요리인 쿠라 바라이(Churaa Varai)였다. 그는 익힌 상어살 스테이크를 가늘게 찢어, 강판에 간 야자열매, 울금, 캐러웨이, 소금을 넣고 버무려 한쪽 옆에 놓았다. 그리고는 무쇠 프라이팬에 야자유를 두르고 양파를 넣어 투명해질 때까지 볶고, 마른 고추, 양파 씨앗, 카레잎을 첨가하여 양파 씨앗들이 톡톡 튈 때까지 저은 다음, 프라이팬을 가스불에서 내려놓았다. 식탁에 내가기 직전에 다시 데우고, 상어요리용으로 준비해놓은 혼합양념과 한꺼번에 버무릴 것이었다.

이 세 가지 전통요리는 진짜 카레를 만들 수 있다는 그의 주장에 대한 증거물이 될 것이며, 그녀의 마음을 끌어들일 빌미이기도 했다. 그는 이 요리들을 각기 한눈에 들어가게끔 작은 양으로 대접할 것이며, 이 실험적 요리에 특유의 경의를 표하기 위해서 세 가지 각기 다른 공기 — 고수거품, 박하거품, 마늘거품 — 를 곁들이고, 질소에 담가 유리처럼 얼린 작은 카레잎으로 장식할 생각이었다.

마라반에게는 단시간 액화질소를 보관할 수 있는 절연용기가 있었다. 그의 월급의 5분의 1이나 되는 가격이었지만, 후빌러의 요리사들을 능가하려는 그의 요리 실험과 노력에서 필수적인 비품이었다.

이 상차림에서 실제로 중요한 부분은 앙트레였다. 그는 모든 중간요리에 새롭고 대담한 조리법으로 아유르베다식 성욕항진제를 첨가했다. 가당(加糖) 우유에 담근 검정녹두와 렌즈콩 퓌레를 1인분씩 전부 오븐에 넣어 굽는 방식을 택하지 않고, 그중 절반을 갈라서 우뭇가사리를 섞어놓았다. 그리고 두 가지 모두 실리콘 매트 위에 펴발라 길쭉길쭉하게 썰었다. 이어서 우뭇가사리를 넣지 않은 절반은 오븐에 구워 따끈한 상태에서 휘감아 나선형으로 만들었다. 나머지 절반은 차갑게 식혔다가 고무줄처럼 탄력이 생긴 가닥들을, 그새 바삭바삭해진 나선형띠 사이에 돌려가며 감쳤다.

사프란과 우유, 아몬드의 칵테일은 유동식으로 올리지 않을 생각이었다. 우유 대신 생크림을 사용하여 사프란, 종려당 진액, 아몬드와 참기름 약간을 넣어 가볍게 섞은 다음, 동그란 플라스틱 스푼으로 세 숟가락씩 듬뿍 떠서 액화질소에 담가, 겉은 차갑게 얼고 속은 부드러운 사프란-아몬드-에스푸마를 만들었다.

이 에스푸마는 달콤한 사프란 기이와 함께 내놓을 참이었다.

우선 사프란 꽃술을 뿌린 꿀과 젤리로 만든 가느다란 띠에 기이를 발라 도르르 말아서 사프란 기이를 만들었다. 이어서 불투명한 막 사이로 사프란 꽃술이 진하게 비치는 이 원통형 연노랑 젤리를 동글동글한 에스푸마 옆에 에둘러 장식했다.

기이, 벵갈후추, 카르다몸, 계피, 종려당을 섞은 양념장도 새로운 조리법을 택했다. 종려당을 맹물에 녹여 향신료들과 함께 회전 증류기에 넣어 절반으로 졸이고, 알긴산과 크산텐을 섞고 나서 거품이 빠져나간 다음, 계량 스푼으로 작은 경단을 빚어 젖산칼슘을 섞은 물속에 담갔다. 몇 분이 지나자 매끈하고 반질반질한 스페리코가 만들어졌다. 스페리코 안에 일회용 주사기로 소량의 따끈한 기이를 집어넣고 구멍이 막히도록 젖산칼슘 물속에서 재빨리 뒤집었다. 이어서 60도에 맞추어 따끈하게 데웠다. 이것은 후식으로 제공될 것이었다.

차에 곁들여 세 종류의 과자도 준비했다. 역시 모두 전통적 조리법으로 보증된 성욕항진제였다. 살리 쌀에 우유를 넣고 갈아 체에 거른 액에 이집트 콩가루와 설탕을 섞어 걸쭉하게 만들고는, 아몬드와 굵은 건포도, 대추야자, 생강가루, 후추를 넣어서 반죽을 만든 뒤에 하트 모양으로 찍어내 구운 다음, 붉은 설탕을 녹여서 입혔다.

다음으로는 말린 아스파라거스를 물에 불려 핸드 블렌더로 퓌레를 만든 뒤, 회전 증류기에 넣어서 진액을 뽑아냈다. 여기에 기이와 알긴산을 넣고 나서 혼합물이 단단해지면 작은 아스파라거스 모양을 만들어 엽록소로 한쪽 끝을 초록빛이 나게 물들였다.

가장 흔히 통용되는 아유르베다식 성욕항진제는 감초 분말과 기이, 꿀의 단순한 배합이었다. 그러나 마라반은 이 조리법으로 아이스바를 만들어냈다. 납작한 케이크 모양에 나무꼬챙이를 끼워 피스타치오 가루로 장식한 뒤 냉동시키는 것이었다.

6시 40분이 되자, 마라반은 샤워를 하고 옷을 갈아입고 다시 한번 창문을 모조리 열었다. 음식 냄새는 오로지 음식에서만 나야 했다.

5

전차 정류장에서 테오도르 가 94번지까지 걸어가는 짧은 길에서 안드레아는 구걸하는 아편 중독자, 따라붙는 마약 거래자, 치근대는 자동차 운전자와 부딪쳤다. 초저녁이기는 하지만, 돌아갈 때는 택시를 부르리라. 또한 마라반의 집에서 일찍 나오겠다고 굳게 마음먹었다. 그의 집 안에 들어서자마자, 못 올 텐데 왔다고, 몸이 몹시 불편하다고 말할 생각이었다.

건물 계단에는 이 시간쯤이면 임대 아파트 안에서 흔히 나는 냄새가 진동했다. 다만 다진 고기 굽는 냄새가 아니라 카레 냄새라는 것이 다를 뿐이었다. 2층에서는 타밀 여인 둘이 현관문을 반쯤 열어놓고 서서 수다를 떨고 있었고, 4층 층계참에는 어린 소년이 누군가 보려고 기다리고 있다가 안드레아를 보자, 실망해서 집 안으로 사라졌다.

마라반은 현관 밖에 나와 그녀를 기다리고 있었다. 화려한 셔츠에 짙은 색 바지 차림, 말쑥하게 샤워를 하고 면도를 한 모습으로, 길고 가느다란 손을 내밀며 말했다. "마라반의 카레 궁전에 오신 것을 환영합니다."

그는 그녀를 집 안으로 안내해서 포도주병을 받아들고, 그녀가 외투 벗는 것을 거들었다. 여기저기 촛불이 켜져 있고, 다만 몇 군데 부분 조명만이 방 안을 썰렁하게 밝히고 있었다.

"이 집은 많은 조명을 감당하지 못하거든." 그는 타밀 억양이 담긴 스위스 표준어로 해명했다.

거실 바닥에는 미처 20센티미터도 되지 않는 높이의 식탁에 두 사람을 위한 상이 차려져 있었다. 방석과 장식보들이 앉을 자리 구실을 했다. 한쪽 벽에는 촛불이 켜진 질그릇 램프가 놓인 가정용 제단이 자리잡고 있는데, 그 중앙에는 연꽃 위에 앉은 팔이 4개인 여신상이 보였다.

"락슈미야." 마라반은 또다른 손님을 소개하는 듯한 손짓으로 말했다.

"어째서 팔이 넷이지?"

"다르마(Dharma), 카마(Kama), 아르타(Artha), 모크샤(Moksha)야. 정직, 쾌락, 부, 구원을 뜻하는 거지."

"그렇구나." 안드레아는 이제 알겠다는 투로 대꾸했다.

다른 쪽 책상 위에는 바틱 날염이 된 천이 씌워진 컴퓨터 옆으로 얼음통이 놓여 있었다. 마라반은 얼음통에서 샴페인을 한 병 꺼내 하얀 냅킨으로 닦고 코르크 마개를 빼고는 두 잔 가득 따랐다. 그녀는 다른 시나리오를 기대했었다. 그의 집에 포도주가 없었다면 그는 그녀가 들고 온 선물을 땄을 테고, 그럼 그녀는 덜 미안한 마음으로 지금 몸이 좋지 않다고 운을 뗄 수 있었을 텐데.

건배를 하면서 그녀는 그가 술잔에 입술을 적시는 시늉만 하는 것을 알아챘다.

그가 식탁을 가리켰다. "우리는 특별한 만찬을 바닥에 앉아서 들거든. 불편하겠어?"

그렇다고 말하면 그가 어떻게 받아들일까, 그녀는 잠시 생각하다가 대답했다. "수저는 주는 거지?"

농담으로 한 말이었는데, 마라반은 아주 진지하게 물었다. "정말로 필요해?"

과연 수저가 필요할까? 안드레아는 잠깐 생각했다. "손 어디서 씻어?"

마라반은 작은 욕실로 그녀를 안내했다. 그녀는 손을 씻고, 남의 욕실에 들어가면 늘 하던 버릇대로 거울이 달린 욕실장을 열고 내용물을 살펴보았다. 치약, 칫솔, 치실, 면도용 거품, 면도솔, 면도기, 손톱깎이, 타밀 문자가 적힌 노란 통 하나와 빨간 통 하나. 모든 것이 마라반처럼 깔끔하게 정리되어 있었다.

안드레아가 거실로 돌아왔을 때, 마라반은 사라지고 없었다. 그녀는 부엌으로 통하리라 짐작되는 문을 열었다. 그러나 그곳은 침실이었다. 역시 말끔하게 청소가 되어 있었고, 가구라고는 옷장 하나, 의자 하나, 침대틀이 없는 이부자리가 전부였다. 한쪽 벽에는, 모래사장에 닿을 만큼 잎이 늘어진 야자수 몇 그루 앞쪽으로 낡은 범선 한 척이 떠 있는 백사장 풍경 그림이 붙어 있었다. 건너편 벽면에는 그녀에게는 생소한 나무들이 심어진 화분이 열 지어 놓여 있었고, 침대 머리맡 벽에는 거실의 것과 똑같은 힌두의 여신 그림과 가족사진 몇 점이 붙어 있었다. 마라반 또래의 여자들, 어린아이들, 청소년들, 자그마한 백발의 노파—마라반이 노파의 어깨를 보듬고 있었다. 그리고 사진관에서 찍은 도식적인 옛날 사진 한 점—잡티를 수정하고 채색을 가미한 사진 속의 진지한 한 쌍의 젊은 남녀는 아마도 마라반의 부모님일 것이었다.

안드레아는 방문을 닫고 다른 문을 열었다. 들어선 공간은 전문 주방의 축소판처럼 보였다. 수많은 스테인리스스틸과 흰색, 냄비와 프라이팬과 그릇이 즐비했다. 이제야 깨달은 것이지만, 발코니문을 활짝 열어놓았는데도 집 안에서 냄새가 나는 유일한 공간이었다.

마라반이 쟁반을 들고 그녀를 향해 다가오며 말했다. "주방으로부터의 환영 인사입니다." 그리고 곧 그것이 부엌 안에서 하기에는 조금 우스꽝스러운 발언이라는 것을 깨달았다. 두 사람은 소리내어 웃었고, 안드레아는 자신의 자리에 앉았다.

작은 쟁반에는 단지 5개의 미니 차파티만이 놓여 있었다.

안드레아가 하나를 집어서 냄새를 맡아보고는 입으로 넣으려고 했다.

"잠깐만." 마라반은 쟁반 위 유리그릇 안에 꽂혀 있던 피펫을 들고 차파티 위에 무슨 유액인지를 세 방울 떨어뜨렸다. "이제 들어!"

납작한 작은 빵에서 너무나 이질적이면서도 익숙한 향이 즉각 풍겨 올라왔다. 그래서 그녀는 일찍 돌아가겠다던 결심을 접어버렸다. "이게 뭐야?"

"야자유에 담근 카레잎과 계피. 내 어린 시절은 그런 향이 났어."

"그런데 이걸 어떻게 추출해냈어?"

"비법이 있지." 마라반은 차파티 전부에 진액을 몇 방울씩 떨어뜨리고 나서 안드레아와 마주 앉았다.

"넌 참 행복한 지난날을 보냈나봐. 그 향을 즐겨 떠올리는 걸 보면."

마라반은 대답을 찾기까지 시간이 걸렸다. 마치 그의 지난날이 좋았었는지 아닌지를 이제야 판별해야 할 것처럼. "아니야." 마침내 그가 입을 뗐다. "그렇지만 얼마 되지 않는 좋았던 시절에는 이런 향이 났었어."

그는 낭가이 이모할머니의 부엌—품격 있는 대형 주방과 또 대충 얽어맞춘 비좁은 부엌—에서 보낸 어린 시절 이야기를 들려주었다. 그러다가 이야기 도중에 실례한다면서 날렵하게 방석에서 일어나 잠시 자리를 뜨더니, 첫 번째 요리 코스를 들고 돌아왔다.

그것은 갈색 띠 두 가닥이 나선형으로 꼬아진 꽈배기 모양이었다. 한 가닥은 바삭바삭하게 굳어 있었고, 다른 가닥은 부드럽고 쫄깃했다. 두 가닥 모두 묘하게 달콤하면서도 구수한 같은 재료로 만들어졌지만, 전혀 다른 식감으로 씹히는 맛이 전혀 달랐다. 안드레아는 이토록 만족스럽고 이처럼 독특한 음식을 일찍이 먹어본 기억이 없었다.

"이 음식 이름이 뭐야?" 그녀가 물었다.

"남과 여." 마라반이 대답했다.

"어느 쪽이 여자야?"

"둘 다." 그는 그녀의 잔에 샴페인—후뷜러의 메뉴판 가격으로 130프랑이나 하는 볼랭제 스페시알 퀴베(Bollinger Spécial Cuvée)였다—을 더 따라붓더니 접시를 치워들고 다시 부엌으로 갔다. 그녀는 샴페인을 한 모금 더 마시고, 그대로 가득 차 있는 그의 잔을 물끄러미 바라보았다. 촛불에 반사된 작은 물 거품 하나가 잔 바닥에서 이따금씩 올라올 뿐이었다.

"이 요리 이름은 뭐야?" 그가 다음 코스의 요리를 앞에 놓자, 안드레아가 물었다.

"남과 북."

접시에는 유황 뭉치처럼 고르지 않게 빚어진 연노란 덩어리가 3개 놓여 있었다. 손에 잡히는 감촉은 단단하고 차가웠다. 그러나 마라반이 하는 대로 따라서 입에 넣고 씹자, 미지근한 내용물이 부드럽게 녹아 기분 좋게 혀에 감겨오면서 달콤한 이국적인 쿠키 맛이 났다.

이 작은 얼음덩어리 주위에는 원통 모양의 노란색 젤리들이 놓여 있었고, 젤리에서는 사프란 꽃술이 촛불에 비쳐 투명한 오렌지빛으로 배어나오고 있었다. 그 맛은 조금 전에 대담하게 씹어 먹었던 얼음 유황덩어리 맛을 능가하는 보상으로 입 안에서 펼쳐졌다.

"이거 네 창작품이야?"

"식재료들은 아주 오래된 전통 조리법을 따른 거고, 요리방식만 내 거야."

"요리의 명칭도 분명 네가 지은 걸 테고."

"이것 역시 남과 여라고 이름 붙일 수 있는 거야."

그냥 그녀의 느낌일까, 아니면 그의 목소리에 육감적인 무엇이 담겨 있는 것일까? 무슨 상관이야.

지금까지는 손으로 집어 먹기가 쉬웠다. 나온 음식들은 모두 손으로 집어들기 쉽게 만들어져 있었다. 그런데 이번에 마라반은 카레요리를 내왔다.

아주 작은 양의 각기 다른 카레가 담긴 3개의 접시였다. 모두 다른 종류의 밥 위에 얹은 카레요리에 송골송골한 거품과 윤이 나는 작은 나뭇가지 하나가 장식되어 있었다.

"마늘거품을 곁들인 살리 쌀밥 위에 레이디스 핑거 카레. 고수 거품을 곁들인 사슈티카 쌀밥 위에 영계 카레. 박하거품을 곁들인 니바라 쌀밥 위에 쿠라 바라이야." 마라반이 설명했다.

"쿠라 바라이가 뭔데?"

"상어."

"그렇구나."

그는 그녀가 들기를 기다렸다.

"네가 먼저 먹어봐." 그녀는 그를 채근해서, 그가 엄지와 검지와 중지로 약간의 카레와 밥을 움켜쥐고 작은 공처럼 뭉친 뒤 입에 넣는 모양을 바라보았다.

처음에 안드레아는 서툴기만 했다. 그러나 한입 먹자마자, 밥알을 뭉치는 기술 따위는 개의치 않고 맛을 음미하는 데만 집중하게 되었다. 향신료 하나하나의 맛을 모조리 구별해서 알 것 같았다. 모든 향이 제각기 터져나왔고, 그 전체의 맛이 다시금 하나로 어우러지는 불꽃놀이처럼 펼쳐졌다.

자극의 정도도 아주 적절했다. 혀를 얼얼하게 하지 않으면서도 매운 맛이 느껴지는가 싶으면 곧 물러날 채비를 갖추었다. 또다른 향신료를 첨가한 것처럼 집약된 뒷맛을 느끼게 하며 머물렀다가, 다음 번 것을 뭉치는 동안에 기분 좋은 온기를 남기고는 살그머니 사라지는 것이었다.

"고향이 그리워?" 그녀가 물었다.

"응. 하지만 내가 떠나왔던 스리랑카는 아니야. 내가 되돌아가고 싶은 곳이지. 평화로운 나라. 정의로운 나라."

"그리고 하나가 된 나라?"

마라반의 오른손은 주인의 두뇌가 내리는 명령에서 떨어져나온 듯 움직이며, 주인에게 음식을 조달하는 임무를 자동적으로 수행하고 있었다. 주인이 손님에게 시선을 고정시키고 말을 하는 동안에, 손은 밥알을 한입 크기로 뭉쳐 쥐고 거리를 둔 채, 공손하게 주인의 말이 끝나기를 기다렸다.

"세 가지 모두? 평화롭고 정의롭고 통일된? 그렇다면 얼마나 좋겠어."

"넌 그렇게 될 거라고 믿지 않는구나."

마라반은 어깨를 으쓱했다. 마치 그 신호를 기다렸다는 듯, 그의 손이 움직이며 뭉친 밥을 입에 밀어넣고 다음 것을 뭉치기 시작했다.

"오랫동안 그렇게 될 거라고 믿었어. 케랄라에서 요리사 일까지 집어치우고 스리랑카로 돌아간 적도 있을 정도로."

마라반은 케랄라에서 받은 수업과 여러 군데 아유르베다식 건강 요양원에서의 경력을 들려주었다. "일 년만 더 있었으면 나도 주방장이 되었을 텐데." 그는 한숨을 내쉬었다.

"그런데 왜 돌아간 건데?" 안드레아는 고수거품을 묻힌 차파티 한 조각을 손에 쥐고 허겁지겁 입 속으로 밀어넣으며 물었다. 손으로 먹는 것이 이토록 감각적인 줄은 미처 몰랐다.

"2001년 재선거에서 통일민족당이 승리를 했어. 모두가 평화를 믿었지. LTTE는 휴전을 선포했고, 오슬로에서 평화협상이 시작되었어. 드디어 내가 돌아가고 싶은 스리랑카가 탄생되는 것처럼 보였지. 그렇다면 난 처음부터 그 현장에 있고 싶었거든."

그는 손 씻는 사발에 손가락을 담갔다가 냅킨으로 물기를 닦고는 접시들을 모아들고 일어섰다. 그 모든 움직임이 안드레아에게는 매끈하게 흘러가는 단 하나의 동작처럼 비쳤다.

그녀는 그가 부엌으로 사라지는 모습을 바라보았다. 잠시 후 다시 나왔을 때, 그는 반들반들한 새알심들이 정확하게 줄을 맞춰 한가운데 놓인 좁고 긴 쟁반을 조심스럽게 들고 있었다. 검게 착색된 상아로 만든 낡은 당구공 모양의 그 새알심들은 따끈하고, 설탕에 절인 과일 같은 식감을 가졌으며, 달콤하면서도 버터와 생강, 계피의 맛이 진하게 났다.

"그리고는?" 안드레아는 옛날 이야기를 듣는 어린애처럼 그를 재촉했다.

"서해안의 한 호텔에 보조 요리사 자리를 구했어."

"보조 요리사라니?" 그녀가 그의 말을 끊었다. "거의 주방장 자리에 오른 거 아니었어?"

"타밀족인 경우에는 사정이 달라. 케랄라에서는 별 문제 없지만, 스리랑카 싱할라족 지역에서는 아니야. 난 거의 3년간 보조 요리사로 일했어."

안드레아는 어느새 두 번째 새알심을 씹고 있었다. "그러기엔 너는 이미 예술가인데."

"2004년에 나한테도 기회가 왔어. 내가 일하던 호텔 체인이 산악지대에 있는 차[茶] 공장을 부티크 호텔로 만들고는 나를 그 곳 요리 파트장으로 임명했거든."

"그런데 왜 그곳에 더 있지 않은 거야?"

"쓰나미가 덮쳤어."

"산악지대에?"

"아니, 쓰나미가 해안에 있는 호텔을 휩쓸었지. 그리고 그곳에서 살아남은 싱할라 요리사 중 한 명이 와서 내 자리를 차지하게 되었어. 난 북쪽으로 돌아갈 수밖에 없었지. 그곳에서 LTTE 나 정부나 할 것 없이 모두가 전 세계에서 보내온 구호금으로 저마다의 정치놀음을 벌이는 걸 실감했어. 그건 내가 돌아가고자 했던 스리랑카는 결코 아니라는 걸 깨달았지." 그도 이제 새알심 하나를 집어 살짝 맛보고는 자신의 접시에 놓았다. "그리고 한참 동안 그런 스리랑카는 기대할 수 없을 것 같아."

"쓰나미가 닥쳤던 건 그리 오래되지도 않았잖아."

"3년이 좀 넘었지."

"그런데 어떻게 그렇게 독일어를 잘해?"

마라반은 어깨를 으쓱했다. "우린 적응하는 방법을 배웠거든. 적응하려면 말부터 배워야 하니까." 잠시 후 그는 덧붙였다. "후히헤쉬틀리(Chuchichäeschtli, '작은 찬장'이라는 뜻의 서남부 독일 방언. 'ch' 발음이 3차례 겹치는 어려운 발음 때문에, 스위스 시민권 획득을 위한 필수적인 발음으로 일컬어진다/역주), 간장공장 공장장은 간공장장이고 된장공장 공장장은 된공장장이다."

안드레아는 소리내어 웃었다. "그런데 왜 하필 스위스야?"

"케랄라의 아유르베다식 요양지와 스리랑카의 호텔에 수많은 스위스인들이 있었거든. 그들은 늘 친절했어."

"여기서도 그래?"

마라반은 생각에 잠겼다. "타밀인들은 그래도 고향에서보다 여기에서 더 나은 대접을 받는 것 같아. 이곳에 거의 4만5,000명의 우리 민족이 와 있어. 차 마실래?"

"좋을 대로."

그는 빈 식기를 치웠다.

"이렇게 떡하니 앉아서 서비스만 받고 있어도 돼?"

"오늘 넌 비번이야." 그는 부엌으로 사라졌다.

잠시 후 그는 티세트가 담긴 쟁반을 들고 와서 차를 따랐다. "백차(白茶)야. 딤불라 지역 고원에서 재배되는 차나무에서 은빛 털이 보송보송한 여린 잎을 말린 거지." 그는 설명하고 다시 부엌으로 가서 과자가 담긴 접시를 들고 왔다. 초록빛 반점이 찍힌 아이스바 주변에 끝을 진초록으로 물들인 작은 아스파라거스며 하트 모양 자줏빛 쿠키들이 장식되어 있었다.

"더 이상은 못 먹을 것 같아."

"과자 들어가는 배는 따로 있어."

그의 말이 옳았다. 아이스바는 대목장터의 과자처럼 감초와 피스타치오, 꿀맛이 났다. 아스파라거스는 곰모양 젤리 과자처럼 쫄깃하면서 진하디 진한 아스파라거스의 맛이 났고, 작은 하트 모양 쿠키는 매콤달콤한 인도 시장의 향내를 풍기면서, 맛은 사뭇—그녀에게 더 적절한 말이 떠오르지 않았다—외설스러웠다.

갑자기 그들 사이에 들어선 침묵이 의식되었다. 비를 동반한 돌풍으로 창문을 때리던 바람소리도 멎었다. 무엇 때문이었는지 그녀가 입을 뗐다. "네 가족들 사진 좀 보여줄래?"

마라반은 아무 말없이 그녀를 일으켜 세워 사진들이 걸린 침실 벽으로 데리고 갔다.

"형제들이랑 조카들이야. 여긴 우리 부모님, 부모님은 1983년에 돌아가셨어. 자동차 방화사고로."

"왜?"

"타밀족이었기 때문에."

안드레아는 그의 어깨에 손을 얹고 입을 다물었다. "그리고 이 노부인은 나……."

"낭가이 이모할머니."

"지혜로워 보이셔."

"맞아, 지혜로운 분이셔."

다시 정적이 흘렀다. 안드레아의 시선은 창문을 향했다. 침실로부터 어둠 속으로 새나가는 희미한 불빛 속에 눈발이 휘날리는 것이 보였다. "눈이 오네."

마라반은 얼핏 창문을 바라보다가 커튼을 닫았다. 그리고는 그 자리에 우뚝 서서 망설이는 눈길로 그녀를 쳐다보았다.

안드레아는 포만감을 느꼈다. 그럼에도 여전히 뭔가에 대한 허기가 야금야금 파고들었다. 그것이 무엇에 대한 갈증인지, 이제 그녀에게 분명해졌다.

그녀는 그에게로 다가가서 두 손으로 그의 얼굴을 감싸쥐고 그의 입에 키스했다.

6

다음 월요일에는 이 나라의 최대 은행(UBS)이 190억 달러의 지불유예를 선언하고 150달러의 채권을 발행한다는 사실이 알려졌다. 은행 총재는 일자리를 잃었다(당시 총재는 마르셀 오스펠[Marcel Ospel]로, 당시 경제위기에 대한 책임을 지고 2008년 4월 23일에 사퇴했다/역주). 마라반에게도 이 날은 불운의 날이었다.

새벽 6시가 되기도 전에 그는 침실에서 빠져나와 조티와 야자열매 처트니를 넣은 달걀 호퍼를 만들었다. 쟁반을 들고 부엌을 나서다가 안드레아와 부딪칠 뻔했다. 그녀는 이미 떠날 준비를 끝낸 모습이었다.

"호퍼 먹을래?" 그 말밖에는 뾰족한 말이 떠오르지 않았다.

"고맙지만, 난 아침을 챙겨먹는 타입이 아니야."

"그렇구나." 그는 다만 그렇게 대꾸했다. 두 사람은 한동안 말을 잃고 마주 보았다. 침묵을 깬 쪽은 안드레아였다.

"지금 가야 해."

"알았어."

"멋진 저녁 식사를 대접해줘서 고마워."

"네가 와줘서 고맙지. 오늘 오전근무야?"

"아니, 오후."

"그럼 이따 오후에 봐."

안드레아는 뭔가 마음에 걸리는 것이 있는 듯 머뭇거리다가, "마라반……" 하고 입을 열었다. 하지만 마음을 바꿨는지 그의 양 볼에 뻣뻣하게 키스를 하고는 떠났다.

그는 창가에 서서 그녀가 건물을 빠져나가, 외투 주머니에 양손을 깊이 찌른 채 전차 정류장을 향해 걸어가는 모습을 내려다보았다. 찌푸린 아침 날씨였지만 거리의 빗기운은 가서 있었다.

마라반은 부엌으로 들어가 후뷜러에서 그가 맡은 일과 같은 일을 시작했다. 프라이팬을 씻고 닦고 치우는 일이었다.

스리랑카에서 이곳으로 망명을 온 이후, 여자랑 같이 잔 것은 이번이 처음이었다. 그 이전에 있었던 몇 번도 손가락으로 헤아릴 정도였다. 남인도에서 세 번, 스리랑카에서 두 번, 그중 4명은 창녀였고, 1명은 여행객이었다. 영국에서 온 마흔 언저리의 그 여행객은 이름이 캐롤린이라고 했다. 하지만 여행가방 꼬리표에는 제니퍼 힐이라고 쓰여 있었다.

일을 치르고서 기분이 개운한 것도 처음 겪는 일이었다. 양심의 가책 같은 것도 없었고, 몇 시간이고 샤워를 할 필요도 없었다. 그로서도 놀라운 일이었다. 이를테면 그에게는 사랑과 묶인 첫 경험이었다.

그랬기 때문에 아침에 안드레아가 그에게 보인 태도는 예상 밖의 충격이었다. 독신으로 사는 다른 타밀 남자들한테서 주워들은 일이 그에게도 벌어진 것일까? 그 자신이 하룻밤의 시답잖은 이국적 기분 전환용으로 이용된 것일까?

회전 증류기를 씻기 위해서 전등불을 켜야 했다. 그만큼 아침 날씨는 침침했다. 그는 그것을 깨끗한 속옷과 타월로 푹신하게 감싸서 다시 스포츠 가방에 챙겨넣었다.

집을 나섰을 때는 다시 비가 내렸다. 아직 일렀지만, 켈러 부인이 후뷜러에 출근하자마자 제일 먼저 당도할 작정이었다. 후뷜러의 관리를 맡고 있는 켈러 부인은 일정한 사무시간에 근무하며, 8시 15분 정각에 납품 출입구를 열었다. 그 시간이면 회전 증류기를 제자리에 가져다놓기에 충분했다.

그런데 불운의 가닥이 줄줄이 꼬이기 시작했다. 마라반이 전차의 차량 맨 뒤쪽에 서서 지난밤의 일과 안드레아의 이상한 태도에 대해서 골똘한 생각에 잠겨 있는데, 갑자기 날카로운 벨소리와 함께 전차가 쿵 하며 멈춰 섰다.

아무것도 붙잡고 있지 않던 마라반은 넘어지지 않으려고 버둥거리다가, 한 좌석의 등받이를 잡으려고 손을 뻗는 젊은 여자와 부딪치고 말았다. 그리고 둘은 함께 쓰러졌다.

몇몇 승객이 비명을 질렀고, 곧이어 조용해졌다. 전차 앞쪽에서는 끊임없이 자동차 경적소리가 들려왔다.

마라반은 가까스로 일어나 여자를 부축해서 일으켰다. 좌석을 차지하고 앉아 있던 한 노인이 고개를 절레절레 흔들며 툴툴거렸다. "뻔한 짓거리지, 저렇다니까."

젊은 여인은 이마에 붉은 점을 찍고 있었고, 연두색 펀자비 드레스 위로 누비 방한점퍼를 걸치고 있었다.

"괜찮아요?" 마라반은 타밀어로 물었다.

"그런 것 같아요." 그녀는 답하며 아래를 훑어보았다. 편자비 오른쪽 무릎 아래가 승객들의 비에 젖은 신발이 차량 바닥에 흘린 구정물로 더럽혀져 있었다. 금빛 수를 놓은 바지의 얇은 옷감이 종아리에 찰싹 달라붙어서 얌전한 그녀의 외모와는 어울리지 않게 불량스러운 느낌을 주었다. 마라반은 재킷 주머니에서 휴대용 티슈를 한 뭉치 꺼내 그녀에게 건넸다.

그녀가 더러워진 비스코스 인견(人絹)을 대충 닦아내는 동안, 마라반은 스포츠 가방의 지퍼를 열고 타월에 감긴 플라스크를 살그머니 살폈다. 무사했다. 얼마나 다행인지! 내친 김에 그는 요리법이 떠오르는 대로 기입해놓는 수첩을 한 장 찢어서 이름과 주소, 전화번호를 적어 젊은 여인에게 건네주었다. 편자비를 세탁소에 맡길 경우에요, 라는 말과 함께.

그녀는 쪽지를 읽고 핸드백에 넣고 나서 말했다. "산다나. 산다나라고 해요."

그리고는 입을 다물었다. 마라반의 눈에는 고개를 떨군 산다나의 후드 아래로 가운데 가르마의 시작부분, 그리고 긴 속눈썹의 끄트머리만 보였다.

승객들이 동요하기 시작했다. 차량 앞쪽에 있던 한 젊은이가 차창 위의 좁다란 환기구를 열어젖히고 소리쳤다. "여봐요! 여기 타고 있는 사람들은 일하러 가야 한단 말이에요!"

곧이어 안내방송이 흘러나왔다. "블레흐 가에 차량 충돌사고가 나서 12번 전차 노선은 양방향이 봉쇄되었습니다. 버스 편은 운행되겠사오나, 기다리는 시간을 감안하여 내리십시오."

전차의 문은 굳게 닫혀 있었다. 경찰차와 구급차 사이렌이 점점 요란하게 들려오다가 전차 옆에서 갑자기 뚝 그쳤는데도 말이다.

이번에도 문제를 풀 주도권을 쥐고 나선 사람은 아까 환기구를 통해서 항변했던 젊은이였다. 그는 차량 개폐문 위에 달린 비상구용 손잡이를 열고는 차에서 내렸다. 처음에는 망설이던 나머지 승객들도 황급히 그의 뒤를 따랐다. 채 1분도 지나지 않아서 차량 안은 텅 비었다.

마라반과 산다나가 마지막으로 내렸다. 차에서 내리며 마라반이 작별의 말을 했다. "서둘러야 해요. 지각이거든요. 또 봐요."

"미둠 잔디폼" 하고 그녀도 타밀어로 답했다.

앞쪽 차량 안에 여전히 몰려 있는, 법을 착실히 지키는 승객들이 전차를 탈출한 이들의 뒷모습을 멍하니 바라보고 있었다.

전차 앞머리에는 화물차 한 대가 쐐기처럼 박혀 있었다. 한 구급대원이 열린 조수석 차창 너머로 몸을 굽혔다. 또다른 구급대원은 링거병을 들고 호스를 차창 안으로 밀어넣었다. 멀리서 소방대의 사이렌 소리가 들려왔다. 사고 차량에 갇힌 운전기사를 구조하려고 질주해오는 중이었다.

마라반은 후뷜러의 마지막 출근자가 되었다. 하마터면 근무시간에 맞추어 들어가지도 못할 뻔했다. 회전 증류기를 남몰래 제자리에 반납할 기회는 사라졌다. 그는 제2의 계획을 세웠다.

누군가 그 도구가 필요하면 "마라반! 회전 증류기!"라고 소리칠 것이다. 취급이 까다로운 이 기구의 담당자는 마라반이었으니까. 그러면 자신의 사물함을 대충 닫아놓았다가 자재실로 가는 도중에 탈의실에 들러서 증류기를 꺼내오면 될 것이었다.

요리사들은 빈정대는 말투로 그를 맞았다. 어제 그가 안드레아의 방문을 받았다는 사실을 모두가 알고 있었다. 한 사람은 "지나치게 화끈하지 않았기를 바라네, 카레 말일세"라고 하는가 하면, 또다른 사람은 "진짜 카레는 두 번 볶아야 한다지. 죽은 놈이 무사하려면 말이야" 하며 이죽거렸다.

마라반은 웃음을 띠고 대꾸하지 않으려고 애를 썼다. 그러나 분위기는 여전히 격앙되어 있었다. 이례적으로 후뷜러조차 일찌감치 주방에 나타나서 거치적거리며, 그를 보더니 "우리의 매서운 호랑이(타밀 분리파 LTTE의 '호랑이'를 빗대어서 하는 말이다/역주)"라고 불렀다.

마라반은 감자 껍질을 벗기며, 너희들이 뭘 알아, 너희들이 뭘 아냐구, 라고 생각했다. 그때 갑자기 핑크가 온 주방에 다 들리도록 소리쳤다. "칸단! 회전 증류기!"

지금껏 회전 증류기를 건드려본 적조차 없는 칸단은 얼떨떨해했다. 동시에 마라반도 어안이 벙벙해졌다.

"자, 칸단, 빨리. 왜 그래?" 핑크가 마라반을 슬쩍 곁눈질하며 물었다.

칸단이 몸을 움직였다.

마라반은 조급하게 머리를 굴렸다. 칸단이 빈손으로 돌아오기까지 기다렸다가 핑크가 자신을 보내기를 기대해야 할까? 아니면 당장 같이 따라나서서 기구를 꺼내오고, 칸단이 들통내지 않기를 바라야 할까? 그것도 아니면, 회전 증류기는 내 사물함에 있어요, 제가 빌려갔었습니다, 라고 차분히 고백해야 할까?

그는 감자 껍질을 계속 벗기며 무슨 일이 벌어질지 기다렸다.

칸단이 돌아오기까지는 제법 시간이 걸렸다. "거기 없던데요" 라고 그가 더듬거리며 말했다.

"어디 없다고?"

"원래 늘 있던 자리에 없어요."

마라반은 끼어들 기회를 놓쳤다. 핑크가 잰걸음으로 그를 지나쳐 칸단 쪽으로 가더니, 자재실과 종업원실로 통하는 문 안으로 사라졌다. 칸단이 그의 뒤를 따랐다.

마라반은 감자 깎는 칼과 감자를 손에서 놓고, 자동적으로 앞치마에 손을 닦으며 같은 방향으로 움직였다.

자재실에서는 핑크가 욕지거리를 하며 찬장문이며 서랍을 여닫는 소리가 들려왔다. 마라반은 그곳을 지나쳐서 종업원 탈의실로 들어가 자신의 사물함을 열고 회전 증류기를 꺼냈다.

마라반의 등 뒤에서 후뷜러의 목소리가 들렸다. "오늘이 월급날이고, 자네는 이미 지난달 치 월급을 받았지. 이제 그 기계가 하자 없이 돌아가는지를 검사하겠네. 멀쩡하다면, 켈러 부인이 자네의 13개월 치 월급의 배당금을 내줄 걸세. 그렇지 않다면 그 기계를 수리에 맡기고, 그 비용을 우리가 자네에게 지불할 돈으로 청산할 거고."

회전 증류기는 여전히 나무랄 데 없이 작동했고, 마라반은 600 프랑 남짓의 현금을 받아들고 후뷜러를 떠났다. 그가 자질구레

한 소지품을 챙기는 동안 사장이 그 옆에 서서 뭘 훔쳐가지 않나, 지켜보았다.

그를 보내면서 사장이 말했다. "두고 보라구, 후빌러에서 즉각 해고된 사람은 쉽게 다시 주방 일자리를 얻을 수 없을 테니. 내가 자네를 고발하지 않은 것만도 고마워하라구. 아니면 당장 스리랑카로 추방이지."

안드레아는 오후 4시에 근무를 시작했다. 마라반과 대면할 일과 종업원들과 부딪칠 일 가운데 어느 쪽이 그녀의 심기를 더 불편하게 할지 알 수 없었다. 그러나 옷을 갈아입고 테이블 차리는 일을 도와줄 때, 그녀에게 말을 걸어오는 사람은 아무도 없었다. 홀 매니저가 브리핑을 할 때도 어제저녁 마라반의 집에 초대를 받은 일과 관련된 주제는 언급되지 않았다. 그녀가 처음 주방 안에 들어섰을 때도 모두가 아무 말이 없었다.

마라반과 부딪치는 일도 피할 수 있을 것 같았다. 그녀가 있는 위치에서 그의 모습이 보이지 않는 것을 보면, 그는 주방 뒤쪽에 배치된 모양이었다. 1시간 뒤면 그의 근무시간이 끝날 테고, 그동안만큼은 쉽게 그와의 대면을 모면할 수 있을 것이었다.

두 번째로 주방에 들어섰을 때, 마라반이 하고 있으리라고 짐작했던 프라이팬 세척을 칸단이 맡고 있는 것이 눈에 띄었다. 그렇다면 매일 저녁 그렇듯이, 마라반은 요리 준비작업을 하고 있다는 의미였다.

그러나 채소담당 요리사를 위해 채를 썰고 있는 사람은 다른 보조 요리사였다. 마라반에 비하면 어림없이 서투른 솜씨였다.

주방 안은 여전히 유별나게 조용했지만, 그녀는 자신을 향하는 몇몇 호기심에 찬 시선을 느꼈다.

"대체 마라반은 어디에 있어요?" 그녀는 곁에 서서 식단표 위에 뭔가를 적고 있는 주문담당 반디니에게 물었다.

"해고됐어." 그는 고개도 들지 않고 우물거렸다. "즉석에서."

"왜요?" 이 질문은 생각보다 크게 터져나왔다.

"회전 증류기를 빼돌렸거든. 5,000프랑이 넘는 물건인데."

"빼돌리다뇨?"

"허락도 없이."

안드레아는 주방 안을 휘둘러보았다. 하나같이 맡은 일에 몰두하는 척하고 있었다. 그 가운데에서 한껏 멋을 부린 검정 양복 차림의 후빌러도 거드름을 피우며 굼뜨게 움직이고 있었다.

안드레아는 축사를 하는 무대의 배우처럼, 나이프로 술잔을 톡톡 두들겼다. "할 말이 있습니다!" 그녀가 외쳤다.

모두들 그녀를 향해 고개를 돌렸다.

"마라반은 그의 가느다란 손가락 끝에 이 주방에 모인 당신들 모두를 합친 것보다 더 대단한 재능을 가지고 있더군요!"

그리고는 일찍이 그녀를 곧잘 곤경에 빠뜨렸던 빌어먹을 근성이 도지면서 한마디 덧붙였다. "침대에서도 마찬가지구요!"

7

4월의 화창한 날이었다. 알록달록한 전통의상과 제복을 차려
입은 근 2,500명의 어린이들이 행진곡에 맞추어서 도시 한복판
으로 행진하고 있었다. 행렬의 끝에는 솜으로 만든 눈사람을
태운 마차가 따라가고 있었는데, 이 눈사람은 내일 저녁 6시에
장엄하게 불길에 던져질 것이었다.

가까운 교외에는 역시 다채로운 옷을 입은 100명에서 200명
가량의 타밀인들이 사원에 모였다. 신년축하 파티(스리랑카에서
는 4월 중순을 태양년의 시작으로 여기고, 크리스마스처럼 가족들이 모
여 잔치를 벌인다/역주)를 위해서 모인 것으로, 금년에는 이 행사가
젝셀로이텐(Sechseläuten, '6시의 종소리'라는 뜻으로 춘분을 기해 하루의
일과가 끝났음을 알리는 대사원의 6시 종소리에서 유래했다. 주로 길드
중심으로 벌어지는 취리히의 봄축제로서 어린이들도 참여한다. 저녁 6시에
겨울을 상징하는 'Böögg'라는 인공 눈사람을 불에 태우는 이벤트가 있다/
역주)의 어린이 행진과 겹쳤다.

그들은 사원 마룻바닥에 앉아, 아이들이 놀고 있는 한편에서
환담을 나누며 신년운수에 귀를 기울였다.

마라반은 믹서기의 스위치를 끄고 옷소매로 눈물을 닦아낸 다

음, 믹서기의 유리용기 속에 든 내용물을 그릇에 쏟아부었다. 그릇 안에 생양파와 겨자 씨앗, 카레잎의 걸쭉한 반죽이 쌓였다.

한쪽에는 대형 식당용 스테인리스스틸 양푼 안에 길게 채를 썬 초록빛 망고가 흥건한 즙 속에 담겨 있었다. 마라반이 강판에 간 야자열매, 요구르트, 풋고추와 소금을 넣어서 버무린 것이었다. 그는 여기에 방금 믹서기로 간 것을 첨가하고, 그 위에 고추와 겨자 씨앗으로 양념한 기이를 부었다.

님나무꽃 파차디는 이미 준비되었다. 그는 그것을 님나무의 쌉쌀한 꽃, 팔미라 야자의 수꽃에서 나온 감로, 타마린드 열매의 새콤한 즙, 초록빛 망고의 신선한 과육, 매콤한 고추피(皮)로 옛날 조리법에 따라 조리했다. 님나무꽃 파차디는 인생처럼, 쓰고 달콤하며, 시큼하면서도 신선하고, 또한 매운 맛이 나야 하기 때문이다.

예식이 끝난 후, 신도들은 빈속에 이 두 가지 파차디로 요기를 하고 "푸탄두 바츠투갈(Puthandu Vazhthugal)"이라고 말하며, 행복을 기원하는 새해인사를 나눌 것이다.

후빌러는 마라반을 해고하며 노동능력 증명서와 노동 확인서(Arbeitszeugnis와 Arbeitsbstätigung, 전자는 고용주가 피고용자의 취업기간 중 노동능력과 자질을 판단하는 성적증명서이며, 후자는 단지 고용기간과 작업종류를 확인해주는 진술이다/역주) 중에서 양자택일을 하라고 했다. 전자에는 그의 즉각적인 해고와 그 이유(값비싼 주방도구를 무단 반출하여 사용한 사례)가 거론될 것이며, 후자에는 단지 노동기간과 맡은 바 일만 언급될 것이었다.

마라반은 노동 확인서를 받는 쪽을 택했다. 그러나 어디를 찾아가 면담을 해도, 마라반이 후빌러에서 1년이 넘도록 일을 하고서도 노동 확인서만 제시하는 것을 의아해했다. 그후 감감 무소식이거나 거절 통고만 받았다.

그는 결국 실업급여를 받기로 했다. 이번 달이 지나면 2,000프랑이 넘는 액수를 받게 될 것이다. 여기에 비공식적으로 버는 수입이 보태질 수도 있었다.

사원에서의 일은 물론, 비공식적인 첫 번째 위탁이었다. 보수도 얼마 되지 않았다. 교구 측에서는 그의 애향심에 호소하며 애당초 자발적 봉사활동의 일환으로 무보수로 일해줄 것을 기대했다. 그리고 그들은 50프랑이라는 상징적 액수에 합의했다. 사제는 신도들 앞에서 그의 이름을 밝혀주겠다고 약속했고, 마라반은 이 같은 광고와 음식 맛이 요리사로서 자신의 이름을 알려줄 계기가 되기를 기대했다.

이곳 스리랑카의 이민족은 폐쇄된 공동체였다. 자신들의 문화를 보존하고 망명국의 영향으로부터 그것을 지키려고 부심했다. 이렇듯 타밀인들은 직업상으로는 동화되었으면서도, 사회적으로는 동떨어져 살고 있었다. 그러나 마라반은 이 공동체에서도 결코 적극적인 구성원이 되지 못했다. 독일어 수업 코스를 제외하고는 신참자를 위해 제공된 프로그램들을 이용하지도 않았고, 아주 특별한 기념일에 사원을 찾기는 했지만 대체로 사람들과는 거리를 두었다. 그러나 개인 요리사로 생계를 꾸려나가려는 지금의 그에게는 이들 공동체와의 관계가 아쉬웠다.

타밀계 힌두교도들은 여러 종교적인 축제와 아울러, 성년식이며 결혼식, 수태식(受胎式) 등 가족 축제를 벌인다. 그리고 이 모든 행사에는 제법 푸짐한 음식도 동반된다.

신년 축제를 위한 요리는 어쨌거나 마라반에게는 시작이었다. 그리고—누가 알겠는가?—시간이 흐르면서 인도식, 실론식, 아유르베다식의 최고급 요리를 납품해주는 누군가가 있다는 소문이 스위스인들 사회에도 퍼질지. 언젠가는 이 도시의 고급주택가에 "마라반 출장요리"라는 간판이 붙은 배달차, 이를테면 강황색의 시트로엔 점퍼가 굴러다닐지.

그에게는 그것 말고 다른 꿈도 있었다. "마라반의 집"—아(亞)대륙의 아방가르드 요리를 제공하는 유일한 레스토랑. 많아야 50석, 남인도 및 스리랑카식 향과 아로마, 식감을 즐기는 미식가들의 아담한 순례지를 여는 일이었다.

그리고 "마라반의 집"으로 웬만큼 돈을 벌고 스리랑카에도 평화가 찾아오면, 고국으로 돌아가 콜롬보에서 레스토랑을 계속하리라.

그의 이런 꿈들에는 항상 한 여인이 동반했다. 이제 그 여인은 막연한 환영(幻影)이 아니라 구체적인 모습, 바로 안드레아의 모습을 취했다. 그녀는 출장요리 서비스의 종업원들을 감독할 것이며, "마라반의 집"에서는 여자 지배인이 될 것이다. 그리고 훗날 콜롬보에서는 여느 타밀의 아내처럼 집안일에만 전념하리라.

물론 안드레아와는 4월의 그 화요일 이후로 연락이 두절되었다. 그는 그녀의 주소도 전화번호도 몰랐다. 무소식으로 일주일이 지난 뒤, 그는 자존심을 꺾고 후빌러에 전화를 걸었다. 켈러 부인이 그녀가 그곳을 그만두었다고 말해주었다.

"안드레아의 주소나 전화번호 좀 알려주시겠어요?" 마라반이 물었다.

"당신과 연락을 원했다면, 본인이 직접 전화번호를 알려줬겠죠." 켈러 부인은 그렇게만 말하고 전화를 끊었다.

마라반은 요리를 밖으로 날랐다. 사원의 문밖에는 알록달록한 천막 아래에 대형 식탁이 차려져 있었다. 여자 둘이 파차디를 받아서 플라스틱 접시에 작은 분량으로 나누어 담기 시작했다. 마라반도 거들었다.

분배작업을 채 절반도 하지 못했는데, 사원의 문이 열리고 신도들이 쏟아져나와서 출입구 앞에 잔뜩 널린 신발들 틈에서 짝을 찾느라고 분주했다. 동시에 "푸탄두 바츠투갈" 하고 서로를 향해 외쳤다. "새해 복 많이 받으세요."

두 여자가 음식 접시를 나누어주는 한편에서, 마라반은 계속 파차디를 1인분씩 담았다. 음식을 푸는 와중에도 그는 예술가적인 조바심과 호기심으로 그의 요리 특별 전시회를 찾아준 관객들의 평에 귀를 기울였다. 깎아내리는 평은 없었지만, 칭찬도 들리지 않았다. 그가 그토록 정성을 쏟아 요리한 것을 교구의 신도들은 별 생각 없이, 유쾌하게 먹어치웠다.

그들 중 몇 명은 아는 얼굴이었지만 대부분은 낯선 사람들이었다. 이민사회에서 마라반의 사교범위는 아주 중요한 축제에 참여하거나, 어쩌다 자신의 요리를 감정할 속셈으로 초대하는 그와 같은 건물에 사는 주민 둘셋과의 접촉에 국한되어 있었다. 타밀인의 상점에 얼굴을 내밀고 주인이나 고객과 몇 마디 말을 나누기도 했지만, 그 밖에는 늘 혼자였다. 직장일과 사치스러운 요리 취미로 인해서 시간이 별로 없다는 이유 때문만은 아니었다. 타밀계 망명족에게 막대한 영향력을 행사하며 그들에게서 해방투쟁을 위한 자금을 우려내는 LTTE와 거리를 두고 싶다는 이유도 있었다.

마라반은 투쟁 성향이 아니었다. 그는 타밀 엘람 독립국의 탄생을 믿지 않았다. 이를 드러내놓고 떠들지는 않았지만, 정작 화해를 힘들게 만들고, 이곳 이국에서 추위에 떨면서 밑바닥 일로 연명하는 이들의 귀향을 어쩌면 몇 세대에 걸치도록 지연시키고 방해하고 있는 것이 "해방호랑이들"이라고 생각했다. 그는 그런 일에 금전적 지원을 하고 싶지 않았다.

"푸탄두 바츠투갈." 인사하는 여자의 음성이 들렸다.

앞에 한 젊은 여인이 서 있었다. 널따란 금빛 테두리의 붉은 사리 차림의 여인은 타밀 처녀에게서만 볼 수 있는 미모였다. 가르마를 탄 윤나는 머릿결이 이마를 타고 가지런히 정돈되어 있었고, 거의 일직선의 짙은 양 눈썹, 아름다운 붉은 점이 찍힌 넓은 미간(眉間), 검은색이 도는 홍채(紅彩)와 거의 구별되지 않는 새까만 눈동자, 그 아래로 상큼하게 곧은 콧날, 또 그 아래로 도톰한 입술이 수줍은 듯 기대에 찬 미소를 머금고 있었다.

"그날 출근 시간에 맞춰 도착하셨어요?" 그녀가 물었다.

그제야 그는 그녀를 알아보았다. 전차에서 부딪쳤던 처녀. 마라반은 후드가 달린 투박한 누비 방한점퍼 차림이었던 그녀가 얼마나 미인이었는지, 그때는 미처 알아보지 못했었다.

"그쪽은요? 옷에 묻은 얼룩은 뺐나요?"

"어머니 덕분에요." 그녀는 옆에 서 있는 자줏빛 사리를 입은 풍만한 부인을 가리켰다. 그리고 그녀에게 "전차에서 나한테로 넘어졌던 분이에요"라고 설명했다.

그녀의 어머니는 고개를 끄덕이기만 하고, 마라반과 딸을 번갈아 보았다. "가자, 아버지가 기다리신다."

그제야 마라반은 딸은 2개의 접시를 들고 있고, 어머니는 하나만 들고 있다는 것을 알아챘다.

"미둠 잔디폼." 그녀가 말했다.

"또 만납시다." 마라반이 답했다. "산다나라고 했죠?"

"마라반, 맞죠?"

8

5월에 마라반은 고향의 가족들에게 자신의 실직 사실을 알렸다. 다른 방도가 없었다. 누나는 그가 감당할 수 없는 엄청나게 많은 돈을 요구했다. 자프나에는 쌀과 설탕이 동났다고 했다. 설사 암시장에서 구할 수 있다고 해도, 그것은 마라반이 일을 하고 있는 상태라도 도저히 조달할 수 없는 큰 액수였다.

그럼에도 불구하고 그는 어떻게든 돈을 구해서 내일 다시 전화를 걸겠노라고 약속했다. 그러나 다음날에는 누나와 연락이 되지 않았다. 그리고는 바티칼로아 바자에서 "엘리펀트 패스(Elephant Pass, 자프나 반도 초입에 위치한, 스리랑카 내전 시의 LTTE 군사 거점/역주)"의 공격대장 발라이 사령관(Brigadier Balraj, 1965~2008/역주)이 사망해서 3일간의 국장(國葬)이 선포되었으며, 자프나의 많은 주민들도 장례에 참여하는 중이라는 소식을 들었다.

나흘째 되는 날에 마침내 통화가 되었고, 마라반은 200프랑, 그러니까 겨우 2만 루피 이상은 송금할 수 없다고 누나에게 말했다. 누나는 이제껏 그가 본 적이 없는 반응을 보였다. 그에게 화를 내고 비난을 퍼부었다. 그는 자신의 처지를 털어놓지 않을 수 없었다.

"바이카시(Vaikasi, 타밀 달력에서 두 번째 달/역주)" 달에는 이렇다 할 축제가 없었고, 그를 가족행사의 요리사로 쓰겠다는 사람도 없었다. 그의 구직 활동은 의기소침하게 흘러갔다. 양로원 주방이나 공장 구내식당조차도 그에게 관심이 없었다.

그에게 정규적인 직장이 있었다면, 이루어지지 않은 사랑의 고통도 한결 견디기가 수월했을 것이다. 하루하루를 이렇게 낯설고 외롭게, 집구석에 처박혀 멍하니 흘려보내지 않았을 것이다.

아쉬운 것은 비단 애정관계만이 아니었다. 실상 그가 이 나라에서 누군가와 인간 대 인간의 관계를 맺은 것은 그것이 최초였다. 스위스인과도 타밀인과도 친밀한 관계를 유지하지 않았던 그는 이제야 사람과의 접촉이 절실히 아쉬워졌다.

그날 저녁, 마라반은 이런 울적한 기분에 빠져 안드레아와 함께 앉았던 방석에 앉아 차를 마시고 있었다. 바깥 공기는 사뭇 여름날처럼 포근했다. 열린 창문으로 여름철의 바깥 소음—음악소리, 놀고 있는 어린아이들의 고함소리, 건물 앞 청소년들의 웃음소리, 개 짖는 소리—이 들려왔다.

그때 초인종이 울렸다. 문밖에는 안드레아가 서 있었다.

이곳에 이르기까지, 그녀는 대단한 결심을 해야 했다. 처음에는 죽었다 깨도 다시는 그를 만나지 않으리라고 굳게 마음먹었다. 그날 밤에 벌어진 돌발사건은 그녀의 밑바탕을 뒤흔들어놓았다. 그녀는 어떻게 그런 일이 벌어질 수 있었는지, 수없이 자문해보았다.

그날 아침 마라반이 해고된 덕분에 쉽게 그를 피할 수는 있었다. 물론 그의 해고의 진짜 원인을 그녀가 제공했다는 사실—그녀는 그 점을 확신했다—이 미안하기는 했지만, 연대의식에서 나온 그녀의 행동으로 그나마 보상을 했다고 여겼다. 어쨌거나 즉각적인 사퇴통고를 하는 것으로 그녀가 연출한 소동 또한 일단락을 지었다.

그러나 그날 밤 어떻게 그 지경까지 갔는지에 대한 의문이 영 뇌리에서 떠나지 않았다. 가장 마음 편하게 해주는 해답은 아무래도 그 일이 그날 저녁에 먹은 요리와 상관이 있으리라는 것이었다. 별 개연성이 없는 추측이지만, 그래도 그것만이 그녀 자신의 삶에 대한 구상 전체를 재고하도록 하지 않는 해명이었다.

그날 밤에 일어난 일을 떠올려보며 자신의 감정과 느낌을 자세히 재구성하면 할수록, 그 사태에 영향을 준 무엇인가가 있었으리라는 확신이 더욱 굳어졌다.

물론 그녀는 그 모든 일을 또렷한 의식을 가지고 체험했다. 몽롱하게 마비되었거나 무방비 상태도 아니었다. 오히려 그녀가 주도권을 쥐었고 그는 그녀를 따랐다. 그도 적극적이기는 했지만, 어쨌든 그녀의 리드가 먼저였다. 그날은 그녀의 온 감각기관을 강렬하게 자극한, 지금껏 유례없는 저녁이며 밤이었다. 그 점을 인정하고 싶지는 않지만, 만약 그녀의 자제력을 초월하는 그 무엇 때문에 유발된 사고라면 만사가 좀더 간단할 듯싶었다.

그래서 그녀는 예상 외로 화창한 이 5월의 저녁 나절에 그의 집으로 향했다. 그가 공연한 법석을 떨지 않게 하려고 예고도 없이 불쑥 나타날 작정이었다. 사무적이고 짧게 방문을 끝내리라. 아울러 이 대면마저 모면할 작은 가능성도 열어두었다. 혹시나 그가 부재중이라면, 운명의 결정이라고 받아들이기로 했다.

전차 안에서 흔히 그녀에게 외부시선의 차단막 구실을 하는 신문에는 정부가 미국의 압력 때문에 취한 기밀문서 폐기에 관한 기사가 실려 있었다(2008년 5월 23일자 「노이에 취르허 차이퉁」에는 스위스가 핵 밀거래에 관여한다는 혐의를 받는 기밀문서를 폐기하기로 결정한 당시 연방대통령 파스칼 코세핀[Pascal Couchepin]의 발표기사가 실려 있었다/역주). 그것은 원자탄 제조에 사용 가능한 가스 원심분리기에 대한 기획안으로, 세인이 주목하는 핵 밀거래 사건에서 압류처분된 내용이었다.

안드레아는 그 기사를 별 흥미 없이 읽으며, 졸렬한 낙서가 휘갈겨 있는 차창을 통해서 활기 없는 바깥 거리에 연신 시선을 돌렸다. 러시아워는 지났고 야간 외출족에 의한 교통체증은 아직 시작되지 않았다. 전차 안도 별로 붐비지 않았다. 그녀와 비스듬한 건너편에 앉은 한 뚱보 소녀는 아이팟의 헤드폰 선을 열심히 풀고 있었다.

테오도르 가 94번지 앞에는 젊은 타밀계 이민 2세대 여자들이 모여 서서 깔깔대며 어눌한 사투리로 수다를 떨고 있었다. 안드레아가 다가오는 것을 보자, 그들은 목소리를 낮추고 언어를 바꾸고는, 길을 비켜주고 깍듯이 인사를 했다. 안드레아가 건물 안 계단으로 들어서자마자 다시 스위스 독일어로 수다를 떠는 소리가 들렸다.

건물 안에서는 양파 볶는 냄새와 양념 냄새가 났다. 그녀는 첫 층계참에서 머뭇거리며 멈춰 서서 되돌아갈까 생각했다. 한 집의 현관문이 열리더니 사리 차림의 부인이 밖을 내다보고 안드레아에게 고갯짓으로 인사했다. 안드레아도 답례를 하고 어쩔 수 없이 걸음을 내디뎠다. 역시 운명의 결정이었다.

마라반의 집 앞에 이르자, 그녀는 잠시 멈춰 서 있다가 초인종을 눌렀다. 집 안에서 나는 초인종 소리가 들렸지만, 발자국 소리는 들리지 않았다. 집에 없는지도 몰라. 그녀는 그러기를 바랐으나, 곧 자물쇠의 열쇠가 돌아가고 그가 그녀 앞에 서 있었다.

그는 짧은 소매의 다림질선이 또렷이 잡힌 흰 티셔츠와 단순한 보랏빛 줄무늬 사롱 차림에 샌들을 신고 있었다. 두 눈 아래로는 전에는 볼 수 없었던, 그의 수염 자국만큼이나 짙푸른 그림자가 드리워져 있었다.

그는 미소를 지었다. 얼마나 행복한 표정이던지, 그녀는 층계참에서 돌아서지 않은 것을 후회했다. 그가 포옹을 해야 할지 말아야 할지 고민하는 기색을 눈치채고, 그녀는 얼른 선수를 쳐서 손을 내밀었다.

"들어가도 돼?"

그는 그녀를 집 안으로 안내했다. 집 안은 그녀의 기억에 남아 있는 그대로였다. 깔끔히 정돈되어 있고 공기도 신선했다. 거실 제단 앞에는 질그릇 램프가 켜져 있고, 지난번과 마찬가지로 음악은 없었으며, 열린 창문으로 거리의 소음이 새어들었다.

앉은뱅이 식탁 위에는 찻주전자와 찻잔이 놓여 있었고, 한쪽 방석에 마라반이 방금 전까지 앉아 있던 자국이 나 있었다. 그는 맞은편 방석에 앉으라고 권했다.

"여기 앉으면 안 될까?" 그녀는 컴퓨터 앞의 의자를 가리켰다.

"좋을 대로." 그는 어깨를 으쓱하며 말했다. "차 마실래?"

"고맙지만, 사양할게. 오래 머물지는 않을 거야. 그냥 물어보고 싶은 게 있어."

그녀가 의자에 앉았고, 마라반은 그녀 앞에 서 있었다. 그의 모습은 보기 좋았다. 말쑥하고 늘씬하며 균형이 잡혀 있었다. 그러나 그런 모습도 그녀에게 호감과 연민 이상의 다른 감정은 불러일으키지 않았다. 그와 한 침대에 있었다니, 상상만 해도 피기스럽게 여겨졌다.

"다른 의자는 없어?"

"부엌에 있어."

"가져오지 않을래?"

"우리 관습으로는 존경하는 사람을 같은 높이에서 마주하는 건 예의에 어긋나는 일이야."

"나는 존경받는 사람이 아니야."

"나한테는 그래."

"말도 안 돼. 의자를 가져와서 앉아."

마라반은 바닥에 앉았다.

안드레아는 고개를 가로젓고 나서 질문을 던졌다. "음식에 뭐가 들어 있었어?"

"무슨 양념이 들어갔냐구?"

"그런 효과를 내는 첨가제만 말해줘."

"무슨 말인지 모르겠어."

그는 거짓말에 서툴렀다. 지금껏 안드레아는 자신이 세운 이론을 의심했었다. 그러나 덜미를 잡힌 듯이 구는 그의 태도를 보고 확신이 생겼다. "알고 있잖아."

"그 요리는 전통적인 식재료로 만든 거야. 그 밖에는 아무것도 들어가지 않았어."

"마라반, 네 말이 거짓이라는 걸 난 알고 있어. 아주 확실해. 난 내 자신과 내 몸을 알고 있거든. 그 음식이 뭔가 요상한 작용을 했어."

그는 한순간 입을 다물었다. 그러더니 완강하게 고개를 가로저었다.

"그건 아주아주 오래된 조리비법이야. 요리과정만 내가 약간 현대화시켰지. 맹세하지만, 다른 건 들어가지 않았어."

안드레아는 일어서서 제단과 창문 사이를 서성였다. 석양이 다가오면서 기와지붕 위 하늘이 오렌지색으로 물들었고, 거리에는 사람들의 소리가 멎었다.

그녀는 창문에서 몸을 돌려 마라반 앞에 우뚝 섰다. "일어나, 마라반."

그는 일어서서 시선을 피했다.

"날 쳐다봐."

"상대방의 눈을 똑바로 쳐다보는 건 우리의 관습에서는 예의에 어긋나는 일이야."

"여자를 침대로 유혹하려고 음식 속에 뭘 집어넣는 건 우리의 관습에서는 예의에 어긋나는 짓이야."

그는 그녀를 똑바로 바라보았다. "나는 음식에 아무것도 넣지 않았어."

"마라반, 이제 내 비밀을 털어놓을게. 난 남자들하고는 자지 않아. 남자들은 나를 자극하지 않는다고. 남자들이 나를 성적

으로 자극한 적은 단 한번도 없었어. 10대 때 어떤 남자애하고
두 번 잔 적이 있긴 해. 당연히 그런 거라고 여기고 말이야. 하지
만 그 두 번 이후로 다시는 내가 그런 짓을 하지 않을 거라는 걸
깨달았어."

그녀는 잠시 말을 멈추었다. "난 남자들과는 자지 않아, 마라
반. 여자들하고 자거든."

그는 깜짝 놀라 그녀를 바라보았다.

"이제 알겠어?"

그는 고개를 끄덕였다.

"그러니까 하는 말인데, 음식 속에 뭘 넣은 거야?"

마라반은 시간을 끌다가 입을 뗐다. "아유르베다는 수천 년
동안 전해내려온 의술이야. 8개의 분야가 있는데, 그 마지막 것
이 바이카라나(Vajikarana)야. 불임이나 성적 불감증, 성욕증진
을 다루는 분야랄까. 거기에는 특정한 요리도 포함되어 있어.
낭가이 이모할머니는 특히 이 방면의 요리에 탁월하셨어. 할머
니한테서 요리법을 배웠지. 그렇지만 조리방식은 내가 창안한
거야."

그날 저녁 집으로 돌아올 때 안드레아는 우유, 검정녹두와 렌
즈콩, 사프란과 종려당, 아몬드와 참기름, 사프란 기이와 벵갈
후추, 카르다몸과 계피, 아스파라거스와 감초 기이의 조합이 지
닌 성욕증진의 비밀을 환히 알게 되었다.

그녀는 그를 마구잡이로 욕하고 그의 행동을 "아유르베다식
성폭행"이라고 칭하기까지 하고는, 인사말도 없이 그의 집을 떠

났다. 그러나 이제 불안감보다는 안도감을 느꼈다. 내릴 정류장을 두 곳 앞두고, 그 모든 시나리오를 웬만큼의 거리를 두고 돌아보니 웃음이 터져나왔다.

비스듬한 건너편에 앉은 한 청년이 마주 미소를 보냈다.

그 만남은 마라반에게도 위안이 되었다. 그녀가 자신을 거부한 것도 견딜 만했다. 하룻밤 동안이나마 그녀의 성향을 저버리게 한 유일한 남자가 자신이라는 사실에 자못 자랑스러움까지 느꼈다. 그리고—솔직한 심정으로는—얼마간의 희망도 품었다.

다음날 그는 누나에게 1만 루피를 송금했다. 누나와 통화해서 낭가이 할머니와 화상통화 약속을 받아낼 구실을 만들기 위해서였다. 통화가 되기까지는 이틀을 기다려야 했다.

마침내 접속되어 나온 낭가이 할머니의 목소리는 기운이 없고 지쳐 있었다.

"약은 드시고 계세요, 마미?" 그는 물었다. 그들의 관습대로 그녀에게 존칭을 쓰며 '마미', 즉 이모라고 불렀다.

"그래, 그래, 그것 때문에 전화했니?"

"그것도 그렇구요."

"또 무슨 일이냐?"

마라반은 어떻게 말을 꺼내야 할지 알 수 없었다. 낭가이 할머니가 선수를 쳤다.

"단번에 효력을 발휘하지 않는 건 아주 정상이야. 어떨 때는 몇 주, 몇 달이 걸린단다. 그 사람들에게 인내심을 가져야 한다고 전하렴."

"첫 번에 효력을 발휘했어요."

한동안 그녀는 침묵하다가 말했다. "두 사람이 그 효력을 굳게 믿으면 그렇게 되지."

"하지만 여자는 그걸 믿지 않았어요. 그 사실도 몰랐는걸요."

"그렇다면 여자가 남자를 사랑하고 있는 거란다."

마라반은 대답하지 않았다.

"듣고 있니, 마라반?"

"네."

조그만 소리로 낭가이 할머니가 물었다. "그 여자가 적어도 수드라이긴 하니?"

"네, 마미." 그는 이를 용서할 만한 거짓말이라고 여겼다. 수드라는 하인 계급이고, 안드레아도 결국 서비스 종업원이니까.

누나가 다시 화면 앞에 나왔을 때, 그가 물었다. "마미가 약을 드신다는 게 맞아?"

"무슨 소리야?" 누나의 목소리가 격앙되었다. "쌀과 설탕을 살 돈도 없다구."

통화가 끝나고도 마라반은 한참 동안이나 모니터 앞에 앉아 있었다. 즉각적 효력은 아무래도 분자식 조리법의 산물이었을 것이라는 확신이 들었다.

9

일요일 아침, 햇살이 싱그러워 달만은 테라스로 식사를 내오라
고 했다. 그러나 루르드가 베이컨 스크램블드에그를 테라스로
내오자마자, 바람이 구름자락을 드리워 해를 가렸다.

그러나 달만은 아랑곳하지 않고 게걸스럽게 음식을 먹기 시
작했고, 방금 가정부가 가져다놓은 일요신문 네 부 중에서 맨
위의 것을 집어들었다. 그의 기분이 침울해졌다.

연방내각의 문서폐기를 둘러싼 히스테리로 인해서 쓸데없이,
썩은 구석들이 들쑤셔지고 있었다. 핵무기 밀매에 관한 연방정
보국의 보고내용 일부가 한 기자의 손에 들어가는 바람에, 파키
스탄과의 거래 외에 이란과의 거래까지 갑자기 입에 오르내리게
된 것이다. 팔루크론이라는 이름이 신문에 나는 것은 이제 시간
문제였다.

팔루크론은 시내 중심가의 한 변호사 사무실에 본사를 둔,
지금은 별 활동이 없는 주식회사로 예전에 이란 측의 돈을 연루
된 회사에 전달해주는 경유지 노릇을 했다. 요컨대 돈을 받은
회사들은 하나같이 건실하고 흠잡을 데 없다는 평판을 듣는 기
업들로, 그들이 핵무기 개발에 연루된 사실에 대해서는 당연히

전혀 모르는 상황이었다.

물론 공식적으로, 이 점은 팔루크론에도 해당되었다. 단지 신세를 진 바가 있는 한 사업상 지인의 부탁으로 당시 팔루크론의 자문위원 자리에 있었던 에릭 달만에게도 마찬가지였다.

그렇다고는 해도 이런 전력과 묶여서 그의 이름이 일순 거론되기라도 한다면, 경제위기 때문에 가뜩이나 사업이 힘들어지기 시작한 이 시점에 그의 입장은 지극히 난처해질 터였다.

달만은 하늘을 올려다보았다. 구름전선이 해를 몽땅 가리고 있어서 주위는 어둑어둑했다. 한술 더 떠서 불쾌하게 스며드는 찬바람마저 불었다. 여름 평상복 차림—녹색 폴로셔츠에 얇은 스카치 체크무늬 골프바지—의 그는 으슬으슬 춥기까지 했다. "루르드!" 그는 가정부를 불렀다. "안으로 들어갑시다!" 그는 자리에서 일어나 커피잔을 들고 테라스문을 지나 거실로 들어갔다. 가정부가 테라스의 아침상을 치우고 식당에 다시 상을 차릴 때까지, 그는 거실 안락의자에 앉아서 찌뿌듯한 표정으로 멍하니 앞을 응시하고 있었다.

달만이 자리에 앉아, 루르드가 새로 만들어온 햄 스크램블드에그—먹다가 만 처음 것은 자리를 옮기는 동안 식었다—에 손을 대려고 할 때 초인종이 울렸다. 셰퍼였다. 언제나처럼 그는 시간을 지나치게 잘 지켰다.

셰퍼는 달만의 하수인—그에게 붙여줄 적당한 다른 명칭이 생각나지 않았다. 비서라는 직함도 적합하지 않았고 조수라고 하기에도, 그렇다고 오른팔이라고 하기에도 딱히 들어맞지 않았다. 그래서 그냥 "하수인"이라고 부르기로 했다. 셰퍼는 10년 전부터 그와 함께 일을 해왔고, 거의 그만큼의 세월 동안 서로 편하게 지내는 사이였다. 셰퍼는 달만을 에릭이라며 이름을 불렀고, 달만은 셰퍼를 성을 따라 셰퍼라고 불렀다.

루르드가 셰퍼를 집 안으로 안내했다. 갸름한 얼굴, 숱이 적은 금발에 연푸른 눈동자, 키가 크고 동작이 굼뜬 40대 남자였다. 몇 년 전부터 그는 테 없는 안경을 벗어버리고 콘택트렌즈를 끼고 다녔다. 민감한 그의 눈에 좋을 것이 없는 일이었다. 그러다 보니 그가 고개를 뒤로 바짝 젖히고 속눈썹 밑에 안약을 넣는 모습을 보이는 일이 잦아졌다.

셰퍼도 달만처럼 평상복 차림이었다. 연하늘색 남방에 짙은 청색 면바지 그리고 둘둘 만 빨간 캐시미어 스웨터를 세심하게 어깨 위로 걸치고 손에는 묵직한 서류가방을 들고 있었다.

"밖에서 먹고 싶었는데 말이야⋯⋯." 달만은 어정쩡한 몸짓으로 위를 가리켰다.

"일기예보가 별로 핑크빛은 아니던데요." 셰퍼가 답했다.

달만은 한입 더 떠 넣으며 여벌의 식기가 세팅되어 있는 식탁 의자를 가리켰다. 셰퍼가 자리에 앉으며 식탁 옆 바닥에 가방을 내려놓았다. "개막경기가 순조롭게 치러져야 할 텐데."

일주일 뒤에 유로 2008(2008년 유럽 축구선수권대회, 스위스와 오스트리아가 공동 개최국이었다/역주)이 개막될 예정이었다. 달만에게는 인맥을 관리할 절호의 기회였다. 유럽 축구연맹(UEFA) 요인들과 접촉을 유지한 덕분에 이미 몇 달 전에 주요 경기의 입장권도 확보해놓았고, 그에 따른 다양한 행사들—고급 레스토랑과 나이트클럽 나들이 등—도 두루두루 계획하여 준비를 시켜두었다. 현재 셰퍼의 가장 중요한 업무 중의 하나가 바로 그 것이었고, 일요일에 그가 굳이 달만을 찾은 이유이기도 했다.

그러나 지금은 팔루크론 문제가 발등에 떨어진 불이었다.

이미 아침을 먹고 온 셰퍼는 차를 마시고 조심스럽게 사과를 깎았다. 그런 조심성이 달만의 신경을 건드렸다. 그는 식탁 위로 일요신문을 건넸다. "봤나?"

셰퍼는 고개를 끄덕이며 사과 한 조각을 베어 물었다.

그가 조심조심 사과를 씹는 모습도 달만의 신경을 긁었다. 셰퍼는 달만의 신경을 건드리는 인물이었다. 그러나 그는 쓸 만했고, 달만 역시 그 점을 인정하지 않을 수 없었다. 그래서 그 오랜 세월 동안 그를 참아온 것이었다. "이 후버라는 작자 아나?" 기사를 쓴 기자의 이름이었다.

셰퍼는 입에 문 것을 삼킬 때까지 머리를 가로저었다. "그 사람 상관은 알아요."

"그 친구는 나도 알고 있네. 그자하고야 언제라도 선이 닿을 수 있지. 우선 문제는 독일정보국 보고서에 팔루크론이 언급되었는지부터 알아보는 걸세."

"안다고 봐야겠죠."

달만은 늘 셰퍼가 상황을 저렇게 부풀려서 이야기하지 말았으면 싶었다. "그 보고서에 올라온 것은 '발췌한' 걸세. 만약 그 발췌문에 팔루크론이 언급되었다면 신문에 났겠지."

셰퍼는 입으로 가져가려던 사과 조각을 손에 들고 잠시 멈췄다. "아니면 다음 일요일에 쓰려고 자세한 내용을 아껴뒀을 수도 있구요."

"그래, 셰퍼, 그래서 말인데, 그자들이 얼마나 알고 있는지 자네가 좀 알아봐줬으면 하네."

셰퍼는 사과 조각을 입에 넣고 곰곰이 생각하며 씹다가 마침내 꿀꺽 삼키고는 고개를 끄덕였다. "알아볼 수 있을 것 같네요."

"좋아." 달만이 우물거리며 말했다. "그렇다면 알아보게."

화제는 2008년 유럽 축구선수권대회로 바뀌었다.

다음 일요일, 같은 신문 일요판에는 핵무기 사건에 관한 그 밖의 자세한 내용들이 폭로되었다. 팔루크론의 이름은 언급되지 않았다.

10

유럽 축구선수권대회는 얼마간 마라반의 숨통을 트이게 해주었다. 요식업체에서는 일손이 많이 필요했던지라, 후빌러 같은 자가 내린 파문도 취업에 장애가 되지 않았다. 적어도 축구 팬들의 동선 안에 있는 음식 코너 운영자들에게는 그랬다.

마라반은 그곳에서 식기세척을 맡았다. 그의 작업장은 주방과 배식구에서 분리된, 숨이 턱턱 막히게 뜨거운 천막이었다. 프라이팬과 뷔페용 보온용기들은 어쩔 수 없이 손으로 박박 문질러 닦을 수밖에 없었고, 식기세척기는 접시와 포크, 나이프를 씻는 용도로만 쓰였다. 그러나 이 기계도 걸핏하면 고장이 나기 일쑤라서 마라반은 결국 이 일 역시 손으로 해야 했다.

설거지는 단조로운 노동이었다. 때로는 몇 시간 동안 할 일이 없다가, 허기진 팬들이 불시에 몰려들기 시작하면 따라갈 수 없이 일거리가 쌓이곤 했다. 일거리가 없어 기다리는 꼴도, 쌓이는 일거리를 신속하게 해치우지 못하는 꼴도, 업소주인의 눈에는 곱게 보일 턱이 없었다. 만사에 다른 모두를 탓하고 싶은 주인의 심적 상태의 일환이었다. 그는 불쾌한 작업 분위기를 퍼뜨리고 있었다. 거액을 내고 대박이 기대되는 영업 인가를 받았지만, 막상 축구 팬들을 상대해보니 불황이 지배적이라는 사실을 몸소 깨닫고 있었기 때문이다. 스위스는 예선에서 탈락했다. 날씨는 춥고 비까지 추적추적 내렸다. 마라반은 유럽 축구선수권대회가 끝나는 날을 손꼽아 기다렸다.

당장 맡은 일 때문만은 아니었다. 세상이 온통 떠들썩한 것이 짜증스러웠다. 그는 축구에 관심이 없었다. 그가 좋아하는 스포츠는 수영이었다. 아주 옛날에는 크리켓에 관심을 쏟은 적도 있었다. 그것도 요리에 완전히 몰입하기 전의 일이다.

지금 하는 일에서 단 한 가지 살 점이 있다면, 실업급여 지급계에서 이 사실을 전혀 모른다는 것이었다. 이 일은 그와 비슷한 처지에 있는 사람들을 상대하는 약간 미심적은 뜨내기 회사의 소개로 맡게 되었다. 시간당 20프랑이라는 형편없는 보수를 받기는 했지만, 따로 실업급여가 나왔다.

누나에게 이모할머니의 치료비를 계속해서 보내다보니 빚을 지게 되었다. 3,000프랑이었다. 물론 은행부채가 아니라—어떤 은행이 일자리도 없는 망명 신청자에게 대출을 해주겠는가?—타밀인 장사꾼 오리에게서 융통한 사채였다. 전액 상환할 때까지 15퍼센트의 이자를 지불한다는 조건으로.

처음에는 빚을 지지 않고 버티려고 했다. 이모할머니가 치료를 계속 받지 못하고 있다는 사실을 알고 난 직후에는 폐(廢)타이어 창고에서 불법으로 일을 했다. 하루 종일 무거운 타이어를 분류하는 작업이었다.

그러나 마라반은 그곳 일을 견딜 수가 없었다. 일이 힘들어서가 아니라 너무 더러워서였다. 그곳에는 샤워장도 없고 세면대에서는 고무 냄새가 났으며, 몸에 묻은 시커먼 때는 지워지지도 않았다. 사회의 맨 밑바닥 계층에서 뼈 빠지게 일하는 것은 견딜 수 있었다. 그러나 그런 인생으로 보이고, 그런 인생의 냄새를 풍기는 것은 그의 자긍심이 용납하지 않았다.

건설현장에서도 일해보았다. 대규모 건설현장에 투입된 하청업체의 하청업자를 위한 일이었다. 그러나 둘째 날부터 시 당국에서 불법노동자 단속반이 나왔다. 마라반과 두 명의 동료는 제때 그 자리를 피할 수 있었다. 그러나 그 하청업자는 지금껏 그때 일한 임금을 지불하지 않은 상태였다.

설거지 천막 안에 있으면, 밖이 싸늘하다는 것을 느낄 겨를이 없었다. 마라반은 용기에 눌어붙은 굴라쉬 찌꺼기를 긁어내고 있었다. 그것밖에는 할 일도 없었다. 천막의 벽 사이로 축구를 중계하는 아나운서의 목소리가 들렸다. 소형 텔레비전에서는 이탈리아 대 루마니아 경기가 중계되고 있었다. 축구 팬들로 붐비는 거리의 간이음식점들은 모두 이탈리아 편이었다. 이 도시에 루마니아인보다 이탈리아인이 더 많이 살고 있기도 했지만, 이탈리아인들은 씀씀이도 있는 팬들이기 때문이었다.

경기가 시작된 지 55분, 마침내 구원의 1 대 0이 되었다. 마라반은 승리의 함성에 놀라 통로 사이에 쳐놓는 커튼 틈새로 가게 안을 들여다보았다. 가장 요란하게 소리치고 있는 사람은 가게 주인이었다. 그는 팔을 높이 쳐들고 껑충껑충 뛰면서 "이탈리아! 이탈리아!"를 외쳤다.

마라반도 같이 기뻐하는 척했는데 그것이 화근이 되었다. 커튼 틈으로 웃고 있던 찰나, 루마니아가 동점골을 넣은 것이다. 주인은 텔레비전에서 눈을 돌려 환하게 웃고 있는 마라반의 얼굴을 재수 없다는 듯이 쳐다보았다. 그는 당장 뭐라고 말하지는 않았지만 경기가 1 대 1로 끝나고 한껏 들떠서 몰려들 것이라고 기대했던 이탈리아 팬들이 저녁 내내 나타나지 않자, 마라반에게 일당을 지불하고는 내일부터 나올 필요 없다고 통고했다.

마라반은 평소 습관과 달리 12번 전차의 전동칸에 탄 채 집으로 갔다. 연결 객차 안에서 축구 팬 한 사람이 구토를 하는 바람에 악취를 참을 수가 없었기 때문이다.

거리에는 여전히 뿔뿔이 흩어져나와 시내로 돌아가는 축구 팬들의 모습이 보였다. 팀 색깔의 목도리는 이제 쌀쌀한 바람을 막는 구실을 하고 있었고, 가끔씩 악악대는 응원가 토막이 차량 안으로 새어 들어왔다.

마라반은 지금껏 이토록 절망스러운 적이 없었다. 일찍이 한 인신매매업자에게 걸려들어 적금을 몽땅 건네주기로 결심했던 날도 이 지경은 아니었다. 적어도 그 일은 탈출구였다.

이번에는 아무런 출구도 보이지 않았다. 아니면 너무나 굴욕적인 길만 보였다. 차라리 해방호랑이의 편에 섰더라면 실론 레스토랑에 일자리 하나쯤은 얻을 수 있었을지도 모른다. 레스토랑 주인은 그가 후빌러에서 쫓겨났다는 사실에 개의치 않고 요리사로 키워볼 만한 전도유망한 주방보조감으로 채용했을지도. 그러나 해방호랑이에 대한 자신의 입지가 과연 어떤 것인지, 난감한 자문(自問)에 어깨를 으쓱하는 자답(自答)을 내리는 순간, 마라반은 그 일자리도 얻지 못했으리라는 것을 깨달았다. LTTE는 이민사회 어디에나 속속들이 파고들어 있었다. 이곳에

서 동포의 도움에 의지하는 사람은 그들과 거리를 두고 지낼
수 없는 법이었다.

고향으로 돌아가야 하나. 그곳에서의 미래도 어쨌든 이곳보
다 더 암담하지는 않을 듯싶었다.

11

7월 말의 어느 여름날, 북동풍이 가볍게 불고 있는데도 기온은 25도를 웃돌았다.

베를린에서는 미국의 민주당 대통령 후보인 버락 오바마가 20만 청중 앞에서 연설하며 전 세계를 위한 획기적인 변화를 약속했다. 변화가 절실하기는 했다. 며칠 전만 해도 미국에서 두 번째로 큰 주택금융은행이 파산했고, 그 밖의 몇몇 은행도 점점 더 심각한 어려움에 빠져드는 판이었다.

스리랑카 정부군은 물라이티부 지구에서 LTTE가 참패했다고 발표했다. 그런가 하면 LTTE는 올해 투항한 스리랑카 정부군에 대한 제3차 사면 제안을 기사로 다루었다.

마라반은 반으로 쪼개 볶아서, 물속에서 끓이고 있는 녹두 한 톨을 커피스푼으로 건져 씹어보았다. 삶아지기는 했으나 아직 단단했다. 그는 물을 따라내고 녹두를 실리콘매트 위에 펼쳐서 식혔다.

삶은 녹두에다가 강판에 간 야자열매, 재거리, 곱게 빻은 카르다몸을 넣고 그릇에 담아 골고루 섞어놓았다. 이어서 볶은 쌀가루에 끓인 물을 부어가며 단단하게 반죽을 하기 시작했다.

반죽은 물의 양을 적절히 맞추는 것이 중요했다. 물이 너무 많이 들어간 반죽은 모양을 빚기가 어려웠고, 모자라는 반죽은 쪄낸 뒤에 딱딱해졌다.

마라반은 다시 손을 씻고 야자유를 약간 찍어 손바닥에 묻혀 문질렀다. 그리고는 쌀가루 반죽을 떼어 작은 공모양으로 동글동글하게 굴린 다음 오목한 그릇 형태로 빚고 양념해둔 녹두소를 넣어 뾰족한 원뿔 모양으로 오므려 닫았다. 이렇게 만든 1차분을 쪄서 보온 박스에 담아놓고, 다시 30개를 만들기 시작했다.

마라반은 모타감을 조달해주는 일을 맡고 있었다. 모타감이란 코끼리 머리를 가진 지혜와 번영의 화신 가네슈가 가장 좋아하는 병과였다.

매일 아침저녁으로 그는 예배에 쓸 모타감을 근 100개씩 만들었다. 신도들이 사원 앞에서 사서 가네슈 신에게 바칠 수 있게 하기 위해서였다. 아침 8시 직전 그리고 저녁 6시 직전이면 자가용이 있는 신도들이 교대로 그의 집으로 와서 모타감이 가득 든 보온 박스를 가져갔다가 빈 박스를 되돌려주었다.

이 장사는 마라반의 아이디어였다. 이를 실행에 옮기기 위해 오리에게 좀더 빚을 내는 수밖에 없었다. 보온 박스를 장만하고 LTTE에 1,000프랑을 기부했다. 그 대가로 그는 지금 타밀 식료품점들과 실론 레스토랑 두 곳에도 차과자와 다른 간식거리를 조달할 수 있게 되었다. 아직 장사가 썩 잘 되는 것은 아니었지만 조금씩 돈이 들어왔다. 이것이 "마라반 출장요리"로 가는 첫 단계가 될지도 모를 일이었다.

초인종이 울렸다. 마라반은 시계를 올려다보았다. 겨우 5시가 조금 지났을 뿐인데, 배송을 맡은 신도가 오늘은 너무 일찍 온 모양이었다.

"잠깐만요!" 마라반은 타밀어로 외치고 손을 씻고는 문을 열었다.

안드레아였다.

한 손에는 꽃다발을, 다른 한 손에는 포도주병을 들고 있었다. 그녀는 두 손을 그에게 내밀었다. "알아, 너 술 안 마신다는 거. 내가 마실 거야."

예고도 없이 불쑥 찾아왔던 지난번처럼 마라반이 어리둥절함에서 벗어나기도 전에 그녀가 물었다. "들어가도 돼?"

"그럼."

마라반은 그녀를 안으로 들였다. 그녀는 열린 부엌문과 그의 앞치마를 보고 물었다. "누구 올 사람 있어?"

"아니, 모타감을 만들고 있었어." 그는 부엌으로 가서 보온박스에서 모타감 두 개를 꺼내 접시에 담아 내밀었다. "자, 먹어도 되고 신께 바쳐도 되는 거야."

"차라리 난 제물로 바치겠어." 그녀는 미소를 지으며 단호하게 말했다.

"그래? 아, 아니야, 걱정 마. 네가 염려하는 그런 효력은 없어."

그러나 안드레아는 모타감에 손도 대지 않았다. "시간 있어?"

"20분만 더 하면 돼. 거실에서 기다릴래?

"너 일하는 거 볼게."

다시 초인종이 울렸을 때는, 마라반의 일도 끝나 있었다. 이번에 사원으로 병과를 가져가려고 온 신도는 어디서 본 듯한 오동통한 중년 여인이었다. 어디서 보았는지는 기억나지 않았다. 어쩌면 상대편이 그 말을 꺼낼 듯도 싶었는데, 부엌에 서 있는 안드레아를 보더니 얼굴에서 미소가 싹 가셨다. 그리고는 보온 박스를 받아들고 인사도 하는 둥 마는 둥 가버렸다.

"너한테 식사를 주문할 수도 있는 거야?"

그녀는 앉은뱅이 식탁 앞의 방석에 앉았다. 안드레아 앞에는 포도주잔이, 마라반 앞에는 찻잔이 놓였다. 그는 자리에 앉기 전에 제단 앞에 놓인 디팜에 예를 갖추어서 불을 붙이고는 뭐라고 중얼거렸다.

"할 수 있지. 언젠가는 그걸로 먹고 살 생각인걸."

"내 말은, 특별한 식사도 해주느냔 말이야."

"난 음식 하나하나를 특별하게 만들려고 노력해."

그녀는 포도주를 한 모금 마시고 천천히 잔을 내려놓았다. "내 말은, 나한테 해줬던 것 같은 특별요리 말이야. 그런 걸 주문하면 해줄 수 있겠냐고?"

마라반은 골똘히 생각을 했다. "비슷한 건 할 수 있지."

"똑같은 것이어야 해."

"그러려면 회전 증류기가 필요해."

"그게 얼만데?"

"6,000프랑쯤."

"어휴."

안드레아는 잔에 담긴 포도주를 빙글빙글 돌리며 곰곰이 생각했다. 그녀에게는 연줄이 조금 있는 요식업소들이 많았다. 그런 것쯤은 거기서 구해볼 수도 있지 않을까.

"내가 그 기구를 빌려온다면?"

"그렇다면 진짜 똑같이 만들겠지." 마라반이 그녀의 잔에 술을 따랐다.

"효과도?"

그는 어깨를 으쓱하더니 미소를 지었다. "우리가 시식해보지, 뭐."

"우리가 아니야, 마라반." 그녀는 정색하며 말했다.

12

안드레아의 집은 마라반이 꿈에서 "마라반 출장요리"라는 로고가 찍힌 강황색 배달차를 보았던 곳과 비슷한 주택가에 위치해 있었다. 1920년대에 지어진 중산층 다가구 건물의 4층이 그녀의 집이었다. 천장이 높은 방이 셋, 유리온실 하나, 구식 욕실, 수세용 탱크가 천장에 바짝 닿도록 올라붙은 화장실, 가스레인지와 신식 식기세척기가 갖추어진 부엌. 속이 텅텅 빈 세척기의 배수는 개수대로 연결되어 있었다.

이는 아주 운이 좋고 훌륭한 인맥을 통해야만 얻을 수 있는 집이었다. 또 살면서도 건물이 팔리지나 않을지, 수리에 들어가는 것은 아닌지, 감당하지 못하게 집세가 오르지는 않을지, 늘상 염두에 두어야 하는 그런 집이었다.

안드레아는 지난번 관계가 깨지기 전까지 이 집에서 둘이서 살았던 탓에 지금은 약간 허전함을 느끼고 있었다. 그녀는 침실과 주방만 썼다. 가끔 유리온실에는 들어갔지만 거실 겸 식당은 거의 사용하지 않았고, 텅 빈 다그마르의 방에는 아예 발을 들여놓지 않았다.

그러나 오늘은 거실 겸 식당이 촛불의 물결로 환해졌다. 그 한가운데에 마라반의 낮은 식탁과 방석이 놓였다. 식탁보도 그의 소지품 중에서 가지고 온 것이었다. 여신 락슈미의 제단과 도기 램프까지 그를 구슬려 옮겨왔다. 단, 향로와 명상에 쓰는 인도 피리만큼은 마라반도 그녀의 설득에 넘어가지 않았다.

그들은 주방도구와 방석, 식탁, 식재료 그리고 마라반이 집에서 미리 준비해둔 음식들을 안드레아의 차 골프에 실어서 이곳으로 날랐다.

마라반은 어제 이미 그녀의 집에 와서 감초 아이스바도 만들어 냉동시켜두었다. 또한 이전에 그가 "남과 여"라고 이름 붙였던, 바삭바삭하면서 쫄깃한 검정녹두 꽈배기도 어제 가져다 냉장고에 넣어두었다.

다른 모든 것들―사프란 수술이 투명하게 비치는 기이를 바른 원통형 젤리와 액화질소에 넣어 반쯤 얼린 사프란 아몬드 에스푸마 그리고 기이와 벵갈후추, 카르다몸, 계피, 종려당을 소로 넣은 매끄럽고 동글동글한 스페리코들―은 안드레아의 주방에서 만들 것이었다. 시럽을 바른 빨간 하트 모양 쿠키, 아스파라거스 젤리 같은 다과도 즉석에서 만들어 식탁에 올릴 참이었다. 여기에 곁들여 모타감도 만들어야 했다. 그것을 사원으로 운반하는 일은 오늘만큼은 안드레아가 맡기로 했다. 사원 측 사람을 안드레아의 집으로 들이고 싶지 않았다.

오전 10시부터 회전 증류기가 돌고 있었다. 안드레아가 오랜 물색 끝에, 그녀와 인연 있는 요식업소에서가 아니라, 현재 대학교 조교로 화학 박사논문을 쓰고 있는, 이를테면 그녀가 사모하는 한 여인한테서 빌려온 것이었다.

마라반은 평범한 세 가지 카레 요리를 창의성을 곁들여서 약간 변형시키고 싶은 유혹을 떨쳐냈다. 이것은 성욕항진과는 무관한 유일한 코스이기는 했지만, 안드레아에게 효력을 발했던 요채가 바로 이 요리와의 조합에서 온 것인지도 모를 일이었다.

저녁 8시에 안드레아의 손님이 당도했다. 짙은 금발, 과민한 인상의 토실토실한, 미인이라기보다는 귀여운 20대 후반의 이 여성은 지금의 상황에 곤혹스러운 기색이 역력했다. 그녀는 사롱과 하얀 셔츠 차림의 마라반이 따라주는 샴페인을 사양했다. 마라반은 시작부터 전체 메뉴에서 빗나가는 것을 걱정스럽게 의식하면서, 샴페인이 꼭 효력 촉진제는 아니기를 바랐다.

두 여인이 식탁 앞에 자리잡고 앉자, 그는 주방으로부터의 인사, 즉 미니 차파티를 가져와 카레잎과 계피, 야자유에서 추출한 그의 특유의 진액을 제법 격식을 갖추어 몇 방울씩 떨구었다.

다음 코스부터는 안드레아가 신호를 보낼 때를 기다렸다가 내갔다. 사원에서 쓰는 황동종을 울리는 신호로, 이 역시 마라반의 대여품이었다.

종이 울려 새 요리를 내갈 때마다 안드레아의 손님은 점점 긴장이 풀려갔고, 마라반 역시 그랬다. 다과를 내간 후에 그는 미리 안드레아와 말을 맞춘 대로 깍듯이 고개 숙여 인사하고는 물러났다.

밤 10시가 조금 못 되어 마라반은 소리 없이 그 집을 나섰다. 언제 들러 물건을 정리해서 그의 집으로 운반해갈지는 내일 안드레아가 전화로 알려줄 것이었다.

후덥지근한 밤, 하늘에는 한참 전에 저문 태양의 여광이 남아 있었다. 낮 기온은 30도가 넘게 올라갔었다.

이런 밤이면, 마라반은 유난히 향수병에 시달렸다. 몬순이 불어닥친 콜롬보가 떠올랐다. 당장이라도 빗방울이 떨어질 것 같았고, 콜롬보 갈레 페이스 드라이브에서 아득히 들려오던 파도 소리, 산책로변에 늘어선 간이음식점을 노리는 까마귀 울음소리까지 귀에 쟁쟁했다.

후덥지근한 날, 빗줄기가 쏟아지기 직전에는 풍기는 냄새까지도 비슷했다. 어디선가 바비큐 냄새가 바람에 실려올 때면 특히나 그랬다. 그럴 때 그는 콜롬보 산책길에 늘어선 간이음식점의 냄새를 맡았고, 멀리서 반짝이는 음식점의 불빛을 보는 것 같았다.

그러나 오늘은 향수병이 그리 심하지 않았다. 그의 꿈에 한걸음 다가간 느낌이었다. 처음으로 한 스위스 가정의 출장요리사로서의 과제를 정식으로 수행한 것이다. 그뿐만이 아니었다. 필요한 도구와 장식물까지 챙겨가지 않았던가? 그리고 서빙도 맡아서 하지 않았던가? 엄밀히 말해서 오늘은 "마라반 출장요리"의 첫날인 셈이었다.

또한 이루어지지 않은 사랑의 슬픔도 크게 괴롭지는 않았다. 만약 안드레아가 이 밤을 함께 보내려는 상대가 남자였다면 느낌이 달랐을지 모른다. 그러나 그 금발 아가씨에게는 질투심이 일지 않았다. 솔직히 말하자면, 그 아가씨를 유혹하는 공범 노릇을 한 것이 기쁘기까지 했다. 이 일로 안드레아와 더 가까워진 느낌이었다.

느닷없이 빗줄기가 쏟아졌다. 마라반은 멈춰 서서 두 팔을 활짝 벌리고 얼굴에 비를 맞았다. 몇 달 전 전차에서 밖을 내다보다가 눈에 띄었던 젊은이처럼. 아니, 몬순이 불어올 때 첫 비를 맞던 소년 시절의 그 자신처럼.

13

후뷜러는 예전처럼 손님이 붐비지는 않아도 몇 가지 점에서 여타 레스토랑보다는 훨씬 유리한 입지에서 레스토랑을 운영하고 있었다. 현재 그가 "스위스 요리사협회"의 대표로 소식통에 근접해 있는 덕분이었다. 경제위기에 맞서 발버둥치던 차에 몇 가지 아이디어가 떠올랐고—예컨대 그가 개발한 "서프라이즈 메뉴"는 작은 흥밋거리 기사로 지방신문의 첫머리에 실리기도 했다—지금이 그것을 실천할 적기였다.

그런데 저 빌어먹을 작자가 심근경색을 일으킨 것이 아닌가. 하필 금요일 저녁, 레스토랑에 손님이 초만원인 판에! 게다가 테이블 위에다 토하다니! 그가 데리고 온 네덜란드 사업가의 가슴팍에까지 오물이 튈 지경으로!

모든 손님들이 '그래, 이제 후뷜러에서, 내 눈앞에서 사람 하나가 죽는구나. 대체 뭘 먹었길래?' 하고 생각할 것이 틀림없었다.

손님으로 와 있던 사람들 중 의사 세 명이 즉각 그에게 달려가 능숙하게 옷을 벗겼다. 그중 한 명은 휴대전화에 대고 "심근경색이 의심된다"는 첫 진단내용을 전했고, 두 번째 의사는 응급처치로 그를 소생시키려고 매달렸으며, 세 번째 의사는 밖에

나가서 작은 가방을 들고 들어와 주사를 놓았다. 곧이어 구급차가 오는 소리가 들렸다.

구급대원과 응급의사가 바퀴 달린 들것을 가져왔고, 통로를 만들려고 테이블 3개가 치워졌다. 그리고 그는 실려나갔다. 처참한 꼴의 달만, 새하얀 눈처럼 핏기 없는 얼굴, 산소 마스크, 토사물이 엉겨붙은 머리카락—.

물론 영업은 전면 중단되었다. 주문을 받아 손님에게 나온 코스들이 주방으로 되돌아갔고, 먹다 만 음식들이 여기저기 테이블에 남아 있었다. 계산하겠다고 외치는 손님들, 앉아 있던 테이블이 제자리에 정돈되기를 기다리는 손님들, 비위가 잔뜩 상한 손님들. 누구나 알 만한 어느 회계 변호사의 부인은 발작적으로 히스테릭한 울음을 터트렸다. 이들 모두가 두 명의 타밀인 종업원이 달만의 테이블을 치우고 바닥을 닦는 모습을 구역질을 참으며 지켜보고 있었다.

곧이어 홀담당 매니저가 도대체 어느 구석에 있던 것인지도 모를 "방향 스프레이"를 들고 왔다. 그리고 후빌러가 미처 말리기도 전에, 토사물 냄새에 솔잎 냄새가 뒤섞인 악취가 났다.

후빌러가 간단한 인사말로—그는 그의 레스토랑에서는 예삿일이지만, 어쨌든 고객 중에 의사가 세 분이나 와 계신 덕분에 문제의 손님의 증상도 틀림없이 진단 결과가 좋을 것이라고 말했다—미처 빠져나가지 못한 손님들을 진정시키고 났을 때, 말하자면 레스토랑이 다시 정상적인 모습을 되찾으려는 바로 그 순간, 달만의 손님이 종업원 탈의실에서 돌아왔다. 산뜻하게 샤워를 하고, 너무 꼭 끼고 너무 깡똥한 술담당 웨이터의 검정색

여벌 양복을 빌려 입고서.

그리고는 어쩜! 좌석을 청해 앉더니, 나머지 메뉴를 가져다달라고 했다. 이것이 그를 초대한 이의 뜻이라고 큰소리로 강조하면서. 이 광경이 당연히 몇몇 손님들의 입맛을 다시 앗아갔다.

다음날 아침 후빌러는 늘 레스토랑 예약을 담당해왔던 달만의 하수인 셰퍼에게 전화를 걸어 달만의 상태를 물었다. 셰퍼는 "상황에 맞게 조치했습니다. 응급수술을 받은 후 환자의 상태는 안정되어가고 있습니다"라고, 마치 의사의 소견서를 읽듯이 말했다.

불행 중 다행이었다. 만약 달만이 후빌러에서 죽기라도 했다면 신문들이 보도에 열을 올렸을 것이고 장사에 더 큰 손해가 갔을 것이 아닌가.

14

다음날 오후가 되어서야 안드레아에게서 연락이 왔다.

저녁에 가져갈 모타감을 만드는 중에 전화벨이 울렸다. 그녀의 목소리는 명랑하게 들렸지만, 실험의 성공 여부에 대해서는 말이 없었다. 마라반도 호기심을 누르고 아무런 질문도 하지 않았다.

1시간 후, 그녀의 집에 가서 주방을 정리하면서도 그녀가 말을 하거나 말거나 가만히 내버려두었다. 그녀는 물잔을 든 오른손 팔꿈치를 왼손바닥으로 받치고 서서 물끄러미 그를 바라보았다. 정리를 도와주려는 시늉도 하지 않았다.

"전혀 안 궁금해?" 이윽고 그녀가 물었다.

"궁금해." 그는 그렇게만 대답했다.

그녀는 물잔을 식탁 위에 내려놓고 그의 어깨를 감싸더니 이마에 키스를 했다. "넌 마법사야. 효력 만점이었어!"

그의 시선이 아무래도 못 미덥다는 듯이 비쳤던지, 그녀는 더 큰소리로 되풀이했다. "효력 만점이었다구!"

그가 여전히 반응을 보이지 않자, 그녀는 껑충껑충 뛰며 그를 축으로 빙글빙글 돌기 시작했다. "효력 만점, 만점, 만점!" 노래를 불렀다.

그제야 그도 웃으며 몇 발짝 같이 춤을 추었다.

안드레아가 묘사한 지난밤 사랑의 장면은 그에게 충격을 주었다. 시시콜콜 털어놓은 것은 아니었음에도 불구하고, 독실한 힌두교도의 윤리적 감각이 허용하는 범위를 훌쩍 넘어서는 묘사였다. 그것은 다음 질문에서 극에 달했다.

"그리고, 그 친구가 언제 갔는지 알아?"

그는 헛기침을 했다. "그렇게 묻는 걸 보니, 늦게 갔겠지."

"두 시 반. 오후! 14시 30분 말이야." 그녀는 의기양양한 표정으로 그를 뚫어지게 바라보았다.

"어째서 그게 음식의 효력이라고 생각해? 너 때문일 수도 있잖아."

안드레아는 생각에 잠겨 고개를 흔들었다. "프란치스카는 레즈비언이 아니야, 마라반. 절대로!"

그녀는 마라반이 그녀의 골프에 자재들을 싣는 것을 돕고, 그의 집으로 태워다주었다. 채 30분도 되지 않는 시간 동안, 마라반은 그의 꿈의 일부가 실현되었다는 공상에 젖을 수 있었다. 출장요리를 성공적으로 마치고 파트너인 안드레아와 장비를 싣고 출장요리 본부로 돌아가는 그림이었다. 자기 나름의 생각에 골몰한 그녀가 공연히 말을 걸어 그의 꿈을 깨지 않는 것도 기분이 좋았다.

집 안에 물건을 다 내려놓고도 그녀는 떠날 기색이 아니었다. 그들은 부엌에 딸린 작은 발코니에 서 있었다. 안드레아는 담배를 물고 난간에 기대어 빨아들인 담배연기를 삼키지 않으려는 듯 급하게 내뱉었다. 날씨가 많이 추워지기는 했지만 두세 시간 전부터 비는 내리지 않았다. 열려 있는 창문으로 음악소리, 이웃 타밀인의 수다소리, 웃음소리가 새어들었다.

아래쪽 안마당에서는 마약장사가 한 고객과 잽싸게 무언의 거래를 했다. 그리고 두 사람 다 사라졌다.

"너의 가장 큰 꿈이 뭐야?" 안드레아가 물었다.

"귀향과 평화."

"레스토랑이 아니구?"

"그것도 맞아. 콜롬보에서."

"그럼 그때까지는?"

마라반은 자세를 곧추세우고 바지주머니에 두 주먹을 찔러 넣었다. "여기서 레스토랑을 여는 거."

"그 돈은 어떻게 마련할 건데?"

그는 어깨를 으쓱했다. "출장요리?"

안드레아가 그를 쳐다보았다. "바로 그거야."

그는 얼떨떨했다. "그게 될 수 있을 거라고 생각해?"

"네가 나한테 해줬던 것처럼만 한다면."

마라반은 소리 죽여 웃었다. "아, 그래? 그럼 고객은?"

"그건 내가 알아서 주선할 거야."

"그런 일을 하는 네 몫은 얼만데?"

"절반."

안드레아는 사업계획과 아울러 약간의 자금도 가지고 있었다. 자식이 없는 한 이모가 1년 반 전에 돌아가시면서 4명의 조카들을 상속인으로 지정해두었던 것이다. 이모의 유산은 약간의 저축과 그녀가 반평생을 보냈던 알프스 산자락의 별로 눈이 쌓이지 않는 겨울 휴양지에 있는, 휴양가옥 몇 채가 딸린 산장이었다. 상속인들은 한순간도 주저하지 않고 산장을 팔아치웠다. 모든 것을 공제하고 나자 상속인 각자에게 약 8만 프랑씩 돌아갔다. 안드레아는 직장을 자주 옮기는 바람에 기껏 해야 절반밖에 남지 않았지만, 그중 일부를 "러브 푸드"에 투자할 생각이었다. "러브 푸드"는 벌써부터 그녀가 붙인 회사 이름이었다.

그녀는 마라반이 가지고 있지 않은 주방기기—무엇보다 회전 증류기—를 장만하고, 기본적인 식기 세트와 식사도구들을 사들이고, 고객 확보에 힘쓰고, 자동차도 골프에서 콤비로 바꾸고, 관리와 서비스를 맡을 것이며, 초기 운영자금을 대겠다고 했다.

마라반이 할 일은 노하우를 제공하는 것이었다.

그렇게 본다면, 50 대 50이 과분하게 공정하다는 점을 마라반도 인정하지 않을 수 없었다.

2인을 위한 1회 "러브 디너"의 가격은 1,000프랑에 음료가격이 추가될 것이다. 음료는 주로 전문가가 추천하는 샴페인으로 할 것이며, 그녀는 이를 도매가로 구입해서 레스토랑 가격으로 팔 수 있다고 했다.

마라반은 모든 것에 동의했다. 이것은 그가 머릿속에 그려온 방식의 출장요리는 아니었다. 그렇기는 해도 결혼한 부부의 애정생활을 지원해주는 음식—안드레아는 그녀의 고객들은 그점이 필요한 부부라고 말했다—이라면 그의 문화에서도 비난

받을 일은 아니었다. 그리고 안드레아와 많은 시간을 함께 보내게 될 전망도 그를 행복하게 했다.

"그런데, 어째서 이 일에 관심이 생긴 거야?" 그가 물었다. "넌 언제라도 다시 일자리를 구할 수 있잖아."

"뭔가 새로운 일이니까." 그녀가 대답했다.

지붕 위로 폭죽이 한줄기 솟구치더니 점점 느려지면서 일순간 허공에서 멈추었다가, 빨갛게 작렬하는 불꽃보라로 흩어지며 땅으로 떨어졌다. 폭죽이 8월의 첫날을 축하하고 있었다. 더불어 "러브 푸드"의 창립도.

15

마라반이 안드레아의 집에서 요리하는 것은 겨우 두 번째였지만, 그들은 벌써 각자 맡은 일에 익숙하게 길들어가고 있었다. 그는 무엇이 어디에 있는지 훤히 알았고, 그녀 또한 묻지 않고도 알아서 식탁을 차리고 장식을 했다. 마치 호흡이 잘 맞는 연주 팀처럼 각자 말없이 자기 일을 수행했다.

오늘 맞을 손님은 에스터 뒤브아라는 심리의학자로 안드레아가 얼마 전 어느 클럽에서 알게 된 여자였다. 그녀는 한 남자를 동반하고 왔으면서도 안드레아를 보자 노골적으로 호감을 표시했다.

에스터 뒤브아는 이름난 성문제 전문의였다. 40대 이상 중년 여성을 독자로 하는 잡지에 몇 년간 섹스칼럼을 기고해서 대단히 주목을 받은 적도 있었다. 그녀 역시 40대가 넘은 나이로, 일찌감치 세어버린 머리칼을 불꽃처럼 이글거리는 빨강색으로 물들이고 있었고, 인물동정 지면에 단골로 등장했다.

안드레아는 그녀의 병원으로 연락을 취했고, 어렵지 않게 그녀를 초대할 수 있었다. 안드레아의 표현을 빌자면, "자극적인, 미식가적인, 섹스 치료실험에로의" 초대였다.

그녀는 30분 늦게 왔다. 풍성한 흰색 카라 한 다발을 안고 나타나서, 그날 밤 주제와 형식에 잘 어울리는 열정, 순수, 천년의 사랑이라는 꽃말을 가진 꽃이기에 가져왔다고 설명을 덧붙였다. 안드레아가 마라반을 소개했다. "이 분은 마라반 스리(힌두교의 신이나 지존자, 성자에게 붙이는 존칭 또는 '─님'을 지칭한다/역주)예요. 에로틱 요리의 위대한 구루(힌두교나 불교 등의 종교에서 일컫는 스승으로, 자아를 터득한 신성한 교육자를 이른다/역주)죠."

스리도 구루도, 마라반하고 미리 상의해서 붙인 호칭이 아니었다. 그녀는 그의 반응을 보고서야, 어쩌면 미리 의논했어야 했나, 라는 생각이 들었다. 마라반은 당황스러운 미소를 띠고 손님에게 악수를 하더니 얼른 몸을 돌려 자기 일을 하러 갔다.

"슬슬 기대가 되는데." 안드레아가 촛불만 켜진 어둑한 방으로 안내하자, 에스터 뒤브아가 말했다. 그녀는 곧 방석에 편안하게 자리잡고 앉아 물었다. "향을 피우지 않았네? 음악도 없고?"

"마라반 스리께서는 그 두 가지가 진정한 요점을 흩트려놓는다고 생각하세요. 음식의 향과 심장의 울림을." 이것 역시 그와 미리 상의하지 않은 해석이었다. 그녀는 사원의 종을 집어들고 울렸다. "이것만은 허락해주시더군요."

문이 열리고 마라반이 샴페인 두 잔과 미니 차파티 두 접시를 쟁반에 담아 들여왔다. 두 여인이 건배를 하는 동안, 그는 차파티 위에 카레잎, 계피, 야자유에서 추출한 진액을 떨어뜨렸다.

"화학성분이 아니길." 에스터 뒤브아가 말했다.

"요리는 화학이고 물리학입니다." 마라반이 정중히 대답했다.

그녀는 차파티를 집어들고 냄새를 맡은 다음, 눈을 감고 한 조각 베어 물어 신중하게 음미하고 나서는 눈을 떴다.

"비할 수 없이 탁월한 한 조각 화학이자 물리학이네요."

평소에는 이야기하는 것을 좋아하는 이 여류 심리치료 전문가가 오늘은 음식을 먹는 동안 거의 말이 없었다. 온갖 음으로 한숨을 내쉬거나 신음소리를 내고, 눈을 휘둥그레 굴리거나 손바닥을 펴서 요란하게 부채질을 할 뿐이었다. 한번은 이런 말을 했다. "제일 끝내주는 게 뭔지 알아? 손으로 먹는 거."

그리고는 행복한 한숨을 내쉬며 시럽을 묻힌 작은 하트의 마지막 조각을 삼키고 나서 물었다. "이젠 뭘 내오려나? 그대의 예쁘장한 구루께서?"

그러나 예쁘장한 구루는 이미 가고 없었다.

이번 세 번째 만찬도 안드레아에게 똑같은 효력을 발휘했다. 비록 에스터 뒤브아라는 인물의 인격에 깊이 다가가지는 못했지만 황홀한 저녁이었고, 황홀한 밤이었다. 안드레아에게 그녀는 너무 지적이고 너무 자유분방했다. 공공연한 부부관계를 맺고 살면서 자정이 다 되어서는 남편에게 전화를 걸어, "오늘 밤은 못 가겠어, 자기, 내일 다 얘기해줄게"라고 말하는 이런 양성적 여성을 안드레아는 좋아할 수가 없었다.

다음날 아침, 안드레아는 에스터가 새벽같이 일어나서 아침식사도 하기 전에 마치 바람둥이 유부남처럼 부랴부랴 도망쳐 준 것이 어쨌거나 기뻤다.

"연락할게." 에스터는 한 번 더 침실로 들어와 안드레아의 이마에 키스를 하며 말했다. 사랑을 나누다 오간 사업상의 짧은 대화를 염두에 두고 한 약속이었다. 안드레아는 그녀가 약속을 지키리라는 것을 확신했다.

"늘 효과가 있단 말이지?" 에스터가 졸린 목소리로 물었었다.

"나한테는 그랬어. 한 번은 남자하고도!"

"자기가 남자하고도 자는 줄은 몰랐는걸."

"나도 몰랐어."

"정말 놀라워. 음식에 뭘 넣었나?"

"아주 옛날부터 내려오는 아유르베다식 성욕항진 조리법이래. 그 조리법을 그가 자기만의 비법으로 요리한 거구."

"내 환자들이 이런 음식에 얼마나 환장할지 자긴 모를 거다, 아마."

"보내기나 해요" 그렇게만 대답하고, 안드레아는 이불을 끌어안고 마침내 잠이 들었었다.

16

달만은 셰퍼가 자신을 웃음거리로 만들려는 속셈이었다고 확신했다. 노란 형광색 천으로 포인트를 준 새빨간 운동복을 사오다니. "눈에 안 띄는 게 그렇게도 없었나?" 달만이 그에게 물었다.

"이번 시즌에는 눈에 확 띄는 색이 인기라던데요. 특히 안전상의 이유에서."

"누가 그러던가?"

"전문가들한테 조언을 구한 거예요." 셰퍼는 기분이 상한 투로 답했다.

달만은 지금 그 운동복을 입고 있었다. 걸치고보니, 까짓 것 아무렴 어떤가 싶었다. 터질 듯이 꽉 끼거나 엄청나게 헐렁한 옷을 걸치고 있는 다른 이들이라고 해서 더 잘나 보일 것도 없었다. 하나같이 숨을 헐떡이며 벌건 얼굴로 별 수 없이 저마다의 운동기구에 몸을 맡기고는, 지난 수십 년간의 죄업(罪業)의 때를 지우려고 안간힘을 쓰는 꼬락서니였다.

달만은 에르고미터(근육활동량 측정기/역주)에 앉아 힘을 아껴가며 페달을 밟았다. 핸들 앞에 달린 보관함에는 그의 개인 체력단련 프로그램이 기록된 쪽지가 들어 있었다. 그는 다른 운동은 생략하고 에르고미터에만 치중했다. 이 기구에서는 힘을 안 배할 수도 앉아 있을 수도 있었으니까. 재활의는 매일 운동을 하되, 결코 능력의 한계까지 가지는 말라고 충고했다. 달만은 후자만은 엄격히 지켰다.

그의 혈관 안에는 스텐트(Stent, 영국의 치과의사 찰스 스텐트[Charles Stent, 1807-1885]가 구강 및 턱의 압형(押型)을 만들기 위해서 썼던 소재와 사용자의 이름에서 유래된 용어로, 오늘날 의학에서는 특히 혈관확장 이식용으로 버팀목이 되는 소재를 일컫는다/역주)가 이식되어 있었다. 스텐트란 심근경색의 원인인 좁아진 혈관을 확장시켜주는 작은 관이었다. 큰 수술은 아니라서 잘 이겨냈지만, 지금도 그는 성가신 사후치료를 받으며 혈관이 막히지 않게 혈압 조절제를 복용해야 했다. 아울러 좀더 건강한 생활을 할 필요가 있었다. 먹고 마시는 것을 신경쓰고—그로서는 가장 힘든 일인—담배를 끊어야 했다.

일찍이 그는 요양원에 들어가느니 죽는 것이 낫다고 입버릇처럼 말하곤 했다. 그러나 이제는 이것도 그리 나쁘지 않다는 생각이다. 요양원은 마치 좀더 전문적인 스파가 딸린 고급 호텔 같았다. 하기야 뭐, 손님들이 좀 늙고 무기력하고, 대화의 주제라고는 건강이 전부이기는 했다. 그러나 그는 그들과 이야기를 할 필요가 없었다. 셰퍼가 서류가방을 들고 이틀에 한 번꼴로 들르면, 두세 시간씩 같이 그의 스위트룸에서 사무를 처리하면 되었다.

맥박이 90을 넘어섰다. 달만은 페달을 밟는 빈도를 서서히 줄이다가 마침내 멈추고, 기구에서 내려왔다.

탈의실에서 가슴에 큼지막한 호텔마크가 수놓아진 하얀 타월가운을 걸쳐 입고 나와 매점으로 가서 중요 일간지들을 샀다. 그리고는 엘리베이터 쪽으로 발을 질질 끌며 걸어가 그의 방이 있는 층으로 올라갔다.

신문들은 일제히 페르베즈 무샤라프(Pervez Muscharraf, 1943- , 1999년 무혈군사 쿠테타로 정권을 장악한 후, 2001년부터 2008년 8월 7일 퇴진하기까지 파키스탄을 장악했던 독재 대통령/역주)의 퇴진에 관해 보도하고 있었다. 달만은 이 사건이 자신의 파키스탄과의 연결고리에 어떤 결과를 가지고 올지 자문해보았다.

샤워를 하고 평상복으로 갈아입고 발코니로 나가 담배를 한 대 피워 물어야지. 그의 방은 사방에 화재경보기가 달린 비흡연실이었다.

옷을 입고 거실로 돌아오자, 실내는 전등을 켜야 할 정도로 어둑해져 있었다. 짙게 내리깔린 먹구름이 흐린 여름 대낮을 한밤중으로 바꾸어놓았다. 달만은 발코니문을 열었다. 발코니 바닥에서 튀어드는 빗방울로 실내에 깔린 연베이지색 양탄자가 진하게 물들었다.

17

전 세계 국립은행들이 금융시장의 유동성 안정화를 위해 몇십억을 쏟아부었다. 10곳의 세계 대형은행이 글로벌 주식공황을 막으려고 70억 달러로 펀드를 설립한 것이다. 미국에서 네 번째로 큰 투자은행인 리먼 브라더스는 파산했다.

안드레아는 에스터 뒤브아와 통화를 마친 후, 지금은 회사를 설립하기에 부적절한 시기일 수 있겠다는 생각을 했다.

뒤브아는 약속을 지켰다. 그녀와의 만찬의 밤이 지나고 이틀 뒤에 어느 "환자 부부"를 위한 예약전화를 해온 것이다. 예약을 받기는 했지만 의구심이 밀려왔다. 안드레아는 유리온실 안의 삐걱거리는 등나무의자에 앉아 담배에 불을 붙였다. 그 의자는 다그마르와 함께 벼룩시장에서 발견해서 짙은 녹색 페인트를 칠한 것이었다.

자신의 인생을 곰곰이 되돌아보니 줄줄이 무분별한 결정의 연속이었다는 생각이 들었다. 그녀는 순식간에 열광했다가 쉽게 시큰둥해지기 일쑤였다. 학업도, 직업도, 연애도, 직장도—모든 것이 우연에 따랐고 즉흥적으로 바꾸기를 밥 먹듯이 했다. 과연 지금 이 일은 하고 싶은 것일까? 진정 에로틱 메뉴의 출장요리에 남은 돈 대부분을 투자해야 할까? 결코 합법적으로 운영할 수도 없는 이 일에?

그녀는 수소문해서 알아본 출장요리 서비스 운영을 위한 허가를 얻기 위해서 전제 조건들을 채우려고 했었다. 한 달 뒤면 그럭저럭 될 듯도 싶었다. 그렇지만 위생법규는 아무래도 넘을 수 없는 벽이었다. 주방위생과 자재에 지정된 헤아릴 수 없이 많은 법규들을 충족시키기에는 그녀의 주방도—번쩍번쩍 빛이 날 정도로 깨끗한—마라반의 주방도 역부족이었다. 만약 그 요건을 채운다고 하더라도, 구역관할 요식업 단속반, 식품 규제반, 건축물 감독국 그리고 소방서에서도 점검과 승인을 받아야 했다. 그뿐만이 아니었다. 마라반은 망명 신청자여서 자영업이 허용되지 않는 처지이므로, 그를 요리사로 고용할 수가 없었다. 요식업 담당 관청의 허가를 받아낸다고 쳐도 기껏해야 주방 보조로 채용할 수 있을 뿐, 요리사는 그녀 자신이 사칭해야 할 판이었다. 어쩌면 실패할지도 모를 이 프로젝트를 위해서 이 모든 일을 감당하는 것이 너무나 번거로웠다. 그리고 만약 허가를 받지 못하게 된다면, 그간의 투자금은 누가 돌려줄까? 진정 일의 성공 여부를 실전에서 테스트하려는 경우에 가능한 길은 오직 하나, 불법으로 밀고 나가는 것뿐이었다. 최소한 시작 단계에서는.

사실 그녀는 이 모든 일을 굳이 벌일 필요가 없었다. 즉석에서 후빌러에 사표를 던지고 난 후 일주일도 지나지 않아서 다시 일자리를 구했다. 후빌러만큼 우아하거나 미식가가 꼬이는 레스토랑은 아니었지만, 급여도 섭섭지 않았고 고객들도 한결 젊고

편했다. 시내의 클럽 골목 한가운데 있는 '마스트로이아나'라는 이탈리아 식당이었다. 그곳을 그만둔다고 해도—밤마다 늦게까지 근무해야 해서 그만둘 생각이었다—얼마든지 곧 다른 일터를 찾을 수 있을 것이었다.

그녀는 반쯤 피우다 만 담배를 눌러 끄고 서쪽 창의 차양을 내렸다. 더운 여름날 오후햇살이 삽시간에 유리온실을 뜨겁게 달굴 듯싶었다. 빛바랜 갈색 커튼천에 투과된 햇볕이 잡다한 가구와 먼지 쌓인 야자수 두 그루가 들어앉은 온실에 고풍스러운 분위기를 드리워주었다. 다시 자리에 앉은 안드레아는 자신마저 누렇게 변색된 사진의 일부가 된 느낌이 들었다.

마라반의 요리의 비밀을 캐낸 다음, 그를 상종하지 않는 편이 좋았을지 모른다. 그날 저녁 그의 집에 불쑥 찾아갔던 이유는 마음이 진정되지 않아서였다. 그 모든 해프닝이 실제로는 음식과 상관이 있었을 뿐이라는, 확신이 필요했다.

또 그날 밤 이후로는 그녀를 거부하는 프란치스카의 태도로 보아, 그 실험의 명백한 성과를 확인하는 선에서 만족했어야 하지 않을까? 어쨌든 그녀 자신의 인생설계와 성향에 대해서 의혹을 제기할 근거는 없어졌다. 하필이면 그녀에게 이런 식의 덫을 쳤던 남자와 더불어 일과 운명을 같이할 하등의 이유가 없었다. 비록 그에게 앙심까지 품은 것은 아니지만—그들 사이에는 언제라도 불거져나올 수 있는 어떤 앙금이 있었다.

그녀는 굵직한 글씨로 죽음을 경고하는 담뱃갑에서 담배를 꺼냈다. 다그마르가 이 집에 살고 있을 때만 해도 집 전체가 금연 구역이었다. 그들은 함께 담배를 끊었었다. 그러나 그녀와 갈라선 후에 안드레아는 다시 담배를 피우기 시작하면서 온실을 흡연실로 삼았다. 야외정원은 없으니까.

마라반과 그녀 사이의 문화적 차이도 곧 문제될 것이 뻔했다. "스리"와 "구루"라는 호칭 따위의 세세한 일 때문에도 이미 약간 떨떠름해지지 않았던가. 그는 "나를 스리나 구루로 소개하지 말아줘"라고 정중하지만 단호하게 요청했다. "내가 그렇게 불린다는 것을 우리 고향사람들이 알기라도 하면, 난 끝장이야."

그렇다. 어느 면을 보더라도 좋은 구상이 아니었다. 그녀는 재떨이에 담배를 놓고 연기가 피어오르는 모양을 지켜보았다. 연기는 가느다랗게 직선으로 곧장 솟아오르다가 깃털 모양으로 갈라진 야자수잎 사이에서 이리저리 흩어졌다.

어쩌면 이 모습이 그녀로 하여금 그 모든 난관에도 불구하고 이 일을 밀고 나가도록 용기를 주었는지 모른다.

'까짓 거, 이번 한번은 해보지 뭐.' 그녀는 생각했다.

마라반의 거실창문에는 블라인드가 쳐져 있지만, 그 밖의 창이며 문들은 모조리 열어서 환기 중이었다. 마라반은 사롱 하나만 걸친 채로 어두침침한 거실에서 모니터 앞에 앉아 고향소식을 읽고 있었다.

스리랑카 정부가 유엔을 비롯한 모든 구호기관에 이번 달 말까지 북부지방에서 철수할 것을 통고했다(2008년 9월 10일). 근 25만 명의 타밀인들이 피난길에 올랐다. 인도주의의 처참한 파국이 임박해 있었다.

이어서 해방호랑이의 전투기 몇 대가 오래 전에 스리랑카 정부가 해방구역으로 선포했던 바부니아 공군기지와 경찰본부를 공습하고, 포병의 지원을 받아 레이더 시스템, 대공포기지, 탄약고를 파괴하고, 수치 미상의 수많은 정부군을 살상했다(2008년 9월 15일).

또 이에 대한 보복으로 스리랑카 정부군은 무리칸디 지역 A9번 국도와 주변 마을을 즉각 폭파시켰다(2008년 9월 15일). 이로써 오아만타이 체크포인트 방향 A9번 국도의 교통은 마비되었다. 구호품과 구급약들이 국경검문소를 통과해서 넘어갈 수 없게 된 것이다.

이는 마라반에게 더 많은 돈이 필요해졌다는 의미였다. 그의 가족은 매일매일 가격이 치솟는 암시장을 더 자주 이용할 수밖에 없을 것이다. 무엇보다 약 때문이라도.

게다가 사채업자 오리는 이자지불 날짜를 하루라도 지체하면 벌금조로 인정사정없이 이자를 올리고 가차 없이 받아냈다. 다른 한편, LTTE와 연계된 조직들은 해방전쟁이 결정적 단계에 와 있다면서—그 소리가 벌써 몇 번째던가?—기금을 끌어모으는 데에 갑절로 열을 올렸다.

마라반은 아직 일자리를 구하지 못한 상태였다. 실업급여에 덧붙여 모타감을 만들어 버는 푼돈으로는 그의 어깨에 지워진 의무를 감당하기에 턱없이 모자랐다.

사정이 그렇듯 절망스럽기 짝이 없을 때, 안드레아가 전화를 해서 "러브 푸드"에 첫 주문이 들어왔다고 알려왔다. 그는 단 한순간도 주저하지 않았다.

그가 던진 유일한 질문은 "그 사람들 부부지?"였다.

"곧 30년이 되어간댄다." 안드레아가 약간 장난스럽게 대답했다.

그렇다면 마라반에게는 결정이 난 셈이었다.

18

주방에서는 시가(市街)와 호수, 맞은편 산등성이가 내다보였다. 마라반은 새하얀 아일랜드 곁, 고급 호텔 에어컨처럼 나직이 윙윙대는 거창한 스테인리스 배기후드 아래에 서 있었다. 모조리 흰색인 반구형 의자 12개가 딸린 대형 식탁에는 식기 세팅이 되어 있지 않았다. 음식은 주방 옆 웅장한 거실로 내갈 것이었다. 예술품이 잔뜩 들어차 있고, 전면 통유리창을 통해 옥상 테라스와 시내 전경이 파노라마처럼 펼쳐지는 곳이었다. 안드레아가 "러브 메뉴"라고 칭한 종류의 식사자리에 요리사가 끼어드는 것은 당연히 바람직하지 않았다.

마라반은 지금의 상황이 민망스러웠다. 여주인 멜링어 부인 역시 그런 기색이 역력했다. 50대라기보다는 60대로 보이는 부인은 잔뜩 치장을 한데다가, 약간 어색하게 굴었다. 오늘 일이 일인 만큼 그런 모양이었다. 그리고는 무슨 구실을 대가며 연신 부엌에 나타나서 한 손으로 눈을 가리는 척하며, "안 볼게요. 안 볼게요!" 하고 말했다.

멜링어 씨는 자신의 서재로 들어가버렸다. 그에게도 이 일이 조금 거북스러운 듯했다. 그는 비쩍 마른 60대의 남자로 짧게 깎은 흰머리에, 검은색 옷, 검은 테안경을 쓰고 있었다. 그는 잠시 주방에 얼굴을 비추고는 겸연쩍은 듯 헛기침을 하며 마라반에게 인사를 하다가, 안드레아가 주방으로 들어서자 떨떠름하던 표정이 환해졌다. 그리고 "그럼 마법을 부탁드리겠소" 하고 얼버무리고는 자리를 떴다.

이 상황을 곤혹스러워하지 않는 사람은 안드레아뿐이었다. 그녀는 황금빛 사리를 당당하게 입고는 이 거창한 펜트하우스를 마치 자기 집인 양 거리낌 없이 활보했다. 마라반은 유럽 여자들에게는 사리가 왠지 어색하다고 여겨왔었는데, 길고 윤기 나는 검은 머리카락의 안드레아에게는 새하얀 피부임에도 임자를 만난 듯이 제법 어울렸다.

메뉴는 다음과 같이 확정되었다.

카레잎-계피-야자유 에센스를 친 미니 차파티
두 가지 식감의 검정녹두-렌즈콩 꽈배기
샬리 쌀밥에 마늘거품 소스를 곁들인 오크라 카레
사슈티카 쌀밥에 고수거품 소스를 곁들인 치킨 카레
니바라 쌀밥에 박하거품 소스를 곁들인 상어 카레
아이스 사프란-아몬드 에스푸마와 사프란 수술 젤리
카르다몸-계피-기이로 만든 매콤달콤한 스페리코
이집트콩-생강-후추로 만든 시럽을 바른 여근 모양 쿠키
아스파라거스와 기이로 만든 남근 모양 젤리
감초-꿀-기이 아이스바

안드레아는 음식 모양을 새롭게 해보자고 그를 설득했다. 아

스파라거스-기이 젤리를 아스파라거스 모양이 아니라 남근 모양으로, 또한 시럽을 바른 하트는 그녀의 표현대로 하자면, 여자의 그곳 모양으로 빚어 내자는 제안이었다. 마라반은 그것이 너무 노골적이라고 여겨져 안 하겠다고 맞섰다. 그러자 안드레아가 말했다. "난 너희 조상들이 1,500년 전에 시기리아(5세기 스리랑카 카사파 왕조의 수도로 바위꼭대기에 세운 궁전터. 고고학적으로 중요한 유적지이다/역주) 암벽에 그린 에로틱한 벽화를 봤어. 그렇게 내숭 떨지 마."

마라반이 졌다. 그러나 그는 아무래도 민망스러워, 멜링어 부인이 또다시 주방에 불쑥 나타날 경우에 대비해, 만들어둔 과자를 유산지로 덮어두었다.

만약 "러브 푸드"가 상표를 내건 정식회사라면, 아마 안드레아는 사원의 종을 상표도안으로 삼았을 것이다. 그녀는 주방 안 마라반 곁에 앉아서 멜링어 부부가 그들 관계에 새로운 자극제를 섭취하는 방에서 울려올 종소리에 온 귀를 기울이고 있었다. 그러다 환청을 듣고 황급히 뛰쳐나가 방문에 귀를 기울였다가 허탕을 치고 돌아오기도 했다.

"그런데, 효과가 없으면 어쩌지?" 마라반이 물었다.

"있을 거야." 안드레아가 단호하게 답했다. "그리고 효과가 없다고 쳐도 우린 모를걸. 성적 자극을 주는 한 끼 식사에 아무 효력도 없이 1,000프랑이 훨씬 넘는 돈을 써젖혔다고 털어놓을 사람은 없을 테니까."

샴페인과 애피타이저를 내갔던 안드레아가 킥킥대며 돌아오더니, "부인이 하늘하늘한 천을 두르고 있는 거 있지. 다 비치는 걸로"라고 중계했다.

렌즈콩 꽈배기를 서빙한 후에는 이렇게 속닥거렸다. "내가 네 말대로 전채요리를 '남과 여'라고 소개하면서 내놓았더니, 남편이 '어떤 게 남자인가? 말랑한 거요, 아님 딱딱한 거요?' 하고 묻는 거 있지."

마라반은 당혹스러워하며 입을 다물고 있었다.

"물론 내가 그랬지. 둘 다요, 라고." 안드레아는 의도적으로 잠깐 말을 끊었다가 말했다. "그랬더니, 부인이 '그래야죠' 그러는 거야."

코스의 서빙 간격이 점점 더 길어졌다. 안드레아는 사이사이에 옥상 테라스로 나가서 담배를 피웠다. 날이 저물었다. 도심의 불빛이 호수에 비치고, 도시 외곽의 드문드문한 빛이 산허리에 얼룩덜룩 그늘을 만들고 있었다.

주요리가 나간 이후로 종소리가 멎었다. 마라반은 초조해졌다. 다음 코스인 스페리코는 시간을 맞추기가 가장 까다로운 것이었다. 알긴산 수에 넣어서 5분간 끓여 찬물에 헹구고 기이를 주입한 후에 약 20분 동안 60도의 온도로 오븐에 넣어두어야 했다. 디저트를 내가기까지 30분 이상이 걸릴 수는 없기 때문에 마라반은 안드레아가 카레 요리들을 서빙하고 난 후 10분 사이에 스페리코를 만들어 끓이고, 그 안에 기이를 주입하고 찬물에 헹구었다. 그것을 당장 오븐에 넣지 않으면 뭉그러질까 조바심이 났다.

"가서 좀 살펴봐." 벌써 두 번째 부탁이었다.

그녀는 나가서 노크를 해야 할지 그냥 헛기침만 해야 할지 생각했다. 그러나 방으로 가는 도중, 방 안에서 소리가 들려왔다. 결정이 필요 없어진 것이다.

그녀는 주방으로 돌아와 말했다. "임무완수. 저 사람들 디저트랑 과자는 포기할 건가봐."

첫 과제를 마친 후 "러브 푸드"에 대한 안드레아의 의구심은 씻은 듯이 사라졌다. 멜링어 부부가 심리치료사에게 전한 회신은 대단히 긍정적이었다. 에스터 뒤브아는 바로 다음날로 연락해서 주문을 계속 넣겠다고 약속했다. 재료비와 샴페인 및 포도주의 원가를 제외한 순수익이 거의 1,400프랑이나 되었다. 일은 쉬웠고, 상사 밑에서 시달릴 일도 없었으며, 마라반은 조용하고 예의바르며 치근대지 않는 사업동료였다.

그러나 어쨌든 "러브 푸드"가 그녀의 아이디어였다는 것은 결정적인 사실이었다. 이는 물론 순전히 음식으로 그녀를 유혹했던 한 타밀계 망명 신청자의 요리기술을 섹스 치료에 적용해보자는 아이디어가 전제되었다. 그리고 이 아이디어를 상품화하기 위해서는 적절한 인간관계도 필요했다.

안드레아가 그녀의 직업을 따분해했던 것은 무엇보다 창의성의 결여 때문이었다. 그녀에게는 늘 어떤 아이디어가 떠올랐지만, 그것을 실행에 옮길 기회가 없었다. 그런데 "러브 푸드"와 더불어 이 점은 180도 달라졌다. 이 아이디어는 그녀의 자식이었고, 그 자식이 자랑스러웠다. 게다가 돈까지 벌게 해주는 판에, 포기해야 할 까닭이 있겠는가.

얼마 후 에스터 뒤브아가 한 환자 부부를 위한 예약을 재차 해왔을 때, 안드레아는 잠시도 주저하지 않았다. 마라반도 아무런 이의를 달지 않았다. "그 사람들 부부지?"라는 질문 외에는.

"러브 메뉴"의 대다수 고객은 성관계에 문제가 생기는 연령에 들어섰을 뿐만 아니라 그에 관한 치료를 받을 만한 여유를 누리는 고소득층 출신의 40대 이상 부부들이었다. 마라반은 지금껏 그가 접해보지 못한 사회계층을 갑작스레 속속들이 들여다보게 되었다. 인도 남부지방과 스리랑카 고급 호텔의 요리사 시절에 멀찌감치에서 구경만 했던 계층이었다. 이제 그는 의자 하나, 수도꼭지 하나의 값만 해도 고향에 있는 가족의 몇 달 치 생활비가 될 법한 그런 집과 건물들을 드나들었다.

그런 집 주방에서 그는 친숙한 내부 사람처럼 움직였다. 하지만 아무래도 외계의 우주선을 탄 눈 먼 승객이 되어버린 듯한 느낌을 떨칠 수가 없었다.

마라반은 이 나라에서 지낸 몇 해 동안 이곳 사람들의 기질과 문화에 제법 익숙해졌다고 생각했었다. 그러나 무대 뒤 안쪽을 들여다보는 지금, 이 사람들과 이들의 문제가 얼마나 생소한가를 새삼 의식하게 되었다. 그들의 화제, 거주형태, 옷차림, 그들이 중시하는 것—이 모든 것이 별나고 다르게 여겨졌다.

차라리 거리를 두는 편이 좋았으리라는 생각이 들었다. 이들의 은밀한 구석까지 파고들 수밖에 없는 상황이 괴로웠다. 이전에는 오히려 이들이 은밀한 영역을 소홀하게 취급하는 것처럼 보여서 불편했었다. 공공장소에서 키스를 하는가 하면, 전철에서 사적인 문제를 떠들어대고, 여중고생들은 매춘부처럼 옷을 입고, 신문, 텔레비전, 영화, 음악 등 너나 할 것 없이 모두 섹스가 주제였다.

그는 그 모든 것을 알고자 하지 않았고, 보지도 듣지도 않으려고 했다. 내숭쟁이라서가 아니었다. 그의 고향에서도 여성적 원칙을 세상의 근원적인 힘으로 숭배했다. 남신들은 남근을, 여신들은 젖가슴과 질(膣)을 가지고 있었다. 남신들의 어머니들도 반드시 처녀는 아니었다. 그렇다. 그는 성(性)에 관해서 특별한 거부감을 가지고 있지 않았다. 성은 그의 문화와 종교, 의학에서 중요한 역할을 했다. 그러나 이곳에서는 그것이 그를 곤혹스럽게 만들었다. 왜 그런지도 알 것 같았다. 그것은 성이 도처에 널려 있음에도 불구하고 이 사람들의 마음 밑바닥에서는 곤혹스러운 것이라서가 아닐까.

그러나 장사는 잘 돌아갔다. 멜링어 부부 이후 네 번째 주에는 한 주에 예약이 다섯 건이나 잡혔다. 그리고 여섯 번째 주에는 처음으로 일주일 치 예약이 꽉 찼다.

9월 말, 그들은 순수익금으로 거의 1만 7,000프랑씩 나누어 가졌다. 나가는 세금도 없이.

19

예약이 모두 찼다는 것은 마라반이 밤낮 없이 부엌에서 보내야
한다는 것을 의미했다. 아침 6시부터 다음 예약분을 준비하기
시작했고, 정오가 조금 지나 안드레아가 콤비를 몰고 오면, 보
온 박스와 그 밖의 주방기구들을 차에 실었다.

일은 고되고 조금은 지겨웠다. 매번 어김없이 똑같은 메뉴를
요리해야 하기 때문이었다. 그러나 그는 독자적인 작업, 안드레
아의 인정, 또 그녀와 어울리는 시간을 즐겼다.

그들은 점점 더 가까워졌다. 그가 바라는 방식이 아닌 것이
유감일 뿐, 기꺼이 협조하는 동료가 되어갔으며, 그렇게 친구가
되어가는 바람직한 과정에 있는 것 같았다.

그러던 어느 날 낮, 안드레아가 꽉 찬 그의 우편함에서 우편물
을 한 뭉치 뽑아들고 올라왔다. 배달부가 얼른 짐을 덜려고 여
러 장을 겹쳐서 투입구에 밀어넣은 전단지와 광고지 사이에, 어
린아이의 글씨로 마라반이 수취인으로 적힌 항공우편 편지 한
통이 들어 있었다. 조카 울라구에게서 온 것이었다.

"삼촌께,

　잘 지내고 계시죠? 우리의 상황은 별로 좋지가 않습니다. 이곳에는 전쟁을 피해서 자프나로 도망쳐온 사람들이 많아요. 누구나 먹을 것이 없을 때가 많아요. 모두들 우리가 전쟁에서 질 거라며 뒷일을 걱정하고 있어요. 다만 낭가이 왕할머니는 이 이상 더 나빠질 수는 없다고 말씀하세요.

　다름이 아니라, 낭가이 왕할머니 때문에 이 편지를 써요. 왕할머니의 상태가 너무 나빠요. 그런데도 삼촌께 알리고 싶어하지 않으세요. 몹시 야위셨고, 하루 종일 물만 드시고, 밤마다 침대에 실례를 하신답니다. 의사선생님 말씀이, 만약 왕할머니가 약을 드시지 않으면 말라서 돌아가시게 될 거예요. 의사선생님이 왕할머니의 병명과 약 이름을 제게 적어주셨어요. 혹시 삼촌이 약을 구해서 보내주실 수 있을까요? 왕할머니가 말라 죽는 건 싫어요.

　그럼 안녕히 계세요. 그리고 감사합니다. 얼른 이 전쟁이 끝나서 삼촌이 돌아오실 수 있기를 바랍니다. 아님 제가 삼촌한테 가서 요리사가 되든지요. 저도 이제는 꽤 잘한답니다.

조카 울라구 올림"

울라구는 막내누나 라기니의 장남이었다. 마라반이 고국을 떠날 때 그 아이는 열한 살이었다. 고국을 떠나면서 가장 힘들었던 점이 그 아이와의 작별이었다. 울라구는 지난날 한때의 마라반과 같은 소년으로, 조용하고 몽상적이고 약간은 내성적이었다. 울라구도 마라반처럼 요리사가 되고 싶어서 많은 시간을 낭가이 이모할머니의 부엌에서 보냈다.

울라구 때문에 그는 고향에 자신의 분신을 놓고 온 느낌이 들 때가 종종 있었고, 그 아이 덕분에 아직도 마음 한켠은 늘 그곳에 가 있었다.

"안 좋은 소식이야?" 안드레아는 주방에서 층계참으로 재료들을 내가면서도 편지를 읽고 있는 그에게서 눈을 떼지 않았다.

마라반은 고개를 끄덕였다. "조카한테서 온 거야. 이모할머니가 위독하시대."

"그 요리사 분?"

"응."

"무슨 병인데?"

마라반은 편지에 동봉된 쪽지를 읽었다. "요붕증이래."

"우리 할머니도 벌써 몇 년 전부터 당뇨를 앓고 계셔." 안드레아가 위로차 말했다. "그래도 꼬부랑 할머니가 되도록 사실 수 있을 거야."

"이건 당뇨가 아니야. 그냥 이름만 조금 비슷한 거지. 이 병은 끝도 없이 물을 마셔도 물이 체내에 머물러 있지 않아서, 시간이 지나면 말라 죽게 되는 병이래."

"치료는 가능하대?"

"응, 근데 거기서는 약을 구하지 못하나봐."

"그럼 네가 여기서 구해봐야겠네."

"그러려고."

비좁은 대기실은 환자들로 넘쳤다. 거의가 망명 신청자들이었다. 대다수가 타밀인들이었고 에리트레아인과 이라크인이 한둘 끼어 있었다. 케르너 박사는 지난 몇 해 사이에 자발적으로 원해서라기보다는 우연히, 망명자들의 의사가 되었다. 타밀계 간호사를 고용했던 것이 시작이었다. 곧 케르너 박사의 병원에서는 타밀어로 진찰을 받을 수 있다는 소문이 타밀계 이주민들 사이에 퍼졌다. 그 후로 아프리카 사람 몇 명이 처음으로 찾아왔고, 이제는 이라크 사람들도 몰려오고 있었다.

의자에 앉기까지 마라반은 무려 1시간이나 서 있었다. 이제 그의 앞에는 4명의 환자밖에 남지 않았다.

그는 처방전을 받으려는 희망에서 이곳에 왔다. 어쩌면 낭가 이 이모할머니에게 약을 보낼 수 있을 것이다. 물품을 전달하기가 갈수록 어려워지기는 했지만 여전히 길은 있었다. LTTE 요원들에게 의존해야 할지도 모른다. 그러나 감수해야지 어쩌겠는가. 결국 이모할머니의 목숨이 걸린 일인 것을.

마라반 앞에 앉아 있던 마지막 환자가 호출을 받았다. 중년의 타밀 여인이었다. 그녀는 자리에서 일어나 벽에 걸린 시바신의 사진 앞에 두 손을 모아 절을 하고 간호사를 따라갔다.

케르너 박사의 병원대기실에는 시바신, 부처, 십자가 그리고 코란의 한 시구(詩句)를 담은 켈리그라피가 사이좋게 나란히 붙어 있었다. 모든 환자가 그 점을 마땅하게 여기는 것은 아니었지만, 그것이 거슬리는 사람은 굳이 그의 병원에 올 필요가 없다는 것이 병원장의 생각이었다.

간호사가 앞 차례의 여자 환자에게 몇 마디 위로의 말을 해주며 인사를 나누는 소리를 듣기까지 또 한참이 걸렸다.

케르너 박사는 50대쯤 되어 보였다. 청년 같은 얼굴에 뻣뻣한 갈색머리, 피곤한 눈빛, 풀어헤친 가운에 청진기를 걸쳤는데 그것이 꼭 필요해서라기보다는 신뢰감을 사려는 연출처럼 보였다. 마라반이 들어섰을 때, 그는 진료 카드를 들여다보다가 책상 앞의 의자를 가리키고는 다시 환자의 병력으로 눈을 돌렸다. 마라반은 오래 전에 한 대형주방에서 일할 때, 회전 프라이팬을 다루다가 입은 화상 때문에 이 병원에 온 적이 있었다.

"저 때문에 온 게 아닙니다." 간호사가 나가자, 마라반이 설명했다. "자프나에 계시는 저의 이모할머니 때문이에요." 그는 이모할머니의 병세와 그곳에서 약을 구하기 어려운 정황을 설명했다.

케르너 박사는 익히 알고 있는 사연이라는 듯이 연신 고개를 끄덕이며 귀를 기울였다. "그래서 처방전을 써달라는 거죠?" 마라반이 말을 맺기도 전에 그가 말했다.

마라반은 고개를 끄덕였다.

"혈액순환, 혈압, 심혈관, 모두 정상이신가요?"

"심장은 튼튼합니다." 마라반이 답했다. "할머니는 늘 그러셨어요. 내가 심장만 약했어도, 진작 너희들에게 짐이 되지 않았을 텐데, 라구요."

케르너 박사는 처방철(處方綴)을 꺼내서 내용을 작성하며 말했다. "비싼 약입니다." 그리고는 처방전을 떼어 마라반 앞으로 밀었다. "1년 치 장기 처방전이에요. 그런데 할머니께 어떻게 약을 전달할 건가요?"

"배송업체를 통해 콜롬보로 보내면 거기에서"—마라반은 어깨를 으쓱하고는—"어떻게든 닿게 되겠죠"라고 말을 맺었다.

케르너 박사는 손으로 턱을 괴고는 곰곰이 생각했다. "내가 아는 여자분이 국경 없는 의사회(Médicins sans Frontières, 전쟁, 기아, 질병, 자연재해 등으로 고통받는 세계 각지의 주민들을 구호하기 위해서 1971년에 파리에서 설립된 구호기관/역주)에서 일하고 있어요. 아시겠지만, 스리랑카 정부가 모든 구호기관을 이번 달 말까지 스리랑카 북부에서 떠나라고 통고하지 않았습니까. 그분이 내일 콜롬보로 갑니다. 파견단들의 이주를 도우려구요. 그분한테 이 약을 전해줄 수 있겠냐고 물어볼 수 있는데, 어때요?"

20

이맘때면 힌두교도들은 나바라티리, 즉 악에 대한 선의 투쟁을
기리는 축제를 벌인다.

언젠가 남신들이 악의 힘에 맞서 무력함을 느꼈을 때, 모든
신들은 각기 신적인 힘의 일부를 떼어내 새로운 여신 칼리를 빚
었다. 9일 낮 9일 밤이 걸린 치열한 싸움 끝에 칼리는 악마 마히
샤수라에게 승리를 거두었다.

이 전투의 기념일이 오면, 힌두교도들은 배움의 여신 자라스
와티, 부의 여신 락슈미, 힘의 여신 칼리에게 9일 동안 기도를 올
린다.

나바라티리 축제기간 내내 마라반은 밤낮으로 일정이 잡혀
있었다. 늦은 시간에 고단한 몸을 이끌고 집에 와서 그나마 할
수 있는 것은 제단 앞에서 매일 기도 푸자를 좀더 오래, 좀더 경
건하게 올리고, 요리를 하면서 여신들을 위해서 따로 준비해두
었던 음식을 제물로 바치는 일이었다. 그는 빚도 청산하고 고향
집에 꼬박꼬박 돈을 보낼 수 있을 만큼 넉넉한 돈을 벌게 된 것
이 락슈미 여신의 은덕이라고 생각했다.

그러나 축제가 열흘째 되는 날, 그는 안드레아에 맞서 자기
뜻을 관철했다. 비자야다사미, 즉 승전(勝戰)의 밤이면 그가 기

억하는 한 매년 그는 사원에 갔었다.

　그래서 몇 주일 전부터 안드레아에게 그날 밤에는 사원에 가야 한다고 분명히 통고했고 그녀도 다이어리의 그 날짜에 진한 밑줄을 그어 표시해두었다. 그러나 며칠 후 그녀가 오더니 아무렇지도 않게 물었다. "그 발음하기 고약한 너희 명절날 예약을 받고 말았는데. 안 되겠니?"

　"비자야다사미에?" 그가 어이없다는 듯이 물었다.

　"그때가 아니면 그 사람들이 다시 3주일 뒤에나 가능하대서."

　"취소해."

　"지금은 그럴 수 없지."

　"그럼 네가 음식을 만드는 수밖에 없겠네."

　안드레아는 예약을 취소했다. 출범한 지 얼마 되지 않은 그들의 사업관계에 첫 갈등이었다.

밤에 많은 비가 내렸다. 미텔란트(알프스와 유라 산맥 사이에 낀 스위스의 중앙저지/역주)에는 온종일 잿빛 안개층이 자욱이 깔렸다. 그러나 기온은 20도 정도로 따뜻하고 건조했다. 축제행렬은 칼리 여신상을 실은 차량 뒤를 따라서 노래를 부르고 북을 치고 손뼉을 치면서, 이번 축제를 위해서 비워둔 공장건물 앞 주차장을 지나갔다. 사원은 공장건물 안에 있었다.

　마라반도 행렬에 합류했다. 전통의상 차림의 대부분 남자들과는 달리 그는 양복에 하얀 와이셔츠, 넥타이를 맸다. 그가 단순한 구경꾼이 아님을 보여주는 것은 사제가 그의 이마에 그려준 은총의 표식뿐이었다.

"부인은 어디 계세요?" 그의 옆에서 누군가 물었다. 전차에서 그 때문에 넘어졌던 타밀 아가씨였다. 이름이 뭐였더라? 산다나였던가?

"안녕하세요, 산다나 씨. 바나캄, 반갑군요. 근데 난 아내가 없는데요."

"우리 어머니가 보셨다던데요. 댁에서."

"어머니가 우리 집에 언제 오셨는데요?"

"사원에 쓸 모타감을 가지러 한 번 가셨거든요."

이제 생각이 났다. 그래서 그때 그 부인이 낯이 익었던 것이다.

"아, 안드레아 말이군요. 아내가 아닙니다. 같이 일하는 사이예요. 난 요리를 하고, 안드레아는 관리와 서비스를 맡아서 하구요."

"타밀 여자는 아니죠."

"그래요. 여기서 태어났죠."

"나도 여기서 태어났어요. 그래도 난 타밀 여자인 걸요."

"그 친구는 스위스 여자일 겁니다. 그 점이 왜요?"

그녀의 까무잡잡한 피부가 조금 더 짙어졌다. 그러나 그녀는 시선을 돌리지 않고 말했다. "지금 그쪽의 차림새를 보자니 좀 그래서요."

행렬은 사원 입구에 이르렀다. 군중은 칼리 여신상을 둘러싸고 반원을 만들었다. 그 혼잡 속에서 마라반은 그녀 쪽으로 바짝 밀렸다. 잠시 균형을 잃은 그녀가 그를 꽉 붙잡았다. 부드럽고 따뜻한 그녀의 손의 감촉이 그의 손목에 느껴졌고, 필요 이상으로 오랫동안 머물렀다.

"칼리시여, 칼리시여! 어찌하여 우리를 내버려두시나요?" 한 여인이 훌쩍거리며 두 손을 모아 여신을 향해서 간구하더니 얼굴을 감싸쥐었다. 옆에 있던 두 여인이 그녀를 부축해서 데리고 갔다.

마라반이 다시 산다나 쪽으로 몸을 돌렸을 때, 그녀의 어머니가 그녀를 끌고 가며 뭐라고 단단히 꾸짖는 모습이 보였다.

21

유럽에도 금융위기가 내습했다. 영국은 브래드퍼드 앤 빙글리(영국 임대용 주택건물 모기지 전문 취급 금융기관/역주)를, 베네룩스 국가는 금융기업 연합 포르티스(네덜란드와 벨기에의 합작은행/역주)의 49퍼센트를 국유화했다. 덴마크 은행 로스킬데는 경쟁은행들 덕에 겨우 살아남을 수 있었다. 아이슬란드 정부는 국내에서 3번째로 큰 은행 그리트니르를 인수했고, 얼마 되지 않아서 모든 은행들을 국가의 통제하에 두고 국가의 파산위험을 절박하게 경고했다.

유럽 여러 나라의 정부들이 금융업에 조달한 액수는 1조 유로에 달했다.

스위스 정부도 금융체계의 안정화와 은행고객들의 예치금을 보장하기 위해서 부득이할 경우에 추가 조치를 취하겠다고 발표했다.

후뷜러에는 아직 위기의 기미가 보이지 않았다. 에릭 달만 개인을 제외하고는.

달만은 그의 투자고문 프레드 켈러와 함께 여느 때처럼 1번 테이블에 앉아 있었다. 그러나 오늘의 계산은 손님 몫이었다. 달만의 주머니 사정이 그 지경으로 형편없어졌다는 것은 아니다. 그러나 켈러도 자신이 저질러놓은 바를 자기 지갑으로 따끔하게 실감할 필요가 있었다.

그도 그럴 것이, 이 작자가 달만의 "벤처 자본" 상당 부분을 미국 서브프라임 시장에 투자했던 것이다. "벤처 자본"이란 달만이 약간 투기적으로 굴리던 자신의 자금을 두고, 눈을 찡긋하면서 일컫는 말이다. 달만은 켈러의 투자방식을 못마땅해하지는 않았다. 그 역시 과감한 투기꾼이었으니까. 그럼에도 불구하고 이 작자가 용서되지 않는 것은, 금융위기가 초기 단계일 때 위기를 무시하라고 권한 점이었다. 두 번째 엉성한 과실은, 이 모든 거래를 하필이면 리먼 브라더스 사를 통해서 운영한 점이었다. 세 번째로는, 유럽에 묶어둔 자본금을 주로 아이슬란드의 화폐 크로나로 된 채권에 투자한 사실이었다.

게다가 네 번째로, 나머지 비투기성 자산의 막대한 부분도 금융권에, 그것도 주로 스위스 최대은행의 주식에 투자를 했다.

그럼에도 불구하고 지금까지 식사는 별 말없이 진행되었다. 그들은 서프라이즈 메뉴의 전채요리로 메추라기 진액과 사과 크리스털을 곁들인, 송로버섯-메추라기 무스를 먹었다. 달만은 늘 그렇듯이 게걸스럽게, 켈러는 조심스럽게 매너를 갖추어.

"이런 일이 벌어지리라고는 아무도 생각하지 못했죠." 켈러가 강조했다. 웨이터가 전채요리를 가지고 오기 전에도 했던 말이었다. 그때 달만은 아무 대꾸도 하지 않았었다.

이제 그는 입을 열고, "그렇다면 여긴 어째서 이렇게 붐비는 거요?" 하고 쏘아붙였다. "다들 느긋하잖소. 저들은 누구한테 상담을 받았을까?"

"아마 위험률이 낮은 것에 투자한 사람들이겠지요. 모험적인 투자비율을 정하는 것은 고객 측입니다. 그건 제가 늘 해온 말입니다. 안정적인 투자는 몇 퍼센트이고, 좀더 다이내믹한 투자는 몇 퍼센트를 원하는지, 그건 고객이 정하는 것이죠."

"좀더 다이내믹한 투자라구!" 달만이 욱해서 말하는 바람에, 그의 입 안의 메추라기 무스 파편 하나가 투자고문의 접시로 낙하했다. 켈러는 얼어붙은 표정으로 반밖에 먹지 않은 전채요리에 눈길을 준 다음, 포크와 나이프를 접시 위에 나란히 올려놓았다.

달만은 접시를 깨끗이 비우고 나서 역시 포크와 나이프를 접시 위에 나란히 내려놓았다. "그렇다면 안정적 투자 건에 대해서 말해봅시다. 예를 들면, 유비에스에 넣은 것 말이오."

"그건 블루칩이었죠. 누구도……."

달만이 그의 말을 끊었다. "그 주가는 내려가고 있소? 올라가고 있소?"

"장기적으로는, 오릅니다."

"장기적으로는, 내가 죽고 없소."

이때 후뷜러가 테이블로 왔다. 그가 입을 열기 전에, 달만이 말했다. "위기가 느껴지지 않는군요. 이 안에는 말입니다."

"먹는 것이야, 살려면 누구에게나 필수적이니까요." 후뷜러가 대답했다. 이 날 밤, 처음 하는 말이 아니었다.

"그리고 품질은 위기 앞에서도 끄떡없는 무기구요." 달만이 덧붙였다.

"제가 늘 하는 말입니다." 후뷜러가 빙그레 웃으며 말했다.

"알고 있소. 다음 메뉴는 뭔가요?"

"깜짝 놀라실 겁니다. 그래서 메뉴 이름이 '서프라이즈'입니다."

"어서 말해보시오. 오늘 난 놀랄 만큼 놀랐소이다."

후빌러는 망설이다가 말했다. "브르타뉴식 바닷가재입니다."

"어떻게 요리한 거요?"

"그게 바로 깜짝 놀라실 부분입니다."

"사장님께서도 모르시는 게로군. 내 말이 맞지 않소?"

"저야 당연히 알지요."

"그래서 음식 접시의 덮개를 없앤 거로군. 뭐가 나오는지 직접 보려고."

후빌러는 화제를 바꿀 기회를 잡았다. "덮개가 그리우십니까?"

"내 생각에는, 덮개가 음식의 가치를 높여주는 것 같습디다."

"그렇다면 우리에게는 굳이 필요가 없겠군요."

접시를 치우러 온 웨이터가 그를 구제해주었다.

달만은 아직 생사의 문제와 직결되지는 않더라도, 여러 심각한 문제들을 안고 있었다.

우선 그가 이곳 스위스와의 접촉을 알선해주고 원활한 거래 분위기도 만들어주었던 러시아의 많은 사업친구들이 위기를 감지하고는 코빼기도 보이지 않는 것이었다.

다음으로는 리히텐슈타인 건이다. 독일 세무조사자들이 리히텐슈타인 은행에 계좌를 가지고 있는 수백 명의 독일 국민의 정보를 한 정보제공자에게서 매수한 것이다. 이 건은 리히텐슈타인과의 접촉을 주선하는 달만의 일에 불리한 영향을 미쳤을 뿐만 아니라, 이곳 은행의 기밀에 대한 압박수위도 높아지게 했고, 따라서 그의 중개활동과 상담활동에 어려움이 따랐다.

또한 핵무기 밀매 사건과 관련된 문서폐기 건도 툭하면 거론되었다. 그때마다 팔루크론의 이름과 그 회사에서 경영고문을 맡았던 당시 달만의 역할이 언제라도 언론에 불거져나올 위험이 있었다.

설상가상으로 덮친 건강문제만 없었더라도, 그 모든 일도 다 참을 만했을 것이다. 심근경색을 일으킨 이후 그럭저럭 건강이 회복되었다고는 하지만, 이제는 예전의 그가 아니었다. 그 돌발 사건은 그에게, 그 자신도 죽을 운명임을 상기시키면서 삶의 즐거움을 상당히 앗아갔다. 그리고 친구이자 주치의인 안톤 호팅어가 일찍이 늘 집어치우라고 권고한 모든 일들을 여전히 하고 있기는 했지만, 이제는 양심의 가책이 뒤따랐다. 전에는 결코 괴로워해본 적이 없는 일들과 심지어 자신의 처신에서조차 양심의 가책이 동반했다. 언젠가 그는 이런 말을 들은 적이 있었다. 양심에 찔려가며 악습에 빠지는 것이 다른 어떤 악습보다 건강에 해롭다고.

그래서 얼마 전부터 그는 체계적으로, 악습 대신에 양심에 맞추어서 행동하기로 마음먹었다. 뭐, 지금까지는 한 발짝도 나아진 느낌이 들지 않았지만.

22

얼마 전까지만 해도 안드레아는 다그마르의 침실까지 통째로 쓰겠다는 생각은 하지 않았다. 하우스메이트를 들일 여지를 남겨두었던 것이다. 그러나 그 사이 "러브 푸드"가 신바람 나게 잘 되는 바람에 혼자 이 집을 유지할 여력이 생겼다. 그래서 이제 그 방을 사무실로 사용하기로 했다.

다그마르의 마지막 흔적을 지운다는 것은 그리 쉬운 일이 아니었다. 그녀는 좋아하는 영화 포스터로 벽을 도배하다시피 했는데, 포스터를 붙였던 테이프 나부랭이가 덕지덕지 남아 있었다. 다그마르는 영화광이었다. 알아듣지 못할 언어로 된 어려운 스튜디오필름(내용, 서술, 서술방식 면에서 수준과 질이 높은 영화/역주)을 좋아했고, 스웨덴 무성영화를 수집했으며, 혁명 이후 러시아 영화제작에 관한 지식도 빠삭했다. 영화에 대한 그녀의 이 같은 열정이 그들 관계에 여러 차례 위기를 불러온 근본 원인이었다. 안드레아의 영화취향이 너무 달랐던 때문만은 아니었다. 무엇보다 문제는 직업상 두 사람이 함께할 여가시간이 적었던 것이었다. 다그마르는 치과위생사로 일했다. 그리고 안드레아는 퇴근 이후의 짧은 저녁시간을 매번 문제영화나 보면서 여자친구와 보내고 싶은 마음이 전혀 없었다.

그러나 다그마르의 이러한 열정이 안드레아를 사로잡은 매력이기도 했다. 다그마르는 무성영화의 배우처럼 옷을 입고, 화장을 하고, 머리를 했다. 또 함께 담배를 끊기 전에는, 기다란 여송연 파이프로 담배를 피웠고, 침실을 마치 1920년대 스타의 분장실처럼 꾸며놓았다. 지금도 자신의 외모에서 글래머러스한 요소를 강조해서 치장하는 안드레아의 버릇은 다그마르와의 관계에서 남은 잔재였다.

방은 산뜻하게 페인트칠이 되고, 사무집기, 전화기와 데스크톱 컴퓨터가 놓인 책상, 높낮이 조절이 가능한 회전의자가 갖추어졌다. 전화기와 컴퓨터를 제외한 다른 모든 것은 마라반의 집 근처 중고품점에서 샀다.

이제 다그마르를 연상시키는 유일한 물건은 2개의 창문 중 한쪽 창 앞의 긴 줄에 매달려 걸려 있는 수정 프리즘뿐이었다. 잊혀졌던 그 물건은 간혹 아침햇살을 받아 형형색색으로 빛을 굴절시켜 방 안에 화려한 광채의 얼룩을 뿌렸다.

사무실이 꼭 필요한 것은 아니었다. 전화번호 한둘, 서류 파일 두 개, 예약 다이어리 하나면 "러브 푸드"를 관리하기에 충분할 것이었다. 그러나 사무실은 모든 것을 한층 더 프로답게 만들어주었다. 사무실이 있음으로써 "러브 푸드"는 회사가 되고 그녀의 노동은 직업이 되었다.

이 방을 군이 여벌로 남겨두지 않은 이유는 어쩌다 그녀를 밤새 방문하는 여자들은 그녀의 침대를 같이 쓰면 되기 때문이기도 했다. 지금껏 그녀는 독신으로 지냈고, 당장 다시 고정된 연애관계를 가질 생각도 없었다. 고독을 느끼기에는 "러브 푸드"

가 시간을 주지 않았다.

사무실에 앉아 방 안에 분사되는 형형색색의 빛의 얼룩을 물끄러미 바라보고 있는데, "러브 푸드"의 첫 손님이었던 멜링어 씨에게서 전화가 왔다. 그녀는 적이 놀랐다. 하긴, "러브 푸드"를 재차 예약해오는 부부들이 점점 늘어나고 있기는 했다. 그러나 지금까지 모든 예약은 심리치료사 에스터 뒤브아의 병원을 통해서 이루어졌다. 이렇게 고객이 직접 연락을 해온 것은 이번이 처음이었다.

안드레아가 그 이유를 알기까지는 몇 분 걸리지 않았다.

멜링어 씨는 조금 겸연쩍은지 헛기침을 하고는 본론으로 들어갔다. "으흠, 저, 은밀하게 요리를 해주기도 하나요?"

"은밀하게 하지 않으면, 우린 사업을 접어야 할 걸요."

"그야 그렇죠. 제 말은, 으흠, 뒤브아 박사한테도 비밀로 할 수 있느냐는 말입니다."

"무슨 말씀이신지 잘 모르겠네요."

"그러니까, 뒤브아 박사 모르게도 그런 요리를 하십니까?"

안드레아는 잠깐 머리를 굴렸다. 그리고 경솔하게 에스터와의 비즈니스 관계—에스터는 10퍼센트의 지분을 챙겼다—를 위태롭게 하지는 말자는 결론을 내렸다. "그건 부당하다고 생각되네요. 치료의 성공을 해칠 수도 있구요."

"치료 차원에서가 아닙니다." 멜링어는 이제 약간 조바심을 내는 듯했다.

그래도 안드레아가 계속 이해하려 들지 않자, 결국 그는 아예 구체적으로 털어놓았다. "제 아내하고가 아닙니다. 아시겠죠?"

안드레아는 이제야 사정을 알았다. 그렇다고 해도 에스터가 이것을 알게 되는 날에는……

"두 배를 드리겠습니다."

하긴, 에스터가 어디서 이 사실을 알게 되겠는가? 멜링어는 분명 함구할 것이다.

그리하여 그녀는 그 일을 승낙하고 일정을 잡았다.

방 3개짜리 복층 아파트인 이 집 침실은 비좁은 나선형 계단으로 올라가 위층에 자리하고 있었다. 집 안은 온통 핑크빛의 유치한 장식물로 가득했다. 쿠션, 여자인형, 동물 모양 봉제인형, 사기 장식품, 그림, 컵 깔개, 벽걸이 장식, 깃털 목도리, 발레복, 반짝이 장식, 깜박이 조명, 패션 장식들.

"핑크색 물건을 모으거든요." 안드레아를 실내로 안내하며 알리나가 설명했다. 작달막한 키의 금발 여인으로, 그런 타입을 좋아하는 사람이라면 예쁘다고 할 여자였다. 그리고 멜링어가 그런 타입을 좋아하리라는 것은 안 봐도 뻔했다. 집값은 분명 싸지 않을 것이다. 주변환경이 좋을 뿐만 아니라 새 집이었고, 인테리어도 고급이었다.

"우리 말 놓지 않을래요? 분명 나보다 나이가 많이 위일 것 같지는 않은데." 알리나가 제의했다.

안드레아는 그러자고 했다. 그녀의 어림으로는 자신이 더 아래일 것 같았다.

"그럼 두 사람이 알아서 해줘. 난 있어봤자 방해나 될 테니까." 알리나가 그렇게 말하고는, 저녁에 보자며 인사를 했다.

안드레아와 마라반은 둥근 식탁과 방석, 식탁보를 나선형 계단을 통해서 위층으로 끌어올렸다. 이것들은 이제 마라반 개인 소장품에서 가지고 온 것이 아니고, 그 사이 "러브 푸드"에서 장만한 것이었다.

"잘 안 어울릴까봐 걱정되네." 안드레아가 말하면서 장밋빛 잡동사니를 가리켰다.

"그 반대야. 핑크는 우리 힌두에서 심장의 기(氣)를 모아주는 차크라의 색깔이거든. 초록색과 핑크. 이 빛깔이 사랑, 즉 아나타의 중심이야."

안드레아는 실내를 꾸미기 시작했고, 마라반은 주방으로 돌아갔다.

나중에, 안드레아가 녹두 반죽으로 만든 바삭바삭한 얇은 띠에 쫄깃한 띠를 휘감는—그것도 만들 때마다 더욱 세련된 기술을 발휘하는—마라반의 모습을 구경하고 있을 때였다. 그가 머리를 절레절레 흔들며 그녀한테라기보다는 혼잣말로 중얼거렸다. "별일이야. 저렇게 젊은데, 벌써 그런 문제가 있다니."

안드레아는 이번 주문과 관련된 특수한 사정도, 그에 따른 사례금도, 그에게 시시콜콜 털어놓지 않았다. 지금도 그녀는 아무 말을 하지 않았다. 그리고 굳이 그럴 필요가 없다면, 끝까지 함구할 생각이었다.

나선형 계단만 아니었어도 마라반은 아무것도 모르고 지나갔을 것이다.

안드레아가 기이-스페리코가 담긴 쟁반을 위층으로 나르던 참이었다. 올라가던 도중에 사리 자락이 발에 밟혔다. 쟁반을 떨어뜨리고 난간을 붙잡았으면 괜찮았을 것을, 손을 쓰지 않고 균형을 잡으려다가 그만 발을 삐고 말았다.

그래도 안드레아는 서빙을 완수하고 쩔뚝거리며 주방으로 돌아오는 것까지는 해냈다. 그러나 주방의자에 앉아 발목을 살펴보니, 벌써 약간 부어올라 있었다. 나머지 일은 마라반이 대신할 수밖에 없었다.

그는 다과 쟁반을 들고 위층으로 올라가 노크를 했다.

"들어와요!" 남자 목소리였다.

마라반은 방으로 들어섰다. 촛불이 핑크빛 바다에 황금 광채를 드리우고 있었고, 알리나는 방석에 묻혀서 기지개를 켜고 있었다. 방에 들어선 사람이 안드레아가 아니라는 것을 알자, 그녀는 두 팔로 가슴을 가리며, 놀라서라기보다는 조금 재미있다는 투로 "어머나!" 하고 내뱉었다.

남자는 문을 등지고 앉아 있었다. 그제야 그가 돌아보며 말했다. "허, 이런." 남자의 상체도 알몸이었다.

아는 얼굴이었다. "러브 푸드"의 첫 고객 멜링어 씨가 아닌가. 순간 그는 두 사람이 뭘 걸칠 시간을 줄 수 있도록 다시 나가야 하나 고민했다.

"마음 편히 해요." 알리나가 말했다. "우린 벌써 후끈 달아올랐거든."

마라반은 쟁반을 테이블 위에 올려놓고 앞 코스의 식기를 치웠다. 두 사람에게 눈길을 주지 않으려고 애를 썼지만, 식탁 옆에 널브러져 있는 남자 바지와 핑크색 속옷가지들이 눈에 들어오는 것은 어쩔 수가 없었다.

"왜 아무 말 안 했어?" 주방으로 돌아온 그가 안드레아에게 물었다.

"이번엔 네가 묻지 않았잖아, 결혼한 사이냐고."

"당연히 그럴 거라고 생각했으니까."

"그게 어째서 그렇게 중요한데?"

"저들이 결혼한 사이라면, 그나마 정상에 속해. 이건 좀 달라. 불륜이라구."

안드레아는 고심 끝에 결단을 내린 기색이었다. "그래서 돈을 더 주는 거라구. 세상의 모든 음탕한 짓거리들이 다 그렇듯이."

23

버락 오바마가 선거에서 거뜬히 이겼다. 내년부터 미국은 그들의 역사상 처음으로 유색인 대통령에 의해서 통치될 것이다. 세상은 놀랐고, 유럽은 정작 그를 선출한 나라보다 훨씬 더 열광적으로 갈채를 보냈다.

다만 국내외의 달만 언저리 사람들은 회의적이었다. 지난 두차례 미국 대통령 선거 때도 이들은 공화당의 편에서 조바심을 치며 지켜보았고, 이번에도 그랬다. 공화당의 경제정책, 외교정책, 무엇보다도 금융정책은 한결 예상하기가 쉬웠고, 그들의 뜻과도 더 잘 맞았다.

셰퍼가 어제저녁 늦게 이미 결판난 일을 확인시키며 그를 깨웠을 때, 달만은 "배드 뉴스로군" 하고 대답했다.

그러나 정말 나쁜 소식은 2, 3일 뒤에 왔다. 유럽 경제가 처음으로 명실상부하게 공식적인 침체국면에 빠진 것이다. 유럽 지역 국민총생산이 또 한 단계 하락했다.

달만에게 이것은, 지난 몇 년간 차츰 거리를 두어왔던 사업에 다시금 전념하라는 신호였다.

임페리얼 호텔 바에 신사들 넷이 술잔을 앞에 두고 앉아 있었다. 피아니스트는 그의 단골 인기곡을 치고 있었다. 은은한 연주였지만 각 테이블의 손님들이 비밀스러운 대화를 나누기에는 충분히 컸다.

후뷜러에서 잘 먹고 마시고 난 신사들은 여기에서 취침주를 한 잔씩 즐기는 중이었다. 여자들이 도착하기를 기다리며.

짙은 양복 차림에 튀지 않는 외모의 네 사람. 유럽인 두 명에 미국인과 아시아인이 한 명씩 끼어 있었다. 아시아인의 나이는 쉰 살쯤 되어 보였고 커다란 둥근 테안경을 끼고 있었다. 타이에서 흔히 그러듯이 모두들 그를 별명으로 불렀다. 와엔, 즉 안경이라고.

그들은 영어로 담소를 나누었다. 한 사람은 타이식 억양, 두 사람은 스위스식 억양, 다른 한 사람은 미국 남동부식 억양이었다.

미국인의 이름은 스티븐 엑스 칼라일이라고 했다. 스티브는 멤피스에 수출입 관련 소규모 회사를 소유하고 있었다. 그의 주된 활동은 자국의 여러 무기 제조업체에서 생산되는 신종무기나 중고무기를 구입하여 판매하는 증개역이었다. 방콕에 자리잡은 와엔의 회사 역시 이 분야에서 활동했다.

그 밖의 두 신사는 다름 아닌 에릭 달만과 그의 하수인 헤르만 셰퍼였다.

스티브와 와엔은 오늘 처음 만났다. 달만이 이 회동을 주선했는데, 두 사람은 금세 호흡이 맞았다. 식사 전에 이미 그들은 달만의 사무실에서 진지하게 일을 처리했고, 모두들 그 결과에 흡족해했다.

　이는 시기가 조금만 더 좋았더라도 달만이 손을 뗐을 사업이었다. 그러나—개인적인 위기에 겹쳐—금융위기가 닥친 점, 이 거래가 외견상으로는 합법적이라는 점 등을 고려해서 달만은 이번 중개역을 맡는 데에 동의했다.

　거래물품은 1950년대에 제조된 전투력이 떨어지는 자주포(自走砲)로, 스위스군이 폐기품목으로 선별해둔 폐기 직전의 무기들이었다. 와엔에게는 이 물자를 넘길 업자도 준비되어 있다고 했다. 문제는 스위스의 법률이었다. 스위스 법률은 타이로의 무기 수출을 허용하고는 있었지만, 무기 재수출 포기서약의 준수 여부가 스위스 정부에 의해서 검열될 가능성이 있었다(스위스 정부는 무기 재수출을 하지 않겠다는 약정서를 제출한 국가, 그리고 부품의 경우라도 외국에서 완제품으로 조립해서 재수출하지 않으리라는 것이 확인되거나 무기로서의 가치가 없는 경우에 한해서만 무기 수출을 허용한다/역주).

　그 검열이 시행될 위험은 실제로 크지 않았지만, 내부 정치적 정황을 보면 없다고 볼 수도 없었다. 분쟁국으로의 무기 수출이 현재로서는 정치적 화두인데다, 무기 수출금지에 대한 국민투표도 목전에 임박해 있기 때문이다.

　어쨌든 정부는 몇 년 전 전쟁물자 수출에 관해서, 이 문제를 해결할 결의안을 통과시킨 바 있었다. 즉 폐기된 전쟁물자는 무기 재수출 금지선언의 요구와는 별도로, 제조국으로 되돌려 보낼 수 있다는 결의안이었다. M 109 자주포의 제조국은 미국이었다.

그리고 그 역할에 스티브가 나섰다. 그가 제조회사를 대신해 상징적인 금액으로 물품을 구입한 다음, 생산국 제품이라는 명목을 붙여 다시 와엔에게 공급하는 수순이었다. 이 과정에는 문제될 것이 없었다. 미국은 타이의 최대 무기 조달국이었으니까.

셰퍼가 내일 오전에 칼라일, 달만 그리고 자주포 폐기처리 담당 공무원과의 미팅을 마련해두었다. 이어서 오찬이 있을 예정이었다.

와엔은 담당 공무원이 돌아간 뒤에 합석하기로 했다.

바텐더가 긴 다리에 꼭 끼는 칵테일드레스 차림의 두 여자를 테이블로 데리고 왔다. 둘 중에 키가 큰 여자는 흑인이었다. 쇼트커트의 헤어스타일이 마치 올림픽 수영선수의 착 달라붙는 수영모를 연상시켰다. 네 사람의 신사들이 일어나서 여자들을 맞았다. 그중 두 사람은 여자들에게 의자를 내주고, 내일 보자며 자리를 떴다.

24

그저 한 통의 전화에 불과했지만, 그 여파는 지대했다. 안드레 아는 백화점 생활용품 코너에서 쇼핑을 하던 중이었다. 식탁보 며 쿠션, 촛대, 그 밖의 실내장식에 쓸 물건들을 두어 개 골랐다. "러브 푸드"에 급하게 필요한 것은 아니었지만, 마침 백화점이 인도산 물품 행사주간인데다 "러브 푸드"도 장사가 잘 되고 해 서였다.

휴대전화가 울려서 보니, 액정에 섹스치료 전문의 에스터의 이름이 떴다.

"안녕하세요, 에스터. 목소리를 들으니 무척 반갑네요!" 안드 레아는 과장되게 명랑한 음성으로 전화를 받았다.

에스터의 목소리는 사무적이며 쌀쌀맞았다. "내 과제는 부부 사이의 문제를 풀어주는 것이지, 분란을 일으키는 게 아니라구. 그러니 당장 동업관계를 끝내겠어."

"무슨 말이에요?" 안드레아의 목소리가 진지하고 작아졌다.

"멜링어 부인이 남편이 바람피운 사실을 알아냈어. 그 양반이 당신네들을 그 일에 끌어들였다지. 어떻게 이럴 수가 있어?"

"어찌나 끈질겨야 말이죠. 미안해요."

"나도 유감이야."

에스터는 그렇게 전화를 끊었다. 안드레아는 골라두었던 물건들을 다시 제자리에 가져다놓았다.

다음 2주일 동안 "러브 푸드"는 여전히 풀가동이었지만, 사실상 새로 들어오는 예약은 없었다.

에스터는 결연했다. 안드레아는 그녀의 마음을 돌리려고 애써보았지만 소용이 없었다. "내 명예가 얼마나 실추되었는지 알기나 해?" 에스터의 대꾸였다. "러브 푸드가 그렇게 추잡해질 거라면, 내 환자들을 당장 사창가로 보내겠어."

안드레아는 에스터가 동업을 그만둘 핑곗거리가 생겨서 좋아하고 있다는 의심이 들어, 어이없는 말실수까지 하고 말았다. "그러셔야겠죠. 환자들이 우리한테 직접 오고 그쪽 병원을 다시 찾지 않게 되면, 돈벌이가 안 될테니까요"라고 쏘아부쳤다.

에스터의 단호한 결심을 돌려놓을 일말의 가능성마저, 이런 입방정으로 날려버린 것이다.

그녀는 이 사태를 마라반에게 즉시 알리지 않았다. 결국은 그가 물어왔다. "문의가 적은 거야, 아님 전부 거절한 거야?"

그제야 그녀는 고백했다.

그는 조용히 귀 기울여 듣고 나서는 "그럼 드디어 나도 다시 뭔가 다른 요리를 할 수 있게 된 건가" 하고 말했다.

"그럼 난, 평범한 요리를 먹겠다는 손님을 어디서 찾고?"

마라반이 대답했다. "내 요리는 절대 평범하지 않아."

그러나 안드레아의 말이 옳았다. 에로틱한 자극제가 없는 "러브 푸드"는 그저 불법으로 운영되고 입소문에 의존하는, 핸디캡을 가진 구멍가게급 출장요리 회사에 불과했다. 알려지지도 않은 회사를 위해서 입소문을 내줄 사람이 어디 있겠는가? 새롭게 시작할 필요가 있었다.

안드레아는 첫 주문을 받고자 하릴없이 애를 썼다. 그럴듯한 아이디어를 낸 쪽은 마라반이었다. "그냥 사람들을 한번 초대하는 건 어때? 모두들 맛있어하면, 그땐 우리가 그 사람들 집으로 방문해서 요리할 수도 있다고 말하는 거야."

그녀는 아는 사람들 중에서 사회활동이 활발하고, 경제적으로 자리가 잡혔고, 실험정신을 갖춘데다, 담소를 즐기는 이들의 목록을 만들어 12명을 뽑았다. 그중 남자는 한 명도 없었다.

11월 15일. 워싱턴에서는 선진산업국 및 신흥산업국의 20개국 대표들이 만나 세계경제인 정상회담을 열고 글로벌 금융시장의 새로운 규정을 결의했다. 스리랑카 정부군은 계속해서 킬리노치치에 맹공격을 가하고 있었다. 그리고 스위스 국방장관(사무엘 헬무트 장관은 스위스의 오랜 사회적 금기인 '의무병역제 폐지 가능성'에 대한 발언으로, 창당 이래로 지금까지 국민개병제를 지지해온 국민당의 비난을 샀으며, 동시에 정치권에 큰 논란을 일으켰다/역주)은 소속 정당으로부터 관직에서 물러나라는 시달림을 받고 있었다.

안드레아는 식당을 장식하고 식탁을 세팅하는 중이었다. 이번에는 수저도 쓰고, 바닥에 앉는 식탁도 그만두기로 했다. 마라반은 인도 음악을 배경으로 까는 것마저 허용했다. 단지 향을 피우는 것만은 여전히 거부했다.

마라반은 안드레아의 부엌에서 마침내 다시 마음껏 요리에 임했다. 음식의 성욕촉진 효과에 신경을 쓸 필요가 없는데다가 주방기구도 제대로 갖추어져 있어서 마라반의 실험욕을 끝도 없이 부추겼다. 그는 이틀 전부터 요리준비에 빠져 있었다. 메뉴는 실험적인 버전으로 구성한 인도 전통요리였다.

계피와 카레로 만든 캐비어를 얹은 차파티
자바욘 소스를 곁들인 울금에 잰 새끼도미 요리
아이스 망고 카레-에스푸마
말린 살구 퓌레를 깔고 양고기 진육수를 친 어린 양고기 커틀릿
토마토-버터-파프리카-젤리를 깐 너도밤나무 훈제 탄두리 치킨
망고 거품을 곁들인 아이스크림

이렇게 선택된 메뉴는 "러브 푸드"의 기본 메뉴보다 가짓수가 적기는 했지만, 매 코스마다 서빙 직전에 마지막 손질을 해야 한다는 점에서 한결 손이 많이 갔다. 12인분을 위해 여섯 차례였다.

마라반은 출발선 앞에 선 달리기 선수처럼 긴장되었다. 그렇다고 덩달아 조바심치는 안드레아가 2, 3분이 멀다 하고 주방을 들락거리는 것도 도움이 될 리 없었다.

어린 양고기 커틀릿이 그의 또 하나의 창작품인 탄두리 치킨과 함께 정확히 65도로 설정된 디지털 중탕 냄비에서 익어갔다. 중탕 냄비는 "러브 푸드"가 새로 장만한 비품이었다. 그는 자바

욘 소스의 기초가 될 카레를 만드는 중이었다. 그의 소장품인 "타와"에 야자유를 두른 다음 고춧가루, 마늘, 생강을 넣고 살짝 볶은 양파가 막 노란 꿀처럼 투명해지고 있을 때, 안드레아가 또다시 들어왔다.

"창문을 열어두면 춥지 않나 몰라."

그는 대꾸하지 않았다. 냄새가 뒤섞인 곳에서는 일을 할 수 없다고 이미 누차 설명하지 않았던가. 향내를 구분하며 세밀한 작업을 하기 위해서는 늘 부엌을 환기시켜야 했다. 그는 카레를 재료의 질량표시에 따라서가 아니라, 자신의 후각이 시키는 대로 요리했다.

그 코가 바로 지금이 토마토, 통후추, 정향, 카르다몸, 카레 잎을 첨가할 때라고 일러주고 있었다.

"시간이 되면, 잠깐만 나와주면 좋겠는데."

빤히 쳐다보는 그의 표정이 짜증스럽게 비쳤던지, 그녀는 "잠깐이면 돼, 제발, 아주 잠깐만" 하고 사정했다.

그리고는 그가 그녀를 뒤따라 식당으로 들어설 때까지 기다리고 있었다.

거실 겸 식당에 들어차 있던 소파들은 12인용 식탁을 놓을 자리를 만드느라 이미 둘이서 함께 사무실로 옮겨놓았다. 그리고 지금의 식탁과 의자들은 전에 그녀가 일했던 도시 외곽의 야외식당 주인한테서 빌려왔다. 식탁은 그녀가 인도물품 행사주간에 백화점에서 결국 사들인 갖가지 인도 식탁보로 덮여 있었다. 식탁 전체의 길이대로 기다랗게 두 줄로 접은 새하얀 장식보를 한가운데 깔았고, 그 위로는 타이 상점에서 푼돈으로 살 수 있는 난꽃들을 화환 모양으로 배열하고, 그 사이사이에 촛대들을 놓았다. 촛불은 그대로 유지하기로 한 것이다.

"어때?" 안드레아가 물었다.

"좋네." 그가 대답했다.

"키치(Kitsch, 예술적 가치가 떨어지는 저속물을 이르는 말/역주)스럽지는 않고?"

"키치라니?" 마라반은 그 단어를 몰랐다. "아주 근사해." 그는 한번 더 강조하고는 주방으로 돌아왔다.

애피타이저로는 미니 차파티를 고수하기로 했다. 그러나 이번에는 카레잎-계피-야자유 에센스를 피펫에 담아 차파티 위에 떨어뜨리는 대신에, 기름기를 뺀 에센스를 염화칼슘을 녹인 물속에 떨어뜨려 캐비아 모양으로 방울지게 한 다음, 야자지방을 살짝 발라 따끈한 미니 차파티 위를 장식하기로 했다.

가짜 캐비아를 만드는 일은 마지막 순간으로 미루어야 했다. 작은 알갱이가 젤리처럼 엉겨붙지 않게 하기 위해서였다. 알갱이들은 속에 액상을 품고 있다가 혀와 입천장 사이에 닿아서 터져야만 제맛이었다. 안드레아가 어느새 또 주방으로 들어왔다. 손에 전화기를 들고 어이없다는 듯한 미소를 짓고 있었다. "넌 믿지 못할 거야."

마라반은 거들떠보지도 않고 하던 일을 계속했다.

"어떤 사람이 전화를 해서 '섹스 음식 하신다면서요' 그러는 거 있지."

"그래서 뭐라고 했는데?"

"잘못 걸었다고 했지."

"잘했네."

"그러니까 '거기, 러브 푸드 맞지 않소?' 하고 묻는 거야."

"전화번호는 어디서 났대?"

"한 친구의 친구한테서."

"말하자면?"

"그건 중요한 게 아니라면서 '섹스 음식 지금 해요, 안 해요?' 그러는 거야." 안드레아는 목소리를 깔고, 투박스럽고 조금은 상스러운 어투를 흉내냈다.

"그래서?"

"안 한다고 했지."

"액정에 그 사람 번호 찍혔지?"

"응."

"그럼 인터넷에서 누군지 찾아봐."

"소용없어. 휴대전화 번호거든."

손님들이 모두 당도하기까지 30분이 넘게 걸렸다. 닫혀 있는 주방문 틈새로 도착한 사람들이 질러대는 재회의 함성과 요란한 웃음소리가 들렸다. 안드레아는 간간이 빈 샴페인병을 들고 주방으로 와서 새 병을 들고 나갔다.

이윽고 그녀가 주방으로 머리를 들이밀고 말했다. "시작해!"

그것이 마라반에게는 출발 신호였다.

거의 3시간이 지난 후, 그는 자신이 이룬 성과와 순조롭게 진행된 요리 코스에 흡족해하며 부엌의자에 앉아 있었다. 그때 안드레아가 약간 취기어린 얼굴에 환한 웃음을 띠고 들어와, 그의 손을 잡고 식당으로 끌고 갔다.

은은한 촛불 속에 말없이 앉아 있던 12명의 여인들이 일제히 문으로 얼굴을 돌렸다.

"숙녀 여러분, 요리의 달인 마라반 씨를 소개합니다!" 안드레아가 외쳤다.

소개에 이어 쏟아진 환호와 갈채에 당황한 마라반은 딱딱하게 굳어 웃지도 않고 인사를 받았다.

다음날 안드레아는 음식 맛에 반했다는 손님들로부터 여러 통의 전화를 받았고, 연이어 편지도 받았다. 대부분은 조만간 "러브 푸드"의 서비스를 받겠다고 전했고, 그중 두 명은 아주아주 가까운 시일 내에 서비스를 요청하겠노라고 통보했다. 이미 예약을 확정한 경우도 한 군데 있었다. 열흘 후인 11월 27일 저녁 7시 30분, 예약 인원은 4명이었다.

물론 이 건은 반드시 성공시켜야 했다. 샴페인과 포도주를 포함해서 "러브 푸드"가 이번 식사초대에 투자한 액수는 2,000프랑이 넘었다. 안드레아도 마라반도 이렇다하게 저축해놓은 돈은 없으면서 장사가 잘 될 것이라는 기대감에 제법 과다한 지출을 한 것이었다. 또한 "러브 푸드"는 지금 같은 상황에서는 감당하지 못했을 이런저런 하이테크 주방기기를 구입하는 데에도 이미 많은 투자를 했다.

음식가격의 책정도 바꿀 필요가 있었다. 치료를 요하지 않는 손님에게는 가격을 낮추는 것이 당연했다. 안드레아는 여기서 생기는 손실 차액은 손님 수를 늘려서 만회할 수 있으리라고 어림잡았다. 그러자면 회당 손님이 평균 6명은 되어야 한다는 계산이 나왔다. 따라서 첫 예약손님이 4명뿐인 것은 호조(好調)의 출발은 아니었다.

홍보용 식사를 하고 난 후 일주일이 지나도 주문이 들어오지 않자 안드레아는 초조해졌다. 그녀는 "조만간" 예약을 하겠다던 지인에게 전화를 걸어 말했다. "자기를 위해 다음 열흘 중에 이삼 일을 비워두었는데, 다른 예약을 받기 전에 자기한테 뭔가 계획이 있는지 확인이나 해보려구."

"어머, 전화해줘서 고마워." 전화기 저편의 목소리가 들렸다. "그 기간엔 일정상 쉽지 않을 것 같아. 나 땜에 거절하지 말고, 다른 예약이 있으면 받아. 있잖아, 내 일정이 가닥이 잡히는 대로 연락할게. 그때 너희 쪽에서 안 된다면 어쩔 수 없지, 뭐. 내 탓인걸."

"가까운 시일에"라든지, 어쨌든 "조만간"이라는 표현으로 예약하겠다고 했던 고객들도 안드레아의 전화에 이와 비슷한 반응을 보였다.

25

마라반은 제단 앞에 무릎을 꿇었다. 이마가 바닥에 닿도록 엎드려 울라구를 위해서 락슈미 신께 기도를 올렸다.

마라반은 오늘, 울라구가 어제 사라졌다는 소식을 받았다. 아침까지만 해도 남매들과 함께 있었는데, 저녁에 종적을 알 수 없어졌다는 것이다.

스리랑카 북부에서 열네 살짜리 소년이 사라졌다면, 우선은 살해되었을까, 또 하나는 군에 징집되었을까 우려하게 된다. 자원했거나 강제로 끌려가서 타밀 호랑이의 일원이 되었거나, 아니면 스리랑카 정부군과 합세하여 타밀 호랑이에 맞서 싸우는 카루나 반군에 들어갔을 가능성 때문이었다.

마라반은 그렇지 않기를, 그를 위해서 기도하고 있는 이 순간에 그가 이미 무사히 가족들의 품에 와 있기를 간절히 바랐다.

주방에서 휴대전화 벨소리가 났다. 그는 아랑곳하지 않고 기도를 마친 다음, 나직한 목소리로 자신의 만트라를 읊조리기 시작했다.

낭송이 끝나자, 마라반은 똑바로 앉아서 가슴 위로 두 손을 모으고 절을 한 뒤 이마를 어루만졌다. 그리고는 자리에서 일어나 기도를 하려고 중단했던, 모레 맞을 손님용 음식준비를 위해서 주방으로 돌아갔다.

점화되지 않은 가스레인지 위에 각기 다른 색의 카레가 담긴 냄비 4개가 올려져 있었다. 요거트를 넣은 연갈색 양고기 카레. 코코넛 우유를 넣은 노란색 생선 카레. 초록색 채소 카레. 그리고 오렌지색 고아(인도 서남부 해안도시/역주)산 바닷가재 카레.

이 네 가지색 카레를 젤리처럼 응고시켜 각각의 주재료 밑에 깔 생각이었다. 연갈색 젤리 위에는 선홍빛이 나게 익힌 연한 양고기를, 노란색 위에는 찐 넙치등살을, 녹색 위에는 핑크색 렌즈콩 소를 넣은 오크라를, 오렌지색 위에는 장밋빛 바닷가재를.

그는 다시 가스불을 올리고 냄비에 첫 기포가 올라오기를 멍하니 기다렸다.

작업대 위에 놓인 휴대전화가 눈에 띄었다. 부재중 전화 한 통과 문자 메시지 하나가 들어와 있었다.

스톱해, 식사 취소야— A가.

마라반은 가스레인지로 가서 불을 껐다. 상관없다는 느낌이었다.

울라구가 사라진지 사흘째인데 여전히 그의 종적은 묘연했다.

나흘째 되는 날, 타밀 호랑이 요원들이 찾아왔다.

마라반이 주방에서 젤리화 촉진제의 분량을 달리 넣어가며 요리실험을 하고 있을 때 초인종이 울렸다. 현관문 앞에 동향인 두 명이 서 있었다. 한 사람은 구면이었다. 테바람이라는 남자로 그에게 사원에 모타감 납품하는 일을 알선해주고 1,000프랑의 기부금을 챙겼던 LTTE 요원이었다.

다른 남자는 작은 서류가방을 들고 있었다. 테바람이 그를 라티남이라고 소개했다. "들어가도 될까요?"

마라반은 내키지 않았지만, 그들을 안으로 들였다.

테바람이 주방으로 시선을 던졌다. "잘 꾸며났네요. 장사가 잘 되나봅니다."

"무슨 일로 오셨죠?" 마라반이 물었다.

"출장요리 서비스를 하신다구요."

테바람이 라티남이라고 소개했던 사람은 아무 말없이 마라반만 뚫어져라 쳐다보고 있었다.

"가끔 요리를 해주러 다닙니다. 요리가 직업이거든요." 마라반이 말했다.

"그것도 성공적인. 지난 몇 주 동안 6,000프랑이 넘는 돈을 집으로 보내셨더군요. 축하드립니다!"

마라반은 바티칼로아 바자가 이들에게 세세한 정보를 제공하는 사실에 놀라지 않았다. 그저 "이모할머니가 몹시 편찮으셔서요"라고만 대답했다.

"그리고 오리에게서 빌렸던 돈도 몽땅 갚으셨더군요. 다시 한 번 축하드립니다!"

마라반은 '그러니까 오리도 한통속이었군' 하고 생각하며 상대방의 말을 기다렸다.

"어제가 마비라(Maviran, 희생적인 분신자살로 발발된 스리랑카의 타밀 내전의 시작을 기념하는 날로, 1989년 11월 27일부터 행사화되었다/역주)였습니다." 테바람이 계속 말을 이었다. "영웅들의 날 말입니다."

마라반은 고개를 끄덕였다.

"마라반 씨에게 드리려고 벨루필라이 프라바카란(Velupillai Prabhakaran, 1959-2009년 5월 18일, 26년간 LTTE의 지도자였다/역주)의 연설문을 가져왔습니다." 테바람이 동행에게 눈길을 주자, 그가 서류가방을 열고 인쇄물을 꺼내서 마라반에게 건넸다. 첫 장 맨 위에 위장군복 차림의 땅딸막한 LTTE 지도자의 초상이 있고, 그 밑으로 글귀가 빼곡히 찍혀 있었다.

마라반이 종이를 받았다. 두 사람은 그에게 손을 내밀었다.

"다시 한번 성공을 축하드립니다. 당신의 짭짤한 돈벌이가 이곳 당국에 들키지 않길 응원하겠습니다. 아시잖아요, 이곳 사람들이 얼마나 빡빡한지. 특히나 거기에 보태 실업급여까지 챙겨가는 사람의 경우엔."

문께에 이르러 라티남이 처음으로 입을 뗐다. "그 연설문 꼭 읽어보십시오. 특히 결론 부분을요."

마라반은 계단에서 나는 발자국 소리에 이어, 바로 아래층에서 딩동 하고 울리는 초인종의 둔탁한 소리를 들었다.

연설문의 결론은 이랬다. "이 같은 역사적인 기로에서, 본인은 세상 어디서든 늘 살아 있을 타밀인들에게 당부하는 바입니다. 타밀 엘람의 여러분 형제자매들이 벌이는 자유를 위한 투쟁을 뒷받침해주는 여러분의 목소리를 단호하게 높여주십시오. 자유를 찾고자 하는 우리의 운동이 힘을 얻어 전진할 수 있도록 도움과 후원금을 진심으로 요청합니다. 이 기회를 빌려, 고향을 떠나 살고 있는 우리 타밀 청소년들에게도 본인의 애정과 독려를 전하고 싶습니다. 여러분들이 하고 있는 중요하고도 참여적인 역할은 우리 국가의 해방에 적극 기여할 것입니다.

우리 모두 자유와 평등을 위해서 싸우다가 희생되어 우리 민족역사의 일부가 된 우리 영웅들이 걸었던 길을 절대적으로 따를 것을 확고하게 결심합시다."

마라반은 부엌으로 가서 그 종이쪽지를 쓰레기통에 처넣어버리고는 손과 얼굴을 세심하게 씻었다. 그리고 신발을 벗고 거실 제단 앞으로 가서 무릎을 꿇고는 디팜의 심지에 불을 붙인 다음, 올라구가 영웅들의 길을 따르지 않게 해달라고 간절히 기도를 올렸다.

26

안드레아는 유리온실 등나무의자에 앉아 추위에 오들오들 떨고 있었다. 두꺼운 털양말을 신고 캐시미어숄을 발끝까지 내려 다리를 감쌌다. 그 숄은 다그마르 이전의 여자친구였던 릴리아네의 선물이었다. 그들은 국제적인 퓨전 요리로 잠깐 호황을 누리다가 자취도 없이 사라진 트렌디 레스토랑 술라웨시(인도네시아 중앙부에 있는 섬 이름이기도 하다/역주)에서 처음 만났다. 릴리아네는 한 대형은행의 증권분석가이자 술라웨시의 단골이었다. 안드레아는 아르바이트를 시작한 첫날 밤, 그녀의 테이블을 맡아 서빙을 했고, 그녀에게 살짝 작업을 걸었다. 자정이 훨씬 지나서 레스토랑을 나왔을 때, 릴리아네가 빨간 포르쉐 박스터에 앉아 그녀를 기다리고 있었다. "집에 태워다줄까?" "누구네 집?" 안드레아가 되물었었다.

오래 전 일이다. 이제 캐시미어숄은 두어 군데 좀구멍이 나서 장롱에서 꺼낼 때마다 안드레아를 짜증나게 했다.

11월의 푄풍이 창문을 뒤흔들었고, 들이치는 바람결에 실내 야자수들이 살랑거렸다. 라디에이터 하나만으로는 아무래도 썰렁해서 유리온실 한가운데 전기난로를 가져다놓았다. 라디에이터도 분명 열풍을 내기는 할 텐데, 안드레아는 작동법을 몰랐다. 그것은 항상 다그마르가 도맡아 하던 일이었다.

전기난로를 쓰면 전기요금이 많이 나올 테지만 상관없었다. 겨울철에 겨울정원(Wintergarten, 온실)을 이용할 수 없다니, 받아들이고 싶지 않은 일이었다.

그녀는 다 읽은 신문을 한쪽에 치워놓고, 한동안 하지 않던 짓을 했다. 구인광고 뭉치를 훑어보기 시작한 것이다. 평소 같았으면 주저 없이 다른 광고지들과 함께 쓰레기더미에 처박았을 것을.

"러브 푸드"는 연말까지 다 해봐야 세 건의 예약밖에 받지 못했다. 두 건은 그녀가 홍보용으로 초대했던 식사의 결과물이었고, 한 건은 에스터의 한 환자 부부가 직접 요청해온 것이었다. 미식업계의 성수기 12월에 말이다.

예약이 한두 건 더 들어온다고 쳐도, "러브 푸드"가 살아남기에는 역부족이었다. 전망은 두 가지뿐이었다. 마라반처럼 실업급여를 받든가, 아니면 이렇게 구인광고를 뒤지든가. "러브 푸드"에 예약이 들어올 경우에 대비해서 저녁근무가 없는 일자리를 구할 수도 있을 것이다. 안드레아는 에스터 뒤브아가 다시 연락을 해오거나 아니면 에스터와 같은 직종에 종사하는 다른 누군가가 연락해올 것이라는 희망을 포기하지 않았다. 이렇듯 그녀는 성욕을 돋우는 출장요리 아이디어—그녀 자신의 아이디어—에 여전히 집착하며, 마라반의 체류신분이 조속히 "러브 푸드"를 공식적으로 운영할 수 있는 단계에 오르기를 바랐다.

이 일을 쉽사리 포기한다는 것은 마라반에 대해서도 부당한 처사라는 생각이 들었다. 안드레아는 그의 상황에 자신의 책임을 통감하고 있었다. 그녀만 아니었다면, 그는 아직도 후뷜러에서 일하고 있을 텐데. 또 에스터 뒤브아를 통한 주문을 끊어버린 것도 결국 그녀의 실책이 아니던가.

안드레아는 구인광고지를 바닥에 내려놓고 숄을 턱 밑까지 끌어올리고는 "러브 푸드"를 회생시킬 방도를 찾는 쪽으로 생각을 돌렸다.

그러나 해결책을 가져온 것은 놀랍게도 마라반의 전화였다.

그 전날 마라반은 중앙역 간이음식점의 입석 테이블에 서서, 털모자에 목도리를 두르고 차를 홀짝홀짝 마시고 있었다. 앞에는 읽지도 않고 접어놓은 일요일자 신문 한 부를 놓고서. 신문 사이에는 그가 고액권으로 3,000프랑을 담아 넣은 봉투가 끼워져 있었다. "러브 푸드"로 벌어들인 수입 중 남은 돈의 거의 전부였다.

누나가 울라구로부터 편지를 받았다는 사실을 어제 알게 되었다. 편지에는 그가 자유와 정의를 위한 투쟁에 헌신하고 있으며, LTTE의 전투대원으로 가담했다고 쓰여 있었다. 누나는 글씨는 그 아이의 것이지만, 문투는 아니더라고 말했다.

테바람이 오는 것이 보였다. 옆에는 말수가 적은 라티남을 동반하고, 일요일 역사 안을 오가는 여행객들, 기다리는 사람들, 할 일없이 빈둥거리는 사람들 틈을 헤치며 걸어오고 있었다.

그들은 마라반에게 인사를 하고 그가 서 있는 테이블에 합류했다. 두 사람 중 누구도 매대로 가서 음료수를 가져올 생각은 하지 않았다.

마라반은 신문을 가리켰다. 테바람이 신문을 앞으로 당겨 살짝 들추더니, 눈길은 주지 않은 채 한 손으로 봉투를 더듬어 지폐를 세었다. 그리고는 됐다는 듯이 눈썹을 치켜세우고 말했다. "고국에 있는 형제자매들이 고마워할 겁니다."

마라반은 차를 한 모금 마셨다. "그들이 혹시 절 위해서도 뭘 좀 해줄 수 있을지요."

"형제자매들은 마라반 씨를 위해서 싸우고 있습니다." 테바람이 대꾸했다.

"내게 조카가 한 명 있는데, 전투대원에 가담했습니다. 아직 열다섯 살도 채 되지 않은 아이예요."

"우리 형제들 중에는 용감한 청년들이 많습니다."

"그 애는 청년이 아닙니다. 어린아이예요."

테바람이 라티남과 눈빛을 교환했다.

"전투 지원금을 더 많이 내겠습니다."

두 사람이 다시 눈빛을 교환했다. "그 애 이름이 뭐죠?" 라티남이 대뜸 물었다.

마라반이 이름을 말해주자, 라티남이 수첩에 받아 적었다.

"고맙습니다." 마라반이 말했다.

"지금까진 그저 이름을 적어두었을 뿐입니다." 라티남이 대답했다.

그는 이 만남을 끝내고, 안드레아에게 전화를 걸기로 결심했다.

테바람과 라티남이 울라구의 운명에 영향을 미칠 수 있을지는 확신할 수 없었지만, 마라반도 LTTE의 손이 멀리까지 뻗어 있다는 정도는 알고 있었다. 해방호랑이들이 고향에 남아 있는 가족들을 사뭇 노골적으로 협박하는 통에 기부금을 내게 된 망명 신청자들의 사정을 들은 바가 있었다. 만약 그들의 실력이 이런 아득한 거리를 뛰어넘어서까지 인간의 생명을 위협할 정도라면, 한 사람의 목숨을 구하는 것도 그들의 손아귀에 있을 수 있는 일이었다.

마라반에게는 다른 선택의 여지가 없었다. 그 두 남자가 울라구를 위해 무엇인가 손을 쓸 가능성이 털끝만치라도 있다면, 그 기회를 잡아야 했다. 그리고 그러기 위해서는 돈이 필요했다. 지금 벌고 있는 것보다 훨씬 더 많이.

차디찬 거실에 석유 냄새가 풍겼다. 석유난로에 불을 붙이는 데에는 오랜 시간이 걸렸다. 마라반은 맨발에 사롱 차림으로 오슬오슬 떨면서 제단 앞에 무릎을 꿇고 저녁 푸자를 올렸다. 추운데도 다른 때보다 오래오래. 울라구를 위해서, 그리고 자신을 위해서도 올바른 결정을 내릴 수 있게 해주십사 간구했다.

일어나보니 난로는 꺼져 있고 연소통 바닥에는 기름이 넘쳐 흘러 있었다. 몹시 짜증이 났지만, 팔을 걷어붙이고 키친타월로 기름을 빨아들여 닦아내기 시작했다. 마침내 그 일을 끝내고 난로가 다시 타오르자 온 몸과 온 집에 석유 냄새가 진동했다. 그는 창문을 열어놓고 오랫동안 샤워를 하고 나서, 옷을 따뜻하게 입고는 차를 끓이고 창문을 닫았다.

마라반은 컴퓨터 앞의 의자를 난로 쪽으로 끌어왔다. 가죽점퍼를 입고 찻잔을 가슴에 바짝 끌어안고서, 아직도 제단 앞에서 타오르는 디팜의 희미한 불빛 속에 앉아 깊은 생각에 빠졌다.

의심할 것도 없이, "러브 푸드"는 그의 문화나 종교, 그가 받은 교육이나 신념에 반하는 것이었다. 그러나 그가 사는 곳은 스리랑카가 아닌 망명지였다. 이곳에서의 삶이 고향에서의 삶과 같을 수는 없었다.

얼마나 많은 이주민 아녀자들이 일을 하러 다니는가? 살림을 꾸리면서 아이들을 양육하고, 전통과 종교적 관습을 지키고 물려주는 것이 그들의 본분일 텐데도? 그러나 여기에서 그녀들은 그 과제에 더해서 돈을 벌어야 했다. 이곳의 삶이 그들에게 그렇게 하도록 강요하고 있었다.

어쩔 수 없이 주방보조, 청소부, 간병인 같은 밑바닥 신분들이나 하는 일에 종사하는 망명 신청자들이 얼마나 많은가? 아마 대부분이 그럴 것이다. 이곳의 삶이 그들에게 그렇게 하도록 강요하고 있으니까.

망명한 힌두교도 중에서 얼마나 많은 이들이 그들의 성스러운 날인 금요일을 지키지 못하고, 일요일을 주일로 삼고 있는가? 모두가 그렇다. 이곳의 삶이 그들에게 그렇게 하도록 강요하고 있다.

이렇듯이 망명의 삶이 그렇게 하도록 강요하는 판에, 그 자신, 마라반이라고 해서 고향의 문화와 전통과 예의범절에 어긋나는 일이라며 끼어들지 못할 이유가 무엇인가?

그는 전화기를 들고 안드레아의 번호를 눌렀다.

"어때?" 안드레아가 전화를 받자, 마라반의 첫 질문이었다.

그녀는 잠깐 대답을 주저했다. "솔직히 말하면, 아주 형편없어. 주문이 여전히 세 건뿐이야."

그리고 전화기 저편은 한동안 잠잠했다. 이윽고 마라반이 입을 뗐다. "나 이제 그 일 할까봐."

"뭐 말이니?"

"그 더러운 일 말이야."

안드레아는 즉각 알아들었지만, 더 캐물었다. "더러운 일이라니?"

마라반이 망설였다. "누군가 다시 전화해서, 그러니까—섹스 음식을 원한다면, 내 쪽에선 오케이라고."

"아, 그거. 알았어. 그렇게 알고 있을게. 다른 건 없지?"

"없어."

마라반이 전화를 끊자마자, 안드레아는 그때 만약을 위해서 적어두었던 발신자 번호를 찾았다.

27

구시가지 한복판 팔켄 가에 위치한 그 아파트는, 문 위에 새겨진 숫자를 믿어도 된다면, 17세기에 지어진 것으로 돈을 많이 들여 보수한 건물 5층에 있었다.

소음 하나 없는 새 엘리베이터가 그녀를 위층으로 실어다주었다. 아파트 한 곳의 내부 전체를 거실과 주방이 차지하고 있었다. 지붕을 따라 경사진 벽면은 박공까지 이어지며 옥상 테라스를 향해 환히 트여 있었고, 테라스에서는 기와지붕과 교회 첨탑 등 구시가지의 전경이 보였다.

벽에 난 문은 옆 아파트로 통했다. 그 아파트 내부는 각기 소파 세트와 호화스런 욕실이 딸린 큼지막한 침실 둘이 차지하고 있었다. 모든 설비가 새 것이고 비싼 것이었지만 취향은 형편없었다. 과다한 대리석, 도금된 수도꼭지, 긴 털 카펫, 진위가 의심스러운 골동품들, 크롬 강철로 만든 가구, 말려서 향을 뿌린 꽃잎이 담긴 접시들.

전에 "섹스 음식"을 하느냐고 문의했던 남자에게 전화를 걸자, 무뚝뚝한 어투로 "예!" 하는 응답이 들려왔다. 그는 자신을 로

러라고 소개하고는 곧장 본론으로 들어갔다. 그들—"그들"이 누군지에 대해서는 자세히 설명하지 않았다—은 이따금씩 기분전환을 위한 사적인 만찬자리를 주선한다고 했다. 손님들은 엄중한 비밀을 요하는 인사들이라, 그녀가 비밀엄수의 요구에 응할 수 있다면 시식 자리를 마련할 것이며, 그 결과에 따라서 앞으로도 주문을 할 것이라고 말했다.

다음날 당장, 안드레아는 장소답사를 위해서 로러와 만났다. 그는 머리를 짧게 자른 30대 후반의 남자로, 전문가적인 시선으로 그녀를 훑어보았다. 그보다 머리 하나쯤이 큰 그녀는 아파트로 올라가는 비좁은 엘리베이터 안에서 땀과 파코라반 향이 뒤섞인 그의 체취를 맡았다.

안드레아는 장소가 적절하다고 여겼고, 상대방이 제안한 날짜—일정을 적은 다이어리를 자세히 뒤져보았다—도 맞아떨어졌다. 나흘 뒤였다.

요리는 침실로 서빙하기로 했다. 소파 세트를 치워놓고, 안드레아가 식탁보와 방석을 비롯해서 평소에 "러브 푸드"에서 사용하던 낮은 식탁을 펴놓았다. 손 씻는 놋쇠그릇도 챙겨놓았다. 지금부터는 다시 손으로 음식을 먹게 될 것이기 때문이었다.

마라반은 난생 처음 높은 요리사 모자를 쓰고 요리를 했다. 안드레아가 그렇게 하자고 주장했는데, 요즘 그는 싫다고 반발할 심리상태가 아니었다.

식사는 한 신사와 한 숙녀를 위한 것이었다. 로러는, 자신은 손님들이 당도하자마자 퇴장할 것이지만, 안드레아와 마라반

은 마지막 코스가 나간 후 호출을 받을 때까지 남아 있으라고
지시했다.

마라반은 그의 스탠더드 메뉴를 요리했다. 안드레아가 보기
에는 평소처럼 세심하지만 평소와 같은 열정은 식은 채로.

남자는 로러의 사장이었다. 50대 초반, 조금 지나치다싶게 멋
을 부려, 개버딘 회색 바지에 황금색 단추가 달린 콤비재킷, 파
란색과 흰색 줄무늬 셔츠를 받쳐 입고 있었다. 게다가 노란색
넥타이 매듭 아래로는 미니 브리지처럼, 새하얀 높은 칼라깃 양
쪽을 묶는 황금핀을 꼽고 있었다.

초록색 눈, 반쯤 길러 뒤로 넘긴 머리카락은 불그레했다. 그
의 손톱이 안드레아의 눈에 들어왔다. 꼼꼼하게 손질하여 줄로
다듬어져 있었다.

그는 주방으로 눈길을 돌려서 안드레아와 마라반에게 인사
를 하고, 자신을 쿨, 르네 쿨이라고 소개했다.

두 사람에게 샴페인을 내갔을 때, 비로소 안드레아는 그와
동반한 여인을 보게 되었다. 그녀는 화장대 앞에 앉아, 깊게 파
인 드레스 사이로 등이 드러난 좁은 어깨를 보이고 있었다. 1밀
리미터가 될까 말까 한 짧은 머리가 목덜미에 V자를 그리고 있
었다. 그녀의 흑단 같은 피부가 안드레아가 켜놓은 촛불의 바
다에서 은은하게 반짝였다.

그녀가 돌아앉았다. 에티오피아나 수단의 여인들에게서 볼
수 있는 둥근 이마가 안드레아의 눈에 들어왔다. 빨간 립스틱
을 칠한 도톰한 입술이 놀라움과 관심을 드러낸 미소를 지으며
살짝 올라갔다.

안드레아도 환한 웃음으로 답했다. 이처럼 아름다운 여인을 보는 것은 정말 오랜만이었다. 그녀의 이름은 마케다였다. 마케다는, 이 방면의 프로가 아닌가 하는 의심이 갈 정도로, 너무나 신나고 즐거워하며 음식에 빠져들었다. 반면 쿨은 평소의 태도를 흐트러뜨리지 않고 앉아, 도착했을 때부터 그의 목을 조이는 것처럼 보였던 셔츠의 깃조차 풀지 않았다.

과자가 나간 후로도 한동안 사원의 종이 울리지 않자, 안드레아는 불안해하며 방에서 새어나오는 소리에 귀를 기울였다. 그때 쿨이 주방으로 들어섰다.

"물론 이 음식이 효과 만점의 에로틱 메뉴라는 것을 확인하는 것이 첫째로 중요합니다. 촛불이며 손으로 집어먹는 것 등의 온갖 부수적인 장치를 더해서요. 그건 그렇고, 음식에 뭘 특별히 넣었나요?" 쿨의 두 볼은 벌게져 있었지만, 셔츠의 맨 윗단추는 여전히 잠긴 채였다.

"아무것도 넣지 않았습니다." 마라반이 해명했다. "음식에 들어가는 모든 재료들이 그런 작용을 합니다."

"그럼 그 재료란 게 뭔가요?"

"아시잖아요, 쿨 씨." 안드레아가 끼어들었다. "그게 우리 사업의 비밀이란 걸?"

쿨은 고개를 끄덕였다. 그리고 잠시 후 물었다. "그 밖에 다른 비밀도 잘 지키시겠죠?"

28

이후 "러브 푸드"는 정기적으로 쿨이 주문해오는 자리를 위한 요리를 했다. 무대는 항상 팔켄 가의 같은 아파트였고, 손님들만, 특히 남자들만 바뀌었다.

르네 쿨은 대단히 까다로운 고위급 국제적 인사들을 대상으로 경호업체를 운영하고 있었다. 대체로 금융업계에서 사업을 하거나 세계축구연맹 본부에서 일하는, 또는 가족과의 산간지대 휴가를 코앞에 두고 슬쩍 외도를 하는 신사들이었다. 그들에게는 비밀엄수가 아주 중요했고, 말수가 적고 건장한 사내들을 대동하는 경우도 드물지 않았으며, 그럴 경우에 사내들은 거실에서 싸들고 온 샌드위치로 식사를 때웠다.

쿨은 안드레아가 시험삼아 책정한 금액을 군소리 없이 지불했다. 2,000프랑에 음료는 별도였다.

아직 한번도 이런 부류의 환경에 접한 적이 없는 안드레아는 곧 그 분위기에 매료되어, 여자들과 빠르게 말을 텄다. 여자들은 고객들보다 대체로 한발 앞서 도착해서 살롱 대기실에 앉아 술을 마시거나 담배를 피우며 시간을 보냈다. 아름다운데다가 프레타 포르테풍의 옷, 값비싼 액세서리를 걸친 그녀들은 안드레아를 자기네와 같은 부류의 일원처럼 대해주었다. 그녀들은 유머감각이 있고 자기네 직업에 대해서는 풍자적인 거리를 두고 이야기해서 안드레아를 웃게 만들었다.

여자들은 음식 때문에 이 일정을 좋아했다. 또한 한 브라질 출신 여자가 솔직하게 말했듯이, 식사 후에 뒤따라 벌이는 일도 제법 재미가 있다고 했다.

안드레아는 남자들과는 거의 접촉하지 않았다. 그들은 대체로 쿨의 하수인인 로라가 수행해서 도착했고, 로라는 준비된 방으로 그들을 곧장 안내한 뒤에 사라졌다. 그러고 나서 음식을 내갈 때마다 안드레아의 관심은 온통 남자들과 동석한 여자에게 쏠렸다.

언젠가 한번 안드레아는 마라반이 있는 주방으로 쫓겨나 갇힌 적도 있었다. 손님이 도착하기 전부터 팔켄 가가 떠들썩하니 삼엄했다. 보디가드 여러 명이 집 안을 샅샅이 수색했고, 주방에는 그중 한 명이 버티고 섰다. 그리고 베일에 싸인 문제의 인물이 닫힌 주방문을 휙 지나 방으로 들어가자, 또다른 보디가드가 주방으로 들어와 서빙은 자기가 할 것이며, 단지 매 코스의 메뉴를 자기에게 설명해주면 된다고 안드레아에게 통고했다. 그리고는 한 차례 코스를 서빙하고 나면, 다시 사원의 종이 울릴 때까지 다음번 메뉴를 소개할 멘트를 연습했다.

"그 사람, 누군지 궁금하다." 엘리베이터를 타고 내려오면서 안드레아가 말했다.

"난 아냐." 마라반이 대꾸했다.

마라반을 힘들게 하는 것은 그 일이 추잡한 작업이라는 점이 아니라, 그 과정에서 그에게 주어진 역할이었다.

심리치료를 받는 부부들은 의사나, 최소한 그들을 도와주는 전문인을 대하듯이 존경심을 가지고 그를 대했다. 그리고 몇 번 되지는 않지만 보통 출장요리를 할 때도, 그는 스타처럼 환호를 받았었다.

그런데 여기서는 도무지 눈길 한번 받지 못했다. 어쩌다 높은 요리사 모자까지 쓰고 있는데도 아무도 그를 안중에 두지 않았다. 손님과의 대면은 거의 없었고, 안드레아는 마지막 코스의 빈 접시를 가지고 오면서도, 요리사에 대한 찬사는 한마디도 주방으로 가지고 오지 않았다.

주방보조로 일하다 보니, 그늘에 묻힌 인생살이에 익숙해 있기는 했다. 그러나 여기서는 뭔가 조금 달랐다. 손님들이 오는 이유는 그의 창작물 때문이었고, 그들에게 무엇인가를 소생시켰다면 그것은 그와 그의 예술 덕이었다. 한마디로 말해서, 그의 내면의 예술가가 홀대를 받는 느낌이었다. 그리고 더 비참하게는 남자로서의 마라반 역시.

안드레아와의 관계는 그가 원했던 대로 발전하지 않았다. 거의 매일 함께하면서 긴밀하게 접촉하고 동맹의 사업을 도모하다 보면 한층 가까워지리라고 기대했었다. 하긴 그런 면도 있었다. 동료 같은, 남매 같은 식으로. 그러나 정작 그들이 종사하는 에로틱한 측면은 안드레아와의 관계에서는 아무런 영향을 미치지 못했다.

안드레아는, 마라반과는 진정한 동료애의 선을 넘지 않는 한편에서 쿨을 위해 일하는 여자들과는 친밀한 관계를 쌓아갔다. 서로 말을 놓았고, 두 번째 만났을 때는 벌써 오랜만에 재회하는 친구처럼 얼싸 안으며 밤손님—마라반은 일부러 그 단어를 썼다—이 올 때까지 하얀 소파에 앉아서 함께 어울려 수다를 떨고 담배를 피우며 깔깔대고 웃었다. 특히 안드레아는 마케다라는 이름의 늘씬한 키의 에티오피아 여인에게 홀딱 반해 있었다. 솔직히 말하자면, 그도 그녀에게는 질투가 났다.

마케다는 열두 살 때 어머니와 언니들과 함께 영국으로 도망쳐 나왔다. 그녀의 가족은 에티오피아의 소수민족인 오로모족에 속했고, 부친은 오로모 해방운동인 오로모 해방전선(오로모족이 1973년에 세운 무장정치 단체로 현재의 에티오피아 상황을 에티오피아의 다수민족인 "암하라족"에 의한 식민통치로 규정하고 이를 타파할 것을 주장한다/역주)에 가담했다. 데르그 정부(Derg, 1974년 해일 셀라시 황제가 쿠테타로 축출된 후 에티오피아를 통치한 군사독재 체제/역주)가 몰락한 이후, 아버지는 과도기 의회에서 오로모 해방전선의 대표가 되었으나 선거에 패하자 오로모 해방전선은 정권에서 물러나 집권당에 반기를 들었다.

어느 날 새벽, 마케다의 집에 군인들이 들이닥쳐 온 집을 쑥대밭으로 만들고 아버지를 끌고 갔다. 그것이 그녀가 아버지를 본 마지막이었다. 어머니는 끈질기게 수소문하다가, 예전에 쌓아둔 인맥을 빌려서 겨우겨우 아버지의 소재지를 알아냈다. 그들 덕분에 감옥에서 면회까지 할 수 있었지만, 그날 어머니는 눈이 빨갛게 되어 말없이 돌아왔다. 그리고 이틀 후, 어머니와 언니 그리고 마케다는 덜컹거리는 랜드로버를 타고 케냐 국경을 넘었다. 어머니가 옛 지인들에게 부담을 주며 받을 수 있었던 호의는 이로써 끝이었다. 가족들은 비행기를 타고 런던으로 와서 망명 신청을 했다. 그리고 아버지에 대해서는 더 이상 아무 소식도 듣지 못했다.

열여섯 살 때 마케다는 한 모델 기획사의 스카우터에게 발탁되었다. 스카우터는 그녀를 "새로운 나오미 캠벨"이라고 치켜세웠다. 그녀는 어머니의 반대를 무릅쓰고 몇 차례 캐스팅에 응해서 패션쇼에 두어 번 출연하기도 하고, 몇몇 잡지의 사진 모델도 했다. 하릴없이 각광받을 날을 기다리면서.

그러다가 밀라노 패션쇼 기간 중에 처음으로 신예 모델과 콜걸 사이에 쳐진 얄팍한 벽을 넘었다. 외롭던 차에 한 부티크 체인의 구매담당을 방으로 끌어들인 것이다. 다음날 아침 잠에서 깨어나보니 그는 떠나고 없고, 사이드 테이블에는 500유로가 놓여 있었다. "그때 분명히 깨달았지 뭐, 내 첫 연인이 곧 나의 첫 밤손님이었구나 하고." 마케다가 시니컬한 웃음을 지으며 말했다.

모델로서는 더 이상 뾰족한 전망이 없으리라는 것을 깨달은 그녀는 가족들에게 돌아가 학교에 다녔다. 그러나 자유분방하고 씀씀이가 큰 생활방식에 이미 길들여진 탓에 집이 갑갑했고 엄마의 생각이 너무 고루하다고 느껴졌다. 그것이 곧 모녀 사이의 언쟁으로 번졌고, 마케다는 집을 나왔다. 이번에는 완전히.

그녀는 다시 한 스카우터에게 발탁되었다. 그러나 이번에는 에스코트-서비스 업체의 스카우터였다. 콜걸이 된 것이다. 이 직업에서 그녀는 패션쇼 무대에서보다 몇 가지 점에서 더 성공했다.

지금으로부터 채 1년이 되지 않은 어느 날, 쿨을 알게 되었다. 그는 그녀를 스카우트했고, 그녀는 그를 따라서 스위스로 오게 되었다. 그래서 지금에 이르렀는데, 여전히 외로웠다.

이 모든 이야기를 마케다는 어스름한 안드레아의 침실에서 털어놓았다. 손님을 기다리고 있는 동안에 그녀들은 내일 만나자는 약속을 해두었다. 그리고 추운 날씨에도 불구하고 강가를 산책하고 난 후, 마치 당연한 수순처럼 안드레아의 침대에 안착했다.

그러니까 마라반의 질투가 근거 없는 것은 아니었다. 안드레아는 사랑에 빠진 것이다.

지난번 방문 후 얼마 지나지 않아서, 테바람과 라티남이 마라반의 집 앞에 또다시 나타났다. 그들은 울라구에 대한 새 소식을 가지고 왔다. 그들의 주장에 따르면, 울라구가 자살암살단인 검은 호랑이에 자원했다는 것이다. 그러나 암살단의 입단 조건은 당연히 매우 엄격하기 때문에 그가 거부당할 가능성이 유력하다고 했다. 그리고 마라반이 원한다면, 그들이 아는 경로를 통해 입단이 거부될 가능성을 늘려보도록 노력하겠다는 말도 덧붙였다.

마라반은 2,000프랑의 기부금을 더 내겠다고 약속했다.

그들이 다녀간 후 그는 바티칼로아 바자를 통해서 누나에게, 전에 말한 건에서 첫 단계 조치를 취했노라는 소식을 전했다.

보통 12월이면 후빌러는 예약이 꽉 찼다. 두 연회장 역시 거의 매일 저녁 만석이었다. 그러나 늘 이 연회장에서 경영진들의 성탄 만찬을 치렀던 몇몇 대기업의 예약이 이번에는 없었다. 정말로 경제위기가 원인이었을 수도 있고, 아니면 유미적 측면에서 그런 결정을 내렸으리라고, 후뷜러는 추측했다. 위기를 만든 장본인들이 후뷜러에서 만찬을 즐기는 것은 결코 아름다운 그림이 아니니까 말이다.

어쨌든 이는 후뷜러에도 위기를 확산시켰다. 레스토랑은 평년 이 시기보다 눈에 띄게 한산했다.

그래서 후뷜러는 슈타펠 일행의 테이블에 각별히 더 신경을 썼다. 그 테이블에는 슈타펠 회사의 최고 경영진들이—요즘 시기에는 특히나 드문 예로—부부 동반으로 12명 앉아 있었다.

슈타펠에게는 이런 축하연을 벌일 만한 충분한 이유가 있었다. 한 경제신문이 만장일치로 "신기술" 분야의 올해의 경영인으로 그를 뽑은 것이다. 그리고 그가 이끌고 있는 회사인 쿠각은 올 한 해를 제법 흑자로 결산한 터라, 이 정도의 작은 사치를 누리는 것쯤은 이미지에 크게 벗어나지도 않았다.

다만 한 가지, 메뉴를 고를 때 좀더 인심을 써도 되지 않았을까 싶었다. 후뷜러는 다양한 요리를 맛볼 수 있는 여러 단계의 코스 메뉴를 권했다. 하지만 슈타펠은 간단히 여섯 코스짜리 메뉴로 결정했고, 포도주도 중간 수준을 고수했다. 하긴 옹졸한 구두쇠라서 이런 금융위기에 올해의 경영인으로 뽑힌 것이 아니겠는가.

그런가 하면 옹졸함과는 전적으로 거리가 먼 손님도 한 사람 있었다. 심근경색을 일으켰던 달만이었다. 발작사건을 일으킨 지 채 한 달도 되지 않아서 그가 멀쩡하게 다시 레스토랑에 나타났을 때, 후빌러는 까무러치게 놀랐었다. 민망한 사건을 벌이고 나서 다시 이곳에 얼굴을 내미는 그의 **뻔뻔함** 때문이라기보다는, 그런 불상사가 재발될 가능성 때문이었다. 요컨대 달만은 요리와 드링크류를 즐기는 데에 서슴없었고, 게다가 코냑에 시가까지 주문했다.

그러는 사이, 달만은 다시 후빌러의 반가운 고객이 되었다. 그는 이곳 경영이 정상으로 운영됨을 보증해주는 일종의 상징이었다.

그날 저녁에도 달만은 이곳에 와 있었다. 경제 변호사이자, 나이가 들수록 두 사람이 거듭 강조하는 청소년적 보이스카우트 친구인 닥터 넬러와 동석했다. 그들은 서프라이즈 메뉴를 주문했다.

달만은 짙푸른 크리스마스트리 구슬이 장식된 꽃꽂이에서 작은 전나무 가지를 하나 뽑아서 촛불 위에 가져다 댔다. 그는 타들어가는 전나무잎 향을 좋아했다. 게다가 크리스마스가 아닌가. 그것은 그를 고즈넉한 감상에 젖게 만들었다. 오랜 친구와 맛있는 식사를 하고 난 오늘 같은 밤에는 특히나 그랬다. 레스토랑은 꽉 들어차지도 썰렁하지도, 너무 시끄럽지도 너무 조용하지도 않았다. 서늘하게 퍼지는 바이아 시가의 연기, 부드러운 맛의 아르마냑, 대화 또한 허물이 없었다.

"자네 다시 쿨한테서 에스코트 서비스를 받고 있나?" 막 넬러가 물었다.

달만은 미소를 지었다. "내가 심장을 조심해야 하는 거 자네
도 알지 않나?"

"물론 알지. 지금 같은 자넬 보자면, 늘 잊게 되어서 그렇지."

"왜? 지금 나더러 그런 서비스를 받으라고?"

"자넬 위험에 빠뜨리고 싶진 않네. 하지만 자네가 그 서비스
를 받는다면, 그가 뭔가 요리와 묶어서 제공할 거라는 점을 말
하는 걸세."

"식사라면, 난 여기서 하는 게 훨씬 좋아."

"아주 특별한 음식이라네. 에로틱한 거라구."

달만은 궁금한 눈길로 그를 바라보며 시가를 빨았다.

"그 친구가 지금 인도 출신인지 어디 출신인지 하는 요리사
를 한 명 거느리고 있고, 제법 삼삼한 계집애를 서빙에 고용하고
있다네. 어쩌면 자네도 알 거야. 여기서도 잠시 서빙한 적이 있지.
새까만 머리에 훤칠한 키, 머리칼을 모두 한쪽으로 모아 늘어뜨
렸던."

"그 계집애가 지금 쿨한테서 일을 한다고?"

"서비스만."

"에로틱한 일을 봐주면서?"

"아니, 에로틱한 건 음식의 효과야. 처음엔 나도 안 믿었지. 하
지만 그 말이 맞더라니까. 음식이 사람을 완전 딴판으로 만들
어놓는다 이거야."

"딴판이라면 어떻게?"

"그냥 거기만 달아오르는 게 아니고." 넬러는 애매하게 하반
신을 가리켰다.

"거기도 거기지만, 여긴 그 이상일세." 그는 땀으로 번들거리는 벗겨진 이마를 톡톡 쳤다.

"머리에서 발기가 일어난단 말인가?" 달만은 웃음을 터트리며 말했지만, 넬러는 진지하게 그 말을 곱씹어보는 것 같았다.

"그래. 그렇게 말할 수 있겠군. 그리고 제일 죽이는 건 말이야. 여자들도 확실히 환각에 빠진다는 거야. 그 애들이 진짜 즐거워서 그 일에 빠져든다는 인상을 받게 되지."

"그 계집애들이야 늘 그렇지. 그 대가로 돈을 받는 거고."

넬러는 머리를 저었다. "이 고수의 말을 믿어보라구. 난 그 차이를 알아. 그건 진짜야. 어쩌면 완전히 진짜는 아닐지 몰라도, 뭔가 좀 다르다니까."

달만은 생각에 잠긴 채 입 안에 든 음식을 씹었다. 그리고는 입을 가시고 물었다. "음식 안에 뭔가 넣은 게 아닐까?"

"아니라고 하더군. 그런 효과를 만들어내는 건 조리법이라네. 그리고 분위기하고. 방석이랑 촛불 같은 그런 거 말일세. 방바닥에 앉아서 손으로 먹거든."

"뭘 먹길래?"

"자극적인 거지. 매콤달콤한. 아유르베다식 분자요릴세. 특이하지. 하지만 끝내준다고. 강추할 만한 거야. 절대 저렴하진 않지만 정말 달라."

"틀림없이 약물이나 화학성분 같은 걸 넣는 건 아니겠지?"

"어쨌거나 자고 난 다음날 아침에 기분이 날아갈 것 같았다네. 그리고—우리끼리니까 하는 말인데—여자랑 잠자리가 그렇게 좋았던 건 참 오랜만이었어."

"말했듯이 난 심장이 좀 그래서."

넬러는 두 손을 들었다. "그냥 그런 게 있다고 말하는 것뿐일세, 에릭."

달만은 친구가 준 정보를 자신이 실천해볼 마음은 없었다. 그러나 언젠가 누군가에게 아주 특별한 무엇을 마련할 필요가 있을 때를 위해서 유념해두기로 했다.

그들은 화제를 바꿔 좀더 잡담을 나누었다. 후뷜러가 우산을 들고 와서 그들을 택시까지 데려다주었을 때, 주차장 입구에는 눈이 쌓여 있었다. 큰 송이로 소담하게 내리는 눈발이 소리 없이 계속 쌓이고 있었다.

슈타펠 일행이 후뷜러에서 송년회를 겸해, 슈타펠이 올해의 경영인으로 선정된 것을 축하하던 그날 밤, 달만은 그의 테이블로 건너가서 축하인사를 건네며 말했다. "사장님 덕분에 내기에서 이겼습니다."

"내기라니요?" 슈타펠이 물었다.

"사장님께서 올해의 경영인이 될 거라고 내가 찍었단 말이죠."

"그러느라 약간의 모험을 하셨겠군요. 판돈이 크지 않았기를 바랍니다."

"기껏해야 1997년산 세발 블랑 여섯 병인데, 모험이랄 것까지야 뭐 있겠습니까? 여러분, 맛있게 드시며 즐거운 저녁시간 보내십시오. 오늘 밤은 여러분들의 것입니다."

"그러고보니 지난번 그 사람이네요. 나보다 당신에 대해서 아는 게 더 많던." 달만이 그의 테이블로 돌아가자마자, 슈타펠의 부인이 남편에게 소곤거렸다. "이젠 저 사람이 누군지 알겠어요, 당신?"

슈타펠은 이미 그에 대해서 알아보았지만, 뭐라고 딱히 언급할 만한 것은 없었다. 달만은 변호사이지만 변호사 일은 하지 않고, 여러 군데 자문위원을 맡아 고문이나 중개인으로 활동하고 있었다. 사업상의 접촉을 주선해서 사람들을 연결시켜주는가 하면, 비공식적으로는 어떤 직위에 신임 인사문제가 있을 경우에 손을 쓴 적도 있고, 보아하니 언론매체에도 제법 인맥이 뻗어 있어서 필요하면 특정한 정보를 부각시킬 능력도 있었다.

이제 곧 슈타펠은 달만에 대해서 더 많은 것을 알아야 할 것이다.

29

한 해가 저물어가고 있었다. 이 해를 넘기는 데 대한 홀가분함
과 앞으로 닥칠 일에 대한 걱정 중 어느 것이 더 큰지는 말하기
가 어려웠다.

2008년의 국제적인 주식결산 대조표는 처참했다. 스위스 주
식시장은 1974년 이래에 가장 형편없는 결과로 마감했고, 닥스
는 40퍼센트나 하락했으며, 다우존스는 3분의 1 이상의 손실을
보았고, 니케이도 비슷한 수준의 손실을 기록했다. 상하이 주식
시장은 65퍼센트 추락했는가 하면, 러시아는 72퍼센트라는 최
고치의 폭락을 주도함으로써 여타의 손실을 무색하게 했다.

특히나 러시아 주식시장의 폭락은 쿨의 사업분야에 두드러
진 영향을 미쳤다. 지난 몇 해 동안 러시아인들은 꽤나 쏠쏠한
고객이었다. 연말연시가 되면 쿨의 팀은 활동의 대부분을 장크
트 모리츠로 옮겼고, 외부의 임시직원을 써서 고용인원을 늘려
야 할 정도였다. 그러나 올해에는, 사전예약으로 짐작컨대, 인
원 절감이 불가피할 것 같았다.

그러나 "러브 푸드" 파트는 확실하게 잘 유지되고 있어서, 엥
가딘에서도 서비스를 제공할 생각이었다. 그리하여 미리미리 신
경을 써서 그 2인조를 며칠간 예약해둔 참이었다.

달만에게 장크트 모리츠에서 보내는 연말연시는 1년 중 가장 중요한 사업 이벤트였다. 1년 내내 사적인 교류를 가지지 못했던 인사들을 만날 기회가 그곳에서 주어졌다. 묵은 관계를 새로이 다지는 한편, 새로운 인연을 맺을 수도 있었다. 각종 사교 행사들은 자연스럽고 긴장감 없는 분위기에서 사람들을 만나 사적인 친분을 쌓게 하고, 새로운 사업이나 기존 사업의 기초를 다질 기회를 주었다.

이곳 산중에서도 금융위기가 느껴지기는 마찬가지였으나 달만이 짐작했던 만큼은 아니었다. 괜찮은 인물들은 올해도 찾아왔다. 그런 점에서 위기는 알곡과 쭉정이를 가려주는 이점도 있었다.

늘 그랬듯이, 그는 체자 클라라의 맨 위층의 방 5개짜리 아파트에 머물렀다. 체자 클라라는 그와 친구처럼 지내는 치과의사가 1990년대 초에 지은 빌라인데, 달만은 그때부터 연말연시에 이곳을 장기임대했다. 이 지출은 그의 연간 예산의 필수항목이기도 했다. 지출액이 만만치는 않았지만, 지금까지는 지불할 만했다. 그는 이번에도 그럴 수 있기를 바랐다.

집 안에는 지나치다 싶을 만큼 가구들이 들어차 있었고, 여러 고택에서 주워모은 해묵은 호두나무 원목 문짝에 잣나무 원목 패널이 벽에 발라져 있었다. 달만과 두 손님이 쓰기에는 넉넉한 공간이었고, 고용인이 머물 작은 아파트까지 딸려 있었다. 그곳에서 루르드가 머물면서 지금 같은 시기에도 그의 가사를 돌보고 아침식사 준비를 했다. 실상 달만은 늘 외식을 했고 손님을 초대하지도 않았으므로, 평소에 루르드가 요리를 할 필요는 별로 없었다. 전설이 되다시피 한, 새해 첫날 달만이 제공하는 해장용 식사를 제외하고는. 그날 오전 11시부터 해질 무렵까지 이 아파트는 오픈하우스였다.

그는 운동은 거의 하지 않았다. 한때 제법 능숙한 스키어인 적도 있었지만, 지금은 도보로 갈 수 없는 산중 레스토랑에 갈 때만 스키에 올랐다. 그외에는 가볍게 산책하며 맛집을 탐방하는 것만 즐겼다. 아니면 그곳까지 말썰매를 탔다.

마라반은 이 산골에는 처음이었다. 짐을 잔뜩 실은 안드레아의 콤비를 타고 오는 내내, 그는 찝찝한 마음으로 말없이 조수석에 앉아 있었다. 사방으로 산세가 높게 가팔라지고, 길가에 눈이 쌓인 도로들이 점점 좁아지고, 거기다 당장이라도 또 눈이 쏟아질 기세를 보이자, 그는 이 모험을 승낙한 것을 후회했다.

목적지에 다다라서도 그는 이곳 역시 또 하나의 도시라는 것을 실망스럽게 확인했다. 떠나온 곳보다 더 아름답지도 않았고, 단지 더 작고, 춥고, 산자락 틈새에 더 많은 눈이 덮여 있을 뿐이었다.

그들의 숙박처도 테오도르 가의 집보다 별로 나아보이지 않았다. 두 사람은 또다른 주거 블록이 보이는 주택단지의 비좁은 원룸에 각기 들었다.

그런데 도착한 지 얼마 되지 않아서 안드레아가 그의 방문을 두드리고 잠시 바람을 쐬러 나가자고 했다. 그들은 계곡을 지나 남쪽으로 계속 차를 몰았다.

그들은 말로야라는 지명을 가진 곳에 이르러 차에서 내렸다.

"여기서 계속 달리다보면, 한 시간 내로 야자수가 보일 거야."

"그럼 계속 가자." 그가 제법 진지하게 청했다.

안드레아는 웃으면서 앞장서 걸었다.

길은 곧 비좁아졌고 높이 쌓인 눈더미들이 그들의 앞을 막았다. 마라반은 안드레아를 뒤따라가려고 애썼다. 그가 신은 고무와 나일론 소재로 된 투박한 장화로는 몸을 지탱하기도 힘들었다. 장화는 그가 필수적인 주방용품을 제외한 다른 물품을 주로 구입하는 어느 중저가 백화점에서 산 것이었다. 바지통이 너무 좁아서 바지를 장화 안으로 쑤셔넣을 수밖에 없었기 때문에 그의 모양새는 우스워 보일 것이 뻔했다. 하긴 그곳에는 그의 발 품새를 비춰볼 거울도 없었으니, 딱히 어떤 모습이라고 단정할 수도 없었다.

길 양편에 늘어선 눈이 수북이 쌓인 전나무에서 간간이 눈덩이가 떨어졌다. 그럴 때마다 짐을 덜어내는 가지에서 해방된 새하얀 눈발이 반짝반짝 빛을 내며 한동안 보슬보슬 흩날렸다.

들리는 소리라고는 신발이 내는 뽀드득 소리뿐이었다. 잠시 안드레아가 멈춰 서서 그를 기다렸다. 그도 멈춰 섰다. 그때 비로소 그는 정적의 소리를 들었다.

그것은 모든 것을 삼키는 정적, 시시각각 막강해지는 정적이었다.

마라반은 자신의 삶 전체가 얼마나 무자비하게 소음으로 채워졌는지를 의식한 적이 지금껏 한번도 없었다. 가족들의 수다소리, 자동차들의 경적소리, 야자수가 내는 바람소리, 인도양에서 부서지는 파도소리, 내전의 폭발음, 부엌에서 나는 쨍그랑

소리, 사원의 노랫가락, 전철의 쇳소리, 러시아워의 혼잡스런 소음, 머릿속을 파고드는 잡스러운 생각의 소음 등등.

그런데 불현듯 이 같은 정적이 몰려왔다. 자그마한 보석처럼, 그와 같은 부류의 사람에게는 꿈도 꾸지 못할 사치품처럼.

"왜 그래?" 안드레아가 불렀다. "얼른 와!"

"쉿!" 그는 검지를 입술에 댔다.

그러나 그 정적은 겁에 질린 짐승처럼, 어느새 도망쳐버렸다.

안드레아는 마라반을 이곳까지 끌고 온 것을 자책했다. 지금 그의 기분이 얼마나 엉망인지, 그의 표정에서 드러났다. 눈 속을 허우적대는 그의 몸짓은 마치 비를 맞는 고양이 같았다.

그리고 그는 이 풍경과 어울리지도 않았다. 사롱 차림의 그의 움직임이 얼마나 우아한지, 긴 앞치마를 두르고 새하얀 요리사 모자를 쓴 모습이 얼마나 기품 있는지를 돌이켜보면, 지금 여기서 볼품없는 방한점퍼에 양쪽 귀가 덮이도록 푹 눌러쓴 털모자, 싸구려 방한장화 차림을 하고 있는 그는, 마치 자유를 빼앗긴 동물원의 짐승처럼 존엄성을 박탈당하고 있었다.

무엇보다 그녀의 마음을 아프게 하는 것은, 마라반 자신이 그 점을 의식하고 있다는 사실이었다. 그에게 지금의 상황을 견디게 하는 것은 체념이었다. 스스로 더럽다고 표현했던 짓거리에 동참하기로 결심한 이래로 그는 체념으로 모든 것을 버텨내고 있었다.

그녀는 자신을 향한 마라반의 감정에 관한 한, 자기기만에 빠지지 않았다. 함께 일하는 기간이 길어질수록, 그가 그녀를 사랑한다는 것이 더욱 분명해졌다. 그녀가 "우발적인 사건"이었다고 이름 붙인 그 일을 그는 그녀가 생각하는 것보다 훨씬 더 진지하게 받아들였다. 안드레아는 그가 다시 한번, 어쩌면 완전히, 자신을 그의 여자로 만들어보겠다는 희망을 버리지 않고 있음을 느꼈다.

그 점이 확연해지자 그녀는 그와 거리를 두기 시작했다. 오해가 생기지 않도록 하기 위해서 허물없는 친근한 태도를 의식적으로 접고, 늘 깍듯이 친절하게 대했다. 그러면서 그러한 행동이 그를 아프게 한다는 것, 하지만 그렇게 그어놓는 명백한 선이 그들의 동업관계에 이롭다는 것을 실감했다.

마케다를 만나고부터 그들의 관계는 다시 복잡해졌다. 마라반은 온갖 질투의 증상을 드러냈다. 안타깝기는 했지만 그를 도와줄 묘수는 보이지 않았다.

거꾸로 안드레아 자신으로 말하자면, 마케다 역시 이곳에 와 있는 지금 대단히 행복한 상태였다. 마케다는 쿨을 위해 일하는 다른 여자들과 함께 바로 이웃 아파트에 묵고 있었고, 그들은 되도록 많은 시간을 함께 보내자고 약속했다.

마라반은 그런 내막을 알고 있었다. 그래서 그의 기분을 풀어주려고, 가방을 풀자마자 그를 끌고 산책을 나선 것이었다.

마라반은 뒤처진 채, 꼼짝도 않고 동화 같은 풍경 속에 서 있었다. 그녀가 소리쳐 불렀지만 무뚝뚝한 손짓으로 조용히 하라고 다그치고는 무엇에 귀를 기울이는 듯, 붙박여 있었다. 안드레아도 귀를 기울여보았다. 하지만 아무 소리도 들리지 않았다.

마침내 그가 발걸음을 떼고 그녀에게 다가왔다. 그리고 그녀 앞에 이르자, 미소를 지으며 말했다.

"아름답다."

30

달만의 두 가지 강점이 한꺼번에 효력을 발해 그가 체자 클라라에 투자한 집세를 불과 2, 3일 만에 커버하도록 만들어주었다. 그의 강점인즉, 행운과 사람의 얼굴을 기억하는 능력이었다.

실로 이런 겨울은 오랜만이었다. 이 계절에 이 높은 산중에서 미처 겪어본 적 없는 추위, 희부연 하늘빛 그리고 도처의 눈더미를 만나고 있었다.

달만은 계곡 뒤편에 깊숙이 자리한 산장 레스토랑의 일광욕 테라스에 앉아 있었다. 그에게 집을 세 내준 집주인이자 친구인 치과의사 롤프 셰어와 함께였다. 셰어는 사업상으로는 별 볼일 없는 짝이었으나, 아주 쓸모가 없지만은 않았다. 이런 위치에 집을 가지고 있으니 이런 성수기라면 더 큰 이윤을 챙기며 다른 사람에게 세를 줄 수도 있다는 사실을 달만은 알고 있었다. 그래서 이곳에 체류하는 동안, 적어도 한 번은 의무적으로 그와 얼마간 시간을 함께 보냈다.

그리하여 그들은 지금 전면이 목조로 된 레스토랑 앞 벤치에 느긋이 앉아, 선블록을 발라서 번들번들한 얼굴에 겨울햇살을 쬐고, 펠트리너를 마시며, 앞 테이블의 쟁반에서 뷘트너를 집어 먹고 있었다. 이따금씩 한쪽이 입을 열기도 했다. 연배 있는 사람 사이가 대체로 그렇듯이, 오래 알고 지내서 짐짓 꾸밀 필요가 없는, 당장 머리를 스쳐가는 생각들이었다.

그들은 테라스 바깥에서 썰매를 타는 아이들을 바라보았다. "어릴 땐 쌓인 눈도 훨씬 높아 보이지"라며 셰어가 막 입을 열었을 때, 달만의 관심이 새로 들어서는 일행들에게 쏠렸다. 아랍인으로 보이는 4명의 50대 남자들이었다. 그들은 유일하게 예약 팻말이 놓인 채 오랫동안 손님을 기다리고 있던 옆 테이블로 안내되었다.

그중 한 명이 잠깐 선글라스를 벗고 다른 손님들에게 시선을 주었을 때, 달만은 그를 알아보았다. 예전 무기거래 과정에서 역시 팔루크론이 도움을 주었던 자파르 파자하트라는 자의 오른팔이었다. 그를 마지막으로 본 이래로 근 열 살은 더 먹었지만, 그 자임이 분명했다.

달만은 무샤라프가 퇴진한 이후, 파자하트와는 연락이 되지 않아서 권력교체에 의한 희생물이 되었겠거니 짐작했었다. 그런데 보아하니 그의 오른팔은 살아남아 있었다. 그렇지 않고서야 이곳에 나타날 수 없지 않은가.

이름만이라도 생각나면 좋으련만. 칼리드였나? 아니면 칼릴? 칼리그? 뭐 그런 이름일 텐데. 달만은 그에게 말을 걸고 싶은 충동을 꾹 참았다. 다른 세 사람의 정체가 무엇인지 누가 알겠는가.

그러면서도 그는 그와 시선을 마주치고자 애를 썼다. 그리고 잠시 후, 드디어 그와 눈이 마주쳤다. 남자는 선글라스를 벗고 뭔가 묻는 듯한 시선으로 그를 응시했다. 달만이 고개를 끄덕이며 미소를 보내자, 그는 자리에서 일어나 다가와서 영어로 인사를 했다. "달만 씨시죠? 다시 뵙게 되어서 정말 반갑습니다. 절 기억하시겠습니까? 카치 라차크입니다."

"기억하고 말고요." 달만은 파자하트에 대한 언급은 아직 피하기로 했다.

라차크가 일행 셋을 이름과 함께 소개했다. 달만은 그 이름들을 굳이 새겨듣지 않고 자신의 테이블의 동행인을 그들에게 소개했다. 그런 소개가 있은 후에는 으레 그렇듯, 짧은 침묵이 뒤따랐다.

달만이 침묵을 깨고 물었다. "사나흘 계실 테지요?"

4명의 신사들이 고개를 끄덕였다.

"좋습니다. 그렇다면 언제 한번 같이 자리를 가질 수 있겠군요. 어느 호텔에 묵으십니까?"

신사들이 시선을 교환했다.

"자, 그럼 이러면 어떻겠소? 내 명함을 드리리다. 거기 내 휴대 전화 번호가 있으니 전화를 주시지요. 그때 약속을 정합시다. 기대하고 있겠습니다."

달만은 라차크에게 명함을 건네주면서 상대방도 당연히 그의 명함을 주리라고 기대했다. 그러나 그는 다만 감사하다는 말과 함께 명함을 집어넣고는, 주문을 받으려고 서 있는 웨이트리스에게 돌아섰다.

그러나 라차크는 그날 밤 당장 전화를 걸어왔다. 그들은 호수가 내려다보이는 오성급 대형 호텔 바에서 다음날 만나기로 약속했다. 바텐더와도 아는 사이이고, 피아노와 너무 가깝지 않은 조용한 벽감에 달만의 단골석도 하나 있는 바였다.

그는 조금 일찍 도착하여 캄파리 소다 한 잔을 맛보며 오븐에 볶은 짭짤한 아몬드를 씹어 먹고 있었다. 아프레스키(Après-ski, 불어로 "스키를 탄 후"라는 뜻으로 스키를 탄 후에 바나 라운지에서 술을 마시고 춤을 추면서 하는 사교활동을 의미한다/역주)와 아페로(apéro, 불어로 aperitif, 즉 전채요리를 뜻하는 속어이나, 스위스에서는 약간의 과자와 음료를 내놓고 즐기는 입식 파티라는 의미로 쓰인다/역주) 사이의 시간, 달만이 좋아하는 막간시간이었다. 이 시간이면 대부분의 호텔 고객들은 낮의 피로를 풀고 저녁시간을 위해 몸단장을 하느라고 객실로 들어가고 없었다. 피아니스트는 나직하고 센티멘털한 곡들을 연주했고, 웨이터들도 짧은 담소를 나눌 여유를 가졌다.

라차크는 정확히 시간에 맞추어 와서, 콜라를 주문했다. 그는 외국에 와서도 술은 입에 대지 않는 무슬림에 속했다.

단 둘이 있게 되자 달만은 먼저 자파르 파자하트의 안부부터 물었다.

"일선을 떠나셨지요. 지금은 당신이 하신 일의 결실과 손자를 보는 낙으로 살고 계십니다. 손자가 열다섯 살이죠."

몇 가지 추억들을 주고받은 다음, 달만은 상대방이 용건을 털어놓을 기회를 주려고 서서히 말수를 줄였다. 라차크는 격의 없이 말을 꺼냈다.

"당시 선생께서는 종종 우리에게 여자들을 연결해주기도 하셨지요."

달만은 즉각 그의 말을 수정했다. "그건 내 분야는 아니오.

난 간혹 여자들을 알선하기도 하는 제3자를 소개했던 것이지."

라차크는 그의 정정을 무시했다. "여기서도 가능할까요?"

달만은 작은 안락의자에 등을 기대며 생각해봐야겠다는 듯한 태도를 취하며 말했다. "가능할지 알아보겠소. 언제가 좋으시오?"

"내일이나 모레. 우린 여기에서 엿새 더 머물 겁니다."

달만은 그 점을 명심해두었다. 이제는 달만 편에서 질문할 차례였다. "아직도 안보와 국방 분야에서 일하고 계시오?" 바로 궁금증을 털어놓았다. 라차크가 그렇다고 대답하자, 달만은 그의 심정을 알겠다는 투로 물었다. "우리 정부가 전략을 바꾸었으니 골치가 꽤나 아프시지요?"

"전략을 바꾼 건 부당하고 근시안적일 뿐 아니라, 안보상황에도 매우 좋지 않지요. 물론 사업상으로도."

파키스탄은 금년 한 해 동안에만도 1억 프랑에 달하는, 스위스의 최대 무기 수출국이었다. 그러나 지금 스위스 정부는 몸을 사려서 새로운 허가제를 도입하려는 중이었다.

"현재로서는 여론의 압박이 지대해요. 무기 수출금지에 관한 국민투표가 임박해 있지요. 국민투표가 실패로 돌아가면, 틀림없이 실패할 것이오만, 상황이 좀 풀릴 거요."

이어서 달만은 폐자주포 M 113과 이를 미국을 거쳐 완전히 합법적으로 수입할 가능성에 관해 화제를 돌렸다. 그리고 이 사업에서 라차크가 할 수 있는 역할을 언급하는 것도 빼놓지 않았다.

그날 밤 달만은 뉴욕 표현주의 작가의 작품경매를 앞두고 엄선된 훌륭한 작품들을 미리 선보이는 한 경매 하우스의 리셉션에서 시간을 보냈다. 이어서 아주 소박한 레스토랑에서 열린, 작은 규모이지만 제법 국제적인 모임에서 치즈퐁듀를 먹었다. 오랜 전통을 가진 화기애애한 행사였다. 한 마디라도 사업 이야기를 꺼낸 사람은 포도주 한 병을 내는 벌칙이 정해져 있었다. 그러나 식사 도중에 그런 용건을 위한 별도의 시간약속을 하는 것은 허용이 되었다.

달만은 카치 라차크의 부탁을 셰퍼에게 일임했다. 그도 쿨을 알고 있기는 했지만, 어쨌거나 그와 직접 대면하지는 않을 생각이었다.

셰퍼에게 10시에 오라고 했다. 달만은 모닝가운을 입은 채 아침 식사를 하면서 그를 맞았다.

그의 하수인은 당연히 아침을 먹고 와서, 루르드에게 차와 사과를 청해 받아서는, 신경을 건드리는 예의 조심스러운 손놀림으로 자신이 먹을 사과를 깎았다.

"지금 내 상태는 말이야, 아직 당분간 혈액의 농도를 묽게 유지하고, 혈소판을 분리시키고, 심장박동을 조정하고, 혈압, 콜레스테롤, 요산 수치를 낮춰줘야 한다는군." 달만이 말했다.

셰퍼는 그의 보스가 구역질을 해가며 약 한 움큼을 오렌지 주스와 함께 삼키는 틈을 이용해서, 머리를 한껏 뒤로 젖히고 양쪽 눈에 안약을 넣었다.

"어찌되었나?" 달만이 물었다.

셰퍼는 접힌 손수건으로 눈가를 가볍게 눌러 물기를 찍어냈다. "얼마든지 가능하다고 그가 그러더군요."

"파키스탄 메뉴로도?"

"그것도요."

달만은 쿨이 일반 파키스탄 요리 5인분을 보통 테이블에서 포크와 나이프로 먹도록 제공할 수도 있는지 알아오라고 셰퍼에게 부탁했었다. 에로틱한 부분이야 나중에 여자들에게 맡기면 될 일이 아닌가. 디저트를 먹을 때 여자들을 합석시킨 다음, 연이어 호텔로 데려가게 할 생각이었다. 그가 원하는 것은 사업이지, 난잡스러운 연회가 아니지 않은가. 결국 그가 매춘사업을 하는 것은 아니니까 말이다.

"그럼 날짜는?"

"그 출장요리사가 아직까지는 모레에 예약이 없다더군요. 하지만 오늘 오전까지는 우리 쪽 결정을 알려줘야 해요."

달만은 달걀프라이의 노른자를 망가뜨리지 않고 흰자에서 갈라낸 다음 토스트 위에 얹었다. 건강상의 이유로 구운 베이컨은 뺐다. 번번이 건강상의 이유를 챙겨야 하다니, 고초가 따랐다.

그는 토스트를 한입 가득 입에 쑤셔넣었다. "결정했네."

31

그렇게 해서 타밀인 마라반은 아무런 내막도 모른 채, 파키스탄
인 라차크를 위해서 식사를 준비하게 되었다. 스위스의 폐자주
포를 몇 군데 우회를 거쳐서 스리랑카군에 공급하게 될 거래와
얽힌 식사였다.

식사의 주문자는 파키스탄 전통 메뉴로 그의 고객들을 놀래
게 해주고 싶다고 했다. 마라반은 거기에 몇 가지 서프라이즈를
추가했다.

전통적인 렌즈콩 요리인 아르하 달을 도넛 모양의 달 리소토
로 만들어 고수 루프트와 레몬 거품을 곁들여서 내기로 했다.

아주 약한 불에서 6시간 동안 끓인 소고기 카레 니하리는 젤
라틴을 약간 넣어 니하리 강정으로 만든 다음, 양파즙 소스와
양파칩을 곁들여 라이스 퓌레 위에 얹을 것이다.

비르야니용 닭고기는 진공상태에서 낮은 온도로 익힌 다음,
비르야니용 혼합양념으로 매콤하게 만든 종려당 크러스트를 입
혀 서빙할 것이다. 박하 루프트와 계피 아이스크림도 곁들여서.

마라반은 색다른 요리를 하게 된 것에 기뻐하며, 요리도구는
미비했지만 화강석이며 인위적으로 고색(古色)을 낸 목재를 잔
뜩 써서 화려한 분위기를 살린 주방 안에서 요리에 몰두했다.

셰퍼라는 깡마르고 뻣뻣한 남자가 그들을 맞이해서, 자신이 아는 한도 내에서 소상히 안내해주었다. 그는 저녁 때 다시 보자며, 필요하면 루르드 부인의 도움을 받으라고 했다. 그리고 만찬의 초대자는 7시에, 초대받은 손님들은 7시 30분에 올 것이라고 일러주었다.

음식의 주문내역은 식사가 5인분, 디저트가 10인분이었다. 쿨의 설명에 따르면, 여자들 5명은 디저트 때 합석할 것이었다. 그리고 디저트는 "러브 메뉴"에서 일반적으로 서빙되는 과자류로 주문했다. "그러니까 아스파라거스와 기이로 만든 남근 모양 젤리하고, 이집트콩-생강-후추로 만든 시럽을 바른 여근 모양 쿠키네." 주문내역을 기재하며 안드레아가 상세하게 꼬집어 말했다. "거기에 감초-꿀-기이로 만든 아이스바하고."

7시가 조금 지나자 안드레아가 주방으로 들어왔다. "있잖아, 식사 초대를 한 사람이 누군지 알아? 달만이더라."

마라반은 전혀 모르는 이름이었다.

"후뷜러의 달만 말이야. 왜 늘 1번 테이블에 앉는, 좀 이죽대는 노인네 있잖아."

그는 머리를 가로저었다. "얼굴을 보면 알지도 모르지."

그러나 마라반은 그날 밤, 다른 손님들도 마찬가지지만, 달만의 얼굴도 제대로 보지 못했다.

9시 30분에 초인종이 울렸다. 웃음소리와 왁자지껄 떠드는 소리가 들렸다. 여자들이 디저트를 먹기 위해 당도한 것이다.

안드레아가 주방으로 들어와 잽싸게 문을 닫았다.

"왜 이러게? 맞혀봐!"

"마케다가 온 거야?"

안드레아가 고개를 끄덕였다. 그때부터 그녀는 말이 없었다.

디저트가 끝난 후, 남자들은 곧장 여자들을 데리고 떠났다. 마라반과 안드레아도 일을 마감했다. 옷걸이에는 아직 외투 한 벌이 걸려 있었다. 안드레아는 그 외투를 알아보았다. 마케다의 것이었다.

2008년 마지막 날 밤, "러브 푸드"를 예약한 사람은 아무도 없었다. 마라반은 원룸 조리대에 있는 하나짜리 핫플레이트로 고전적인 코지 카레를 요리했다. 어릴 적 낭가이 이모할머니가 가르쳐준 대로 전통적인 재료에 호로파 씨앗을 좀더 넣는 치킨 카레의 일종이었다. 그리고 회향 씨앗, 카르다몸 씨앗, 정향 씨앗을 섞어 갈아놓은 양념에, 역시 스승이신 이모할머니가 늘 그랬던 것처럼 추가로 계피를 듬뿍 넣었다. 리몬즙으로 간을 맞추기 전, 완성된 요리에 마지막으로 이 양념을 뿌릴 것이었다.

그녀의 표현대로 말하자면, 안드레아는 독수공방하는 과부 신세가 되었다. 마케다는 예약되었다. 그래서 목을 가리는 까만 롱드레스를 입은 마케다를 1시간 전에 보낼 수밖에 없었다. 그녀가 이 산중에 우글거리는 돈 많고 음흉한 늙은이 중 하나와 이 밤을 보낼 것이라고 생각하니, 안드레아는 미칠 것 같았다.

그녀는 외로운 사람들끼리 보내게 될 섣달 그믐날 파티를 위해서 마실 것들을 사왔다. 샴페인 두 병은 자신을 위해서. 탄산이 든 미네랄워터 두 병은 마라반을 위해서.

실내에 하나밖에 없는 안락의자에는 안드레아가 앉았고, 마라반은 침대에 걸터앉았다. 둥근 클럽용 작은 탁자를 가운데에 두고서.

방 안은 추웠다. 방에서 음식 냄새가 나서는 안 된다는 그의 유난스러운 결벽에서, 그녀가 당도하기 직전까지 창문을 열어 둔 탓이었다. 바깥 기온은 분명 영하 15도는 되었다. 안드레아 는 어쩔 수 없이 오리털 이불을 달라고 해서 스톨라(고대 로마시 대에 겉옷으로 걸쳤던 길이가 긴 여자복장/역주)처럼 어깨에 걸쳤다.

맨 처음 함께 식사를 했을 때처럼, 그들은 손으로 카레를 먹 었다. 카레는 그녀가 젊은 날에 먹어본 무언가의 맛이 났다. 카 레라고는 제대로 먹은 기억이 없는데 말이다. 단 한번 "리츠 콜 로니알"이라는 레스토랑 체인점에서 일품요리를 먹은 적이 있었 는데, 도넛 모양으로 담은 밥에 얇게 저민 닭고기, 크림, 과일 통 조림을 잔뜩 넣은 노란 소스가 곁들여 나왔었다.

그녀는 마라반에게 그 이야기를 했다.

"아마 계피였을 거야." 마라반이 말했다. "이 요리에는 계피가 많이 들어갔거든."

그렇다. 계피였다. 어릴 적 가장 즐겨 먹던 것 중의 하나였던 설탕과 계피를 넣은 밀크라이스의 맛. 그리고 성탄절 쿠키와 렙 쿠헨의 맛이었다. "너희한테도 오늘이 실베스터니?"

"전쟁이 일어나기 전에 콜롬보에서는 그랬지. 모두가 다른 사 람들의 종교축제를 함께 즐겼어. 힌두교도의 축제, 불교도의 축제, 무슬림의 축제, 기독교도의 축제를 가릴 것 없이. 그때마 다 학교는 휴교였어. 실베스터 밤에는 모두들 거리로 나가서 폭 죽놀이를 했지."

"멋지다. 다시 그렇게 될까?"

마라반은 오랫동안 생각에 잠겼다가, 이윽고 단호한 어조로 말했다. "아니. 결코 지난날과 같은 날은 오지 않을 거야."

안드레아도 그 점을 깊이 생각해보고는 말했다. "맞아. 그렇지만, 가끔은 더 좋아지기도 해."

"난 그런 적이 한번도 없었어."

"지금이 후빌러에서보다는 더 좋지 않아?"

마라반은 어깨를 으쓱했다. "일이야 그렇지. 대신 걱정은 더 커." 그리고는 사랑하는 조카 올라구가 소년 지원병이 되었다는 이야기를 들려주었다.

"어찌 해볼 방법이 전혀 없는 거야?" 마라반이 이야기를 마치자, 안드레아가 물었다.

"있긴 해. 나도 손을 쓰고 있는 중이야. 하지만 그게 도움이 될지……."

"왜 넌 여자친구가 없어?" 잠시 입을 다물고 있다가, 안드레아가 불쑥 물었다.

마라반은 의미심장한 미소를 지어보이며 침묵을 지켰다.

안드레아는 그것이 무슨 뜻인지 알아차렸다. "이런. 마라반, 그 생각일랑 집어치워. 난 임자 있는 몸이야."

"이 남자 저 남자랑 자고 다니는 여자?"

"돈 때문이야."

"그건 더 나빠."

안드레아는 화가 치밀었다. "너도 돈 때문에 이 일을 하는 거잖아. 그게 아니면 절대로 안 했을 짓을 말이야."

마라반은 끄덕이는 것도 가로젓는 것도 아닌, 애매한 고갯짓을 했다.

"너희들 사이에 쓰이는 그런 답변이 무슨 뜻인지 내가 어떻게 아니? 예스야 노야?"

"아니요, 라고 말하는 건 우리한텐 예의가 아니야."

"여자한테 대놓고 그러기가 쉽지 않은 거겠지." 그녀가 웃음을 터트렸다. "그런데도 여자친구가 없다니."

마라반은 여전히 진지했다. "우리나라에서 결혼을 주도하는 건 부모님들이셔."

"21세기에? 날 놀리는구나."

마라반은 어깨를 으쓱했다.

"그럼 너희는 부모님이 하자는 대로 따르고?"

"잘못되지는 않으니까."

안드레아는 믿을 수 없다는 듯이 고개를 가로저었다. "그럼 왜 너한텐 아직 아무도 나서서 주선해주지 않았어?"

"여기에는 내 부모님도 가족도 없으니까. 내가 이혼남인지, 사생아를 두고 있는지, 부도덕한 삶을 사는지, 적절한 신분인지, 그런 것을 입증해줄 사람이 아무도 없거든."

"신분제는 폐지된 줄 알았는데?"

"맞아. 하지만 폐지되었더라도 맞는 신분이었어야 해."

"넌 어떤 신분이었는데?"

"그건 대놓고 묻는 게 아냐."

"그럼 어떻게 알아?"

"누구 다른 사람한테 물어보는 거지."

안드레아가 웃었다. 그리고 화제를 바꾸어 말했다. "우리 나가서 폭죽 구경할래?" ⸜

마라반은 고개를 가로저었다. "난 폭발이 무섭다."

다시 눈이 내리기 시작했다. 너울처럼 흘러내리는 눈송이 뒤에서 폭죽이 번쩍 터지며 빛을 발해서 군데군데 눈자락을 빨강, 노랑, 초록으로 물들였다.

교회 종소리가 새해를 알렸다. 올해는 지난해보다 1초가 더 길어지리라는 사실 말고는 아무것도 예측할 수 없는 한 해의 시작이었다.

어느 호화 호텔에서 새해를 맞은 달만은 지금 북(北)독일에서 온 투자자 셸버트와 나란히, 어깨가 드러난 상의와 미니스커트와 하이힐들로 시끌벅적한 로비를 가로질러가고 있었다.

"저 옷 입은 꼴들이라니. 이 시즌에는 달이오." 셸버트가 한탄조로 말했다. "누가 매춘부인지 어떻게 알겠소?"

"그렇게 보이지 않는 여자가 매춘부일 거요."

32

그리고 얼마 되지 않아, 안드레아는 셰퍼를 다시 만나게 되었다.

그들은 팔켄 가의 그 집에서 "러브 메뉴" 4인분을 위한 막바지 준비 중이었다. 곧 손님들이 도착할 것이어서, 막 촛불을 붙이려는 순간, 안드레아는 라이터에 가스가 떨어졌고 비상용 성냥도 없다는 것을 알았다.

주방의 레인지도 가스불이 아닌데다 여기저기 서랍을 뒤져보아도 성냥이나 라이터가 없었다. 다른 방의 가구도 뒤져보았지만 허탕이었다.

"얼른 건너편 바에 다녀올게." 그녀는 마라반에게 말하고 사리 위에 외투를 걸친 다음, 엘리베이터를 타고 내려가 도로 건너편 바의 바텐더에게 성냥 한 갑을 얻었다. 바를 나섰을 때, 두 남자가 집을 향해서 오고 있는 것이 보였다. 15분이나 이른 시각이었다. 그녀는 그들보다 먼저 집에 들어가려고 건물 출입구를 향해 달렸다. 아직도 1층에 서 있는 엘리베이터를 타고 올라가자마자 주방의자에 외투를 팽개친 뒤, 마라반에게 손님들을 안내해달라고 부탁하고는 그 틈을 이용해 초에 불을 붙였다.

두 사람 중 한 명은 안면이 있었다. 달만의 온갖 일을 챙겨주는 셰퍼였다. 다른 한 남자도 어딘가 낯이 익었다.

촛불이 타오르고 심한 네덜란드 억양의 남자가 그녀에게 인사를 건넸을 때, 그제야 그를 어디서 보았는지 기억이 났다—후빌러에서 달만과 함께였다. 셰퍼는 그에게 길만 안내해주고 따라 올라오지는 않았다.

네덜란드인은 자신이 맨 먼저 도착했음을 확인하고 식사할 방을 보여달라고 하더니 만족한다는 듯 휘파람을 휙 불고는, 다른 일행을 거실에서 기다리겠다고 못박았다.

그 손님은 여자들보다는 먼저 집에 들어섰는데, 역시 후빌러에서 본 적이 있는 남자였다. 고슴도치 헤어스타일에 약간 살이 찐 40대 후반. 깡뚱한 바지의 감청색 정장 차림. 그는 못내 쑥스러운 기색이었다.

"무척 기대가 되는데요." 안드레아가 두 남자를 방으로 안내하는 동안 그는 이 말을 여러 차례 되풀이했다. 예전에 에스터 뒤브아가 처음으로 식사하러 왔을 때 그랬던 것처럼.

슈타펠은, 거절했어도 그만이었을 것을 그러지 못한 것이 이제 와서 후회막급이었다. 열다섯 살의 나이로 처음 담배를 배웠던 때와 같은 느낌이었다. 부모님은 그에게 스무 살까지 담배를 안 피우면 1만 프랑을 주겠다고 제안했었다. 지금껏 그는 그때 지키지 못한 부모님과의 약속이 자신을 의지박약으로 만들었다고 생각했다. 약속을 지키지 않았는데도 부모님은 그 사실을 전혀 몰랐고, 그 후로도 끝내 알지 못했다. 그리고 공과대학에 다니는 동안에 그는 그 1만 프랑을 제법 분별 있게 투자했다.

하드웨어와 소프트웨어에.

그후 같은 느낌을 가진 적이 한 차례 더 있었다. 약 8년 전, 덴버에서였다. 고루한 남자로 보이고 싶지 않아서 남들을 따라 테이블댄스를 추는 클럽에 갔다. 그곳에서 만취가 되도록 술을 마셨고, 새벽 5시에 깨어보니 그의 호텔방 침대 옆에 가짜 금발 여인이 누워 있었다. 양복에 밴 그 여자의 향수 냄새는 속성 세탁소에 맡겨서 겨우 뺄 수 있었다.

이 사건 역시 아무런 후폭풍 없이 지나갔다. 베아트리체는 끝내 아무것도 몰랐다.

이번 일도 그렇게 넘어가도록 신경을 써야 할 판이었다.

달만은 후빌러에서 두 번째 대면이 있은 직후에 연락을 해왔다. 자신의 친구 반 겐더렌이 지금 우연히 스위스에 와 있는데, 슈타펠을 사적으로 친밀하게 알고 싶어한다는 내용이었다.

슈타펠은 물론, 반 겐더렌이 누구인지 알고 있었다. 재생 에너지 분야의 대형 하청업체 훅테코의 2인자였다. 네덜란드의 막강한 이 경쟁자와 한번쯤 비공식적인 회동을 한다고 한들 크게 해로울 것은 없을 것이었다.

그리하여 그들은 호수가 내다보이는 달만의 아름다운 집에서 한잔하기 위해서 만나 의기투합했고, 다음날 저녁 둘이서만 만찬을 하기로 약속하게 되었다.

그들은 호화판 일본 음식을 즐겼고, 사업 이야기는 입도 뻥끗하지 않은 채 마냥 웃으며 담소를 나누었다. 반 겐더렌은 무한한 재담의 레퍼토리를 가지고 있었다. 신병훈련소 시절 입대 동기였던 호퍼 이후로는 그 누구에게도 들어본 적이 없는 우스

갯소리들이었다.

시간이 지날수록 점점 외설스러워져간 객담들은 노골적인 음담패설로 넘어갔다. 그리고 결국 반 젠더렌의 표현처럼 "모든 면에서 자극을 주는 식사"로의 초대인 지금의 회동에 이른 것이다.

호화로운 고택에서 스위스 독일어를 구사하는 예쁘장한 인도 여인—아닌가?—에게 샴페인을 서빙 받고 있는 지금, 슈타펠은 벌써 심상치 않은 분위기를 느꼈다. 뭔가 스멀스멀한 기운도 느껴졌다.

그는 하는 데까지 함께한 다음에 이 자리를 뜰 생각이었다. 그럼 별 일 없겠지.

마케다가 이 파티에 동석하는 것에 이번에는 안드레아도 새삼 놀라지 않았다. 이미 마케다한테 들었던 것이다.

신년 직후, 그들은 처음으로 심각하게 다투었다. 안드레아가 마케다에게 말했다. "제발 그짓은 집어치워. 내가 우리 둘이 살 수 있는 몫은 충분히 벌잖아."

마케다가 웃음을 터뜨렸다. "내가 잘못 들은 건가?" 웃음을 그치고 한숨을 지으며 그녀가 한 말이었다.

"어째서?" 안드레아는 기분이 상했다.

"너한테 그 소릴 듣다니. 그건 으레 남자들이 하는 말이야. 자, 이런 인생살이에서 널 구해주겠어. 나한테 와서 밥 짓고 빨래하지 않으런? 너 제정신이 아니구나."

"진심으로 하는 말이야."

"네가 우리 두 사람 몫을 충분히 번다고? 그럼 다른 열네 명은 어쩌고? 아디스 아베바에 있는 내 가족들 말이야."

이 주제를 그렇게 덮어놓기는 했지만, 안드레아는 마케다에게 매일처럼 오늘 할 일은 무엇이냐고 캐물었다. 그녀의 일과를 알고 나면 그것이 대수로운 일이 아니라는 것을 터득하게 된 것이다. 그렇게 그녀는 이 주제를 다른 차원, 곧 직업적인 차원으로 옮겨놓았다.

그러나 물론 "러브 디너"의 경우에는 문제가 그리 간단하지 않았다. 안드레아는 그 음식이 사람의 감각을 얼마나 자극하는지 몸소 겪어서 알고 있었다. 그 경우에도 마케다가 직업적인 거리감을 유지할 수 있을지 상상이 가지 않았다. 그렇다고 그 점을 마케다에게 터놓고 말할 수도 없는 노릇이었다. 서로에게 그토록 많은 비밀을 털어놓는 사이면서도, 안드레아는 그 에피소드만은 마케다에게 함구하고 있었다.

슈타펠과 반 겐더렌을 위한 식사를 준비해주고 나서 불과 며칠 후에 테바람과 라티남에게 연락이 왔다. 새로운 소식이 있어서 알려주려고 하는데 들러도 되겠냐는 것이었다.

지금껏 그 두 사람과 만날 때마다 돈이 나갔다. 그래서 락슈미 여신의 제단 뒤에 챙겨두었던 1,000프랑을 꺼내놓고 초인종이 울리기를 기다렸다.

새로운 소식이란 일거리 위탁이었다. 타밀 문화협회가 주관하는 퐁갈 축제음식을 만들어달라는 주문이었다.

퐁갈은 타밀족의 추수감사 축제로, 중요한 행사이니만큼 반가운 제안이었다.

테바람은 사례금으로 1,000프랑을 지급하겠다고 하면서, 물론 마라반이 그 사례금을 이 훌륭한 행사에 기부할 것을 기대한다고 말했다. 그리고 당연히 이를 계기로 속속 주문이 들어와서 수입도 늘어날 것이라고 덧붙였다.

그가 맡은 추잡한 작업에 넌더리가 나 있던 차—얼마 전 한 고객은 대놓고 그를 섹스 요리사라고 불렀다—에 보통 타밀 동포들을 위해서 보통 타밀 요리를 만든다는 것은 대단한 유혹으로 다가왔고, 마라반은 그의 제안을 선뜻 받아들였다.

"저, 울라구는 어떻게 되었나요? 뭔가 좀 알아내셨습니까?"

테바람과 라티남이 시선을 교환했다. "아, 그거요." 라티남이 입을 뗐다. "탈락되었습니다."

"소년군에서 말인가요?" 마라반은 피가 머리로 솟구쳤다.

"아니요. 하지만 자살 공격단에서는 실격되었어요."

두 사람이 떠나자, 마라반은 1,000프랑을 다시 제단 뒤에 찔러넣었다.

가스 불판 위에 올려진 새 질그릇 냄비에서 쌀, 렌즈콩, 종려당, 우유가 끓고 있고, 신선한 울금과 생강을 묶은 끈이 냄비 주변에 매달려 있었다. 타밀인 가족들이 반원형으로 불판 앞에 모여 앉았다. 모두들 나들이옷 차림으로, 꽃을 장식한 부인네들과 소녀들은 화려한 사리나 펀자비를 입고 있었다.

갑자기 요리가 끓어오르더니 부글부글 거품을 내며 냄비 가장자리로 넘쳐흘러서, 파란 가스불이 노란색으로 확 타올랐다.

"퐁갈로, 퐁갈!" 파티객들이 외쳤다.

밀크라이스를 준비한 마라반은 음식이 끓어넘치는 장면을 즐기는 이 요리의식에 참여할 수 없었다. 어제부터 그는 교구 센터의 주방에 박혀서 정신없이 일만 했다.

타밀 문화협회는 교구 회당을 빌려서 실내를 축제 분위기로 장식했다. 그리고 협회지도부에서 부인네 몇 명을 뽑아서 마라반의 도우미로 붙여주었다. 자원봉사자들인데도 그 부인네들은 두 팔 걷어붙이고 도와줄 줄을 몰랐다. 몰려드는 손님들을 아무래도 감당할 수가 없게 되자, 마라반은 그가 사는 집 위층 지붕 밑 방의 거주자이자 주방보조로 일하는 동포 그나남을 동원했다. 요리경험자가 필요했으므로 자신의 주머니에서 돈이 나갈 것을 감수하기로 했다.

주방은 환기시설도 제대로 작동하지 않는, 창문 하나 없는 공간이었다. 렌즈콩, 쌀, 기이, 고추, 카르다몸, 계피 냄새가 났다. 그리고 무엇보다도 대부분의 퐁갈 축제음식에 필수적인 재료이면서 프라이팬에 들어가야만 역한 냄새가 사라지는 요상한 풀, 그래서 악마의 똥이라고 불리는 아위 냄새가 진동했다.

마라반은 전통적인 채식 퐁갈 요리 네 가지를 준비했다.

우선 "아비알", 이것은 아위 및 각종 야채와 함께 두 종류의 렌즈콩과 야자열매를 혼합하여 만든 국수요리였다. 다음에는 렌즈콩과 겨자씨, 울금, 아위를 넣은 "레몬 밥". 세 번째로는 "파란기카이 풀리쿨람부"로 양파와 토마토, 타마린드콩을 넣은 매콤달콤새콤한 호박요리였다. 그리고 마지막으로는 아몬드, 캐슈열매, 렌즈콩, 사프란, 카르다몸을 넣은 밀크라이스인 "사카라이 퐁갈"이었다.

묵직한 무쇠 프라이팬에 아몬드와 캐슈열매를 볶고 있는데, 누군가가 그의 어깨를 건드렸다. 마라반은 지금 자기가 얼마나 바쁜지, 방해하는 것이 얼마나 못마땅한지를 드러내려고 짐짓 과장스럽게 얼굴을 획 돌렸다.

옆에는 산다나가 서 있었다. "도와드릴까요?"

그는 잠시 생각을 하고 나서 들고 있던 주걱을 내밀었다. "계속 저어요. 절대로 까맣게 타면 안 돼요. 전부 노란 황금색을 띠면 이 사발에 옮겨 담고…… 크흠…… 그 다음에는 날 불러요."

그는 옆 냄비에서 그를 도와주는 부인에게 얼른 다가가서 제대로 요리가 되어가는지 살펴본 다음 몇 가지 지시를 하고, 다시 그 옆의 부인한테로 옮겨 갔다.

어릴 적에 그는 한 서커스에서 탄력 있는 여러 개 막대기 끝에 접시들을 올려놓고 빙글빙글 돌리던 중국 여자 곡예사를 본 적이 있었다. 처음에는 1개, 그 다음에는 2개, 그리고는 점점 더 불어나 20개인지 30개인지, 셈을 잘 못하던 당시의 그로서는 알 수 없는 개수의 접시를 돌렸다. 그녀는 접시를 떨어뜨리지 않고 돌리려고 두 손을 쉴 틈 없이 놀렸고, 춤추는 단원들 사이로 재빠르게 돌아다니면서 비틀거리며 떨어지는 접시들을 마지막 순간에 번번이 잡아내곤 했었다.

마라반은 지금 자신이 언제라도 내용물이 망가질 수 있는 한 다스의 프라이팬 사이에서 서커스를 하는 외로운 요리사처럼 여겨졌다.

그래도 물론, 산다나 곁에는 갈 때마다 좀더 오래 머물렀다.

33

풍갈은 즐거운 축제이다. 이때가 되면 사람들은 새로운 시작을 고대하고 지난날을 뒤로 한다. 그러나 춥고 바람이 몰아치는 2009년 1월 14일, 실용본위의 이곳 교구 센터 건물 안에는 평소 이 축제를 지배하던 홀가분함이나 앞날에 대한 기대감은 별로 느껴지지 않았다.

축제에 참여한 모든 사람들에게는 걱정해야 할 가족이나 친구가 있었다. 스리랑카 정부군은 LTTE가 사수하고 있는 물라이티부의 코앞까지 진군했고, 민간인들은 피난을 가려고 해도 빠져나갈 길이 없었다.

많은 축제 참여자들이 가족과 연락이 두절된 지 벌써 한참이 되었다. 교구 회당은 예년에 비해서 조용했다. 사람들의 표정은 한결 심각했고, 기도는 훨씬 간절했다.

마라반 역시 가족들의 소식을 듣지 못했다. 바티칼로아 바자와 접선을 유지하면서 송금노선 역할을 했던 자프나의 상점이 습격을 당한 후 문을 닫았다는 소문이었다. 그런 일이 처음은 아니었다. 지금껏 그 상점은 번번이 뇌물을 찔러줘가며 영업을 재개하곤 했다. 하지만 그때마다 사나흘의 시간이 걸렸다.

마라반은 새하얀 종이 식탁보를 깔아놓은 긴 테이블에 앉아 있었다. 좌석은 채 절반도 차지 않았었는데, 군데군데 테이블 장식이 엉클어지고 빈틈이 보였다. 이미 떠난 몇몇 손님들이 테이블에 장식된 꽃을 들고 간 것이다.

마라반을 아직까지 이곳에 남아 있게 한 장본인은 두 테이블 건너편에서 부모와 아줌마, 아저씨, 형제자매와 친구들에게 에워싸여 앉아 있었다. 산다나는 그가 있는 쪽으로 연신 눈길을 보내면서도 함께 어울리자는 신호는 보내지 않았다.

그냥 그 테이블로 건너가 맛있게 드셨느냐고 물어보고 싶은 충동이 여러 번 일었다. 그는 어디까지나 요리사이고, 요리사들은 그럴 수 있으니까.

그 다음에는? '맛있네요. 신경 써주셔서 고맙습니다'라는 답변만 달랑 하고 자리를 권하지 않으면? 그렇게 테이블 옆에 꾸어다놓은 보릿자루처럼 서 있다가 그래도 어떻게든 체면은 구기지 않고 물러날 방도를 찾느라고 애쓸 자신의 모습을 상상하니, 사람들이 점점 빠져나가는 테이블에 주저앉아 있을 수밖에 없었다.

마라반은 산다나의 테이블에서 언쟁이 벌어져 그녀와 어머니 사이에 격한 말들이 오가는 것을 눈치챘다. 산다나의 한 일자에 가까운 양 눈썹이 미간에 찍힌 점에 모아져 곧장 일직선을 이루었다.

그녀는 자리에서 발딱 일어나 부모님이 소리쳐 부르는데도 아랑곳하지 않고 그가 있는 테이블로 다가왔다.

"건너다보지 말아요." 그녀는 그렇게 말하고 마라반의 곁에 앉았다.

그녀의 이마에 찍힌 점 포뚜는 화가 나서 잡힌 주름으로 인해, 여전히 위로 치켜세워진 채였다.

"무슨 다툴 일이 있어요?" 마라반이 물었다.

"문화 차이에서 오는 싸움이죠, 뭐." 그녀는 억지로 웃음을 지으려고 했다.

"알 만해요."

"아무 얘기나 해요. 우리 사이에 무슨 할 얘기가 있겠냐는 말은 빼고요."

"무슨 말을 하죠?" 마라반은 한심한 질문이었음을 깨닫고 이렇게 덧붙였다. "나는 얘기를 잘 못하거든요."

"잘하는 게 뭔데요?"

"요리요."

"그럼 요리에 관해서 얘기해요."

"이모할머니가 '알랑가이 푸뚜'를 만드는 걸 처음으로 본 게 아마 내가 다섯 살 때였을 거예요. 할머니는 쌀과 렌즈콩을 가루로 변화시키고, 야자열매 간 것을 우유로, 다음엔 그 모든 것을 섞어서 반죽으로, 다음엔 그 반죽을 여러 개 작은 새알심으로 변화시켰어요. 그러고 나서 그 새알심들은 증기를 쏘이고 야자우유, 종려당과 어우러져서 달콤한 벵골 보리수열매처럼 변했구요. 그때 나는 요리란 다름 아닌 변화시키는 기술이라는 것을 배웠어요. 차가운 것을 따뜻하게, 딱딱한 것을 부드럽게, 신맛을 단맛으로. 그래서 난 요리사가 되었어요. 변화에 홀딱 반해서요."

"당신은 놀라운 요리사예요."

"오늘의 요리는 아무것도 아니었어요. 더 발전시키고 싶어요. 변화된 것을 계속 변화시키는 거예요. 딱딱한 것에서 부드럽게 변화된 것을 다시 바삭바삭하게. 아니면 거품이 이는 것이나 사르르 녹는 것으로. 이해하겠어요? 난," —그는 적절한 표현을 찾느라고 말을 멈추었다— "익숙한 것에서 뭔가 새로운 것을 만들어내고 싶어요. 기대치를 능가하는 서프라이즈를." 마라반은 줄줄 쏟아져나오는 자신의 말솜씨에 놀랐다. 무엇보다 그 내용에. 지금껏 그는 그런 표현을 해본 적이 없었다.

"이제 가자." 그들 뒤에서 누군가의 목소리가 들렸다. 산다나의 아버지가 기척도 없이 그들의 테이블로 다가와 있었다.

"아버지, 마라반 씨예요. 오늘 우리 모두를 위해서 요리를 해주셨어요. 마라반 씨, 여긴 우리 아버지 마히트 씨예요."

마라반은 일어서서 손을 내밀려고 했으나, 그는 마라반은 거들떠보지도 않고 다시 말했다. "이제 그단 가자."

"알았어요. 전 나중에 갈게요."

"아니, 지금 같이 가자."

"저 스물두 살이에요."

"같이 가자니까."

마라반은 산다나가 결정을 내리지 못한 채 마음속으로 싸우고 있다는 것을 알아챘다. 결국 그녀는 어깨를 추켜올렸다가 내리더니, "그럼 다음에 봐요" 하고는 아버지를 따라나섰다.

마라반은 칵테일 만드는 연습을 하고 있었다. "러브 메뉴"를 찾는 고객들이 늘 샴페인과 포도주만으로 만족하지는 않았다. 칵테일이나 아페리티프를 찾는 이들도 있었다. 손쉽게 캄파리나 블러디 메리를 내놓고 말기에는 마라반의 야심이 한층 컸다.

그는 지금 진한 야자우유에 으깬 얼음조각과 아라크주, 진저에일, 백차, 크산텐, 구아 검을 넣고 섞는 중이었다. 파스텔톤의 이 노란색 칵테일을 영하 20도에서 12시간 얼린 다음, 약간의 팝캔디를 넣어 짜릿한 맛의 아라크-사탕 형태로 만들어 도자기 스푼에 얹어 서빙할 생각이었다. 모든 술종류에 대해서 그렇듯이 실험대상은 역시 안드레아가 될 것이었다.

초인종이 울렸다. 마라반은 시계를 보았다. 밤 10시 30분이 되어가고 있었다. 현관의 렌즈 구멍으로 밖을 내다보았지만, 아무도 보이지 않았다. 그래서 낡은 응답기의 수화기를 들고 소리쳤다. "누구세요?"

윙윙 딸깍대는 기계의 잡음 사이로 여자 목소리가 들렸지만 말소리를 알아들을 수는 없었다.

"좀 크게 말씀하세요!" 그가 소리쳤다. 이번에는 얼핏 "안드레아"라는 말이 들리는 듯싶었다. 안드레아가? 이 시간에? 예고도 없이 불쑥?

그는 현관의 잠금장치를 풀고 문턱에 서서 기다렸다. 계단을 올라오는 가볍고 빠른 발걸음 소리가 들렸다. 그리고 곧 야밤에 그를 찾아온 손님이 나타났다. 산다나였다.

그녀는 그들이 처음 만났을 때처럼 청바지와 스웨터 그리고 패딩점퍼를 입은 서구식 옷차림이었다. 마라반은 전통의상이 그녀에게 더 잘 어울리는데, 라고 생각했다.

그는 그녀를 안으로 들어오라고 했다. 그제야 그녀가 여행가

방을 들고 있는 것을 알아보았다. 그녀는 가방을 내려놓고 그
에게 스위스식 인사로 세 차례 키스를 했다. 아주 의례적인 인사
인데도 그녀는 왠지 조금 어색해했다.

"여기서 재워줄 수 있어요?" 그녀의 첫 질문이었다.

그가 깜짝 놀라는 표정이었는지, 그녀가 덧붙였다. "소파나
방바닥, 아무데나 상관없어요."

타밀계 힌두가정에 대해서 너무나 잘 알고 있는 마라반으로
서는 이 일이 자신에게 어떤 사태를 몰고 올지 불 보듯 뻔했다.
"왜 집에서 자지 않구요?"

"집을 나왔어요."

"호텔비를 드릴게요."

"돈은 저도 있어요."

마라반은 그녀가 스위스 철도청 여행 센터에서 일한다고 했
던 말을 떠올렸다.

산다나는 애원하는 눈빛으로 그를 바라보았다. "저랑 같이
잘 필요는 없구요."

그가 싱긋이 웃음을 지었다. "다행이네요!"

산다나는 여전히 진지했다. "하지만 원하면 말해야 해요."

그는 그녀가 점퍼 벗는 것을 도와주고 주방으로 안내했다.
"하던 일을 마저 끝낼게요. 그 다음에 자초지종을 말해줘요."
그는 다시 믹서기를 켜고 잠깐 더 돌린 다음, 여러 형태의 모양
을 만들 수 있는 모형 틀에 내용물을 부었다.

"변화시키는 중이에요?"

"네. 코코넛 주를 칵테일 코코넛으로."

그녀는 처음으로 살짝 미소를 지었다.

마라반은 칵테일을 담은 틀을 냉동고에 넣고 나서, 산다나를 거실로 데리고 갔다. 거실문을 열자 맞바람결에 디팜의 불꽃이 파닥거렸다. 마라반은 창문을 닫았다.

"앉아요. 차 마실래요? 한잔 끓이려던 참이었는데."

"그럼, 한잔 주세요." 그녀는 얼굴 앞으로 두 손을 모으고 락슈미 여신에게 짧게 절을 한 다음 방석에 앉았다.

마라반이 주방에서 차를 가지고 돌아왔을 때도 산다나는 아까와 똑같은 모습으로 앉아 있었다. 그는 자리에 앉아서 그녀의 이야기에 귀를 기울였다. 듣지 않아도 알 만한 사연이었다.

산다나의 부모님은 얼마 전에 파드마카라고 하는 청년의 부모님—그들도 산다나의 집안처럼 바이샤였다—과 두 청춘남녀를 결혼시키자는 데에 합의했다. 신분도, 전생도, 별자리도 천생연분이었으나 산다나가 원하지 않았다. 결혼이 임박해오자, 산다나와 부모 사이에는 점점 다툼이 심해졌다. 풍갈 축제에서 마라반이 멀리서 보았던 언쟁의 주제도 이 결혼문제였다. 그리고 오늘 밤, 이 드라마는 절정에 이른 것이다. 그녀는 몇 가지 소지품을 챙겨서 집을 나왔다. 어머니는 눈물을 흘렸고, 아버지는 "지금 나가면, 다신 돌아올 생각하지 마라!"라는 엄포를 되풀이했다.

"그럼 이젠 어떻게 하려구요?" 그녀의 이야기가 끝나자 마라반이 물었다. 그러자 그녀는 울기 시작했다. 그는 그런 그녀를 잠시 바라보고 있다가 곁으로 다가가 어깨를 감싸주었다.

그녀에게 키스하고 싶은 마음은 간절했지만, 방금 들은 이야기로 미루어 그로 인해 더욱 심각한 문제를 불러올지 모른다는 생각이 들었다. 그녀는 바이샤, 그는 수드라. 게임 끝이었다.

그녀는 울음을 그치고 눈물을 닦으며 불만조로 말했다. "거기다가 난 생전 스리랑카에는 가본 적도 없다구요."

"행운인 줄 알아요."

그녀는 어리둥절해서 그를 쳐다보았다.

"향수병에 걸릴 일은 없잖아요."

"고향이 그리워요?"

"항상. 때로는 심하고 때로는 견딜 만하지만, 고향이 그립지 않은 적은 없어요."

"그렇게 아름다운 곳이에요?"

"좁다란 도로를 따라 내륙으로 여행을 하면, 마치 단 하나의 커다란 마을을 통과하는 느낌이 들어요. 도로 양쪽으로 가로수가 늘어서 있고, 그 그늘 아래로 비밀을 품고 있는 듯하면서 아주 평화로워 보이는 집들이 나타나요. 그러다 가끔 논이 보이지만 곧 다시 나무와 집들이 나오구요. 때로는 하얀 교복을 입은 학생들의 무리가 보이는가 하면, 또다시 나타나는 집들. 어떤 곳에서는 빽빽이 모여 있고, 또다시 듬성듬성해지긴 해도, 결코 마을이 끊어지는 법은 없어요. 끝났구나 싶으면, 어느새 다시 다음 집이 나타나거든요. 사람이 사는, 유일하게 비옥한 열대성 공원이랄까."

"그만하세요, 나까지 향수병에 걸리겠어요."

산다나는 마라반의 침대에서 잠이 들었고, 마라반의 카레 묘목들이 그녀를 지켜주는 보초였다. 마라반 자신은 앉은뱅이 식탁용 방석들로 잠자리를 만들었다. 두 사람은 사이좋은 친구처럼 굿나잇키스를 하고 서로 떨어짐을 아쉬워하며 오랫동안 뜬눈으로 누워 있었다.

다음날 아침, 마라반은 잠깐 눈을 붙인 사이에 깊은 잠에 빠졌다가 소스라치게 놀라 깨어났다. 침실문은 열려 있고 이부자리도 정돈되어 있었다. 이불 위에는 쪽지 한 장이 놓여 있었다. "여러 가지로 고마워요—S." 그리고 휴대전화 번호.

여행가방은 그냥 그 자리에 있었다.

마라반은 컴퓨터를 켜고 인터넷에 접속했다. 요즘은 LTTE와 스리랑카 정부의 홈페이지를 들여다보는 것이 일과가 되었다. 그 어느 쪽도 신뢰가 가지는 않았지만 서구의 미디어들과 국제기구들의 보도를 합치면 대충 돌아가는 상황도를 그려볼 수 있었다.

스리랑카 전투부대가 물라이티부를 함락하고 계속 북진하는 중이었다. 타밀 호랑이는 곧 포위될 것이며, 구호기구들의 추산에 따르면 이들과 함께 민간인 약 25만 명도 억류될 것이라고 했다. 양측은 민간인을 방패막이로 오용하고 있다면서 그 책임을 서로 상대편에게 전가했다. 이곳의 언론들은 닥쳐오는 이 인도주의의 종말에 대한 기사를 거의 다루지 않거나 아예 무시했다.

이런 혼란상황에도 바티칼로아 바자의 연락소는 다시 중개 역할을 수행하기 시작했다. 아직 모니터 앞에 있는데, 바자에서 전화가 걸려왔다. 그의 누나가 통화를 원한다며, 내일 11시경에 평소에 하던 번호로 전화를 달라고 했다.

마라반은 흉보를 들을 마음의 준비를 했다.

마라반은 아침식사를 마친 후, 산다나의 번호를 눌렀다. 한참 벨이 울린 끝에 그녀가 전화를 받았다.

"지금은 통화를 할 수가 없네요. 손님이 계시거든요." 그녀가 말했다. "쉬는 시간에 전화할게요."

"쉬는 시간이 언젠데요?" 그가 물었다. 그러나 전화는 이미 끊긴 후였다.

그는 기다렸다. 기다리면서 바닥의 매트리스 옆에 이제부터는 거기가 제자리라는 듯 놓여 있는 그녀의 여행가방을 떠올렸다.

산다나는 대체 무슨 마음을 먹고 있는 것일까? 스캔들을 각오하면서 그의 집에서 살겠다는 것일까? 또 마라반 자신은 그것을 원하는 것일까? 그는 이런 사례들을 알고 있었다. 이곳에서 태어나고 자란 이민 2세 타밀 처녀들이 이미 그녀들에게는 소원해진 고국의 문화적 전통이나 관습에 적응하지 못하는 경우를. 그녀들은 가족과의 단절을 감수하고라도 사랑하는 남자와 함께 사는 길을 택한다.

이런 경우에 상대 남자는 대부분 이곳 출신이었다. 그러나 타밀 처녀가 부모의 축복을 받지 못한 채 타밀 남자와 동거하는 경우, 그것도 신분이 맞지 않는 상대라면, 그들 남녀는 가족과 공동체로부터 배척당하기 마련이었다.

마라반은 생각했다. 나는 과연 그럴 용의가 있을까? 공동체에서 추방당한 여인과 살고 싶은 것일까? 각종 종교적, 사회적 행사를 멀리하거나, 그런 것에서 단절당하는 수모를 감수해야 할 텐데, 과연 그럴 수 있을까?

여자를 사랑한다면 감수할 수 있을 것 같았다.

그는 산다나를 눈앞에 그려보았다. 퐁갈 축제에서 보았던 반항적이면서도 체념적인 모습, 어제처럼 단호하면서도 불안한 모습. 타밀어를 말할 때 살짝 섞인 스위스 억양. 그녀에게는 영어울리지 않는 청바지와 스웨터 차림.

그는 그 모든 수모를 감수할 수 있을 것 같았다.

마침내 전화가 왔다.

"날 깨우지 그랬어요. 달걀 호퍼라도 만들어줬을 텐데."

"들여다봤더니 깊이 주무시던데요."

그들은 마치 첫날밤을 보낸 연인들처럼 한참 수다를 떨었다.

갑자기 그녀가 말했다. "끊어야겠어요. 쉬는 시간이 끝나서요. 낮에 집에 있을 거예요? 가방 가지러 가려구요. 한 직장친구 집에서 지낼 수 있게 되었거든요."

34

바티칼로아 바자의 주인이 마라반에게 전화하라고 지정해준 오전 11시는 "러브 푸드"의 일정표상 곤란한 시간이었다.

팔켄 가에서 받은 주문이 있어, 마라반은 그 시간에는 주방에서 한창 준비를 해야 했다. 그래도 몇 가지 일은 미리 처리해놓고, 몇 가지는 안드레아의 융통성을 빌린 결과, 정시에 헤드폰을 쓰고 메모지를 갖추어 그의 컴퓨터 앞에 앉을 수 있었다. 가슴이 두근거리고 두 손은 어찌할 바를 몰랐다.

전화번호를 누르자 단번에 연결되었다. 가게주인의 음성이 들리자 마라반은 자신의 이름을 댔다. 그리고 몇 초 후, 누나가 울먹이는 목소리로 말했다. "마라반?"

"울라구한테 무슨 일 있는 거야?" 그가 물었다.

그리고 흐느낌 소리를 들으며 기다렸다.

"낭가이 이모할머니가." 누나가 입을 열었다.

아니. 그럴 리 없어. 낭가이 할머니 일일 것이라고는 생각지도 않았다. "이모할머니한테 무슨 일이 있어?"

"돌아가셨어." 누나의 더듬거리는 말에 이어, 다시 흐느낌 소리만 들려왔다.

마라반은 두 손으로 얼굴을 감싸고 할 말을 잃었다. 누나의 목소리가 다시 들릴 때까지 영 입이 떨어지지 않았다. 이제 누나의 목소리가 좀더 분명해지고 진정되었다. "마라반, 듣고 있는 거야?"

"어쩌다?" 그가 입을 뗐다.

"심장 때문에. 멀쩡하셨는데, 갑자기 가셨어."

"하지만 심장은 튼튼하셨잖아?"

누나는 잠시 말이 없다가 사실을 털어놓았다. "심장 약하셨어. 2년 전에 심장마비가 왔었거든."

"왜 나한테 말해주지 않은 거야?"

"이모할머니가 너한테 알리지 말라고 하셨어."

"어째서?"

"네가 돌아올까봐."

통화가 끝나고 나자, 마라반은 침실로 가서 벽에 걸린 낭가이 이모할머니의 사진을 내려 제단 앞에 세웠다. 그리고 무릎을 꿇고 이모할머니를 위해서 기도를 올렸다. 과연 이모할머니의 염려가 맞았을까? 그는 자문해보았다. 이모할머니의 심장마비 소식을 들었다면, 당장 고향으로 돌아갔을까?

아마 아니었을 것이다.

이날 저녁, 마라반은 "러브 메뉴"의 조리법을 바꿨다. 모든 코스를 지난날 낭가이 이모할머니가 전수해준 그대로 요리했다.

설탕 친 우유에 담가두었다가 갈아서 만든 검정녹두 퓌레는 이른바 "남과 여"로 준비하지 않고, 1인분 크기로 나누어 오븐에 넣고 바싹 구웠다.

사프란, 우유, 아몬드 믹스는 그냥 따끈한 음료로 냈고, 사프란과 기이로 만든 젤리는 국수로 썰어 뜨거운 우유와 함께 들게 했다.

회전 증류기를 쓰지도 않았고, 젤리화시키지도 않았고, 음식의 식감이나 향기를 별나게 변화시키지도 않았다.

오늘 밤 요리는 그가 모든 것에 은덕을 입은 여인에게 바치는 일종의 경배였다. 적어도 오늘만큼은 그녀라면 결코 용납하지 않았을 짓을 위해서 그녀가 전수해준 예술을 오용하고 싶지 않았다.

그 사이 내내 카레잎과 계피가 뜨거운 야자유 속에서 끓으면서 온 집 안을 그의 유년 시절의 향으로 가득 채웠다. 낭가이 이모할머니를 추모하는 예식이었다.

안드레아는 뭔가 이상한 낌새를 즉각 알아차렸다. 마라반은 요리준비로 한창 바쁠 시간에 외출을 했다가 한참 만에 돌아오더니, 얼마 지나지 않아서 평소에는 강박적으로 통풍을 시키던 그의 부엌에서보다 더 진하게, 온 집 안에 카레 냄새를 진동시켰다. 또한 서빙하는 음식도 그녀가 알고 있는 "러브 메뉴"와는 완전히 판판이었다.

안드레아는 일을 시작하자마자 그런 변화를 언급했다가 그의 따가운 눈총을 받았다. "이렇게 하든가 아님 말든가." 그는 이 한마디만 내뱉고는 오후 내내, 밤까지도, 서빙 과정에 꼭 필요한 말이 아니고서는 입을 열지 않았다.

고객—단골이었다—은 그녀가 '주방으로부터의 인사'인 칵테일을 내갔을 때부터 눈에 띄게 실망하는 기색이었다. 그저 작은 잔에 담긴 따뜻한 우유와 검은 파스타 한 스푼으로 보이는 그 코스를, 그녀는 "따끈한 우유와 함께 드시는 검정녹두 파스타입니다"라고 소개할 수밖에 없었다. 그러나 새로 데리고 온 상대 여인이 너무나 반색하는 바람에, 고객은 아무 내색도 하지 못한 채 넘어갔다.

팔켄 가의 집을 나서기 직전—마라반은 간다는 말도 하는 둥 마는 둥하고 가버린 지 오래였다—에 그 고객은 타월을 두른 채로 방에서 나와, 그녀에게 200프랑짜리 지폐 석 장을 찔러주고는 씽긋 웃었다. "처음에는 무슨 대체 메뉴인가 생각했는데, 더 끝내줍디다. 셰프한테 내 찬사를 전해주쇼."

35

마라반은 또다시 2시간이 넘도록 케르너 박사의 대기실에서 순번을 기다렸다. 여기저기 놓인 읽다가 버려둔 신문들의 타이틀은 한결같았다. 미국의 첫 흑인 대통령 버락 후세인 오바마의 승리가 임박했다는 것이었다.

대기 중인 환자들의 주된 화제도 이 사건이었다. 타밀 망명자들은 오바마가 스리랑카 정부에 화친정책을 펴지 않기를, 이라크인들은 고국에서 미군이 조속히 철수하기를 바랐다. 또한 아프리카인들은 짐바브웨와 다푸르에 더욱 적극적으로 관여하기를 기대했다.

마라반은 대화에 끼어들지 않았다. 그를 조여오는 다른 근심이 컸다.

마침내 진료실에 들어섰을 때, 케르너 박사는 마라반의 환자 차트를 들여다보며 물었다. "이모할머님은 좀 어떠세요?"

"돌아가셨습니다."

"안됐군요. 마라반 씨로서는 할 일을 다한 겁니다. 그런데 여기 오신 연유는?"

"이모할머니 때문에요. 지난번에 왔을 때 선생님께서 이모할머니의 심장이 괜찮은지 물으셨잖습니까. 왜 물으셨던 거죠?"

"혈액순환에 문제가 있을 때는 항이뇨제 미니린을 복용하면 안 됩니다. 이 약은 혈액 응고제예요. 혈액의 용해작용을 막아서 뇌졸중이나 심장마비를 일으킬 수 있지요. 그분은 어떻게 돌아가셨는데요?"

"심장마비로요."

"그러니까 그 약이 그분의 사망의 원인이었나 해서 마음을 쓰고 있는 거군요. 그렇지는 않을 겁니다. 그러려면 혈액순환 장애가 있었다는 병력이 전제되어야 하거든요."

"심장마비가 있었답니다. 2년 전에요."

그제야 케르너 박사는 놀랍다는 표정으로 그를 바라보았다.

"그 이야기를 해주셨어야죠."

"몰랐습니다. 제게는 말씀을 안 하셨거든요."

36

1월 말경, 경제계에서 나온 작은 보도 하나가 업계를 놀라움으로 몰아넣었다. 일반 일간지들도 그 소식에 지면을 할애할 정도로 파장이 컸다.

재생 에너지 분야의 제품으로 경제위기를 이겨낸 회사 쿠각이 네덜란드의 기업 훅테코와 합작투자를 하게 되었다고 공표한 것이다.

훅테코는 유럽에서 가장 중요한 태양열 에너지와 풍력 에너지의 공급업체인 동시에 쿠각의 가장 큰 경쟁사이기도 했다.

이 분야가 얼마나 신속하게 개발되고 있으며, 이 부문의 기술적 지식이 얼마나 민감한 것인지를 알고 있는 사람들—몇몇 전문가들은 알고 있었다—은 이 같은 행보에 놀라지 않을 수 없었다. 그것은 노하우의 교환이 전제되지 않고는 생각할 수 없는 사안이었기 때문이다.

전문가들은, 규모는 작아도 훨씬 더 역동적인 쿠각 사가 협업을 택한 요인이 무엇인가라는 의문을 공공연하게 제기했다. 쿠각의 연구부서가 세계적으로도 선도적인 생산시설을 얼마 전에는 미래지향적으로 확장했으며, 주문은 초과 상태이고, 파이프라인 상에 기업의 성공을 보장하는 몇 가지 생산적 혁신내용을 가지고 있다는 사실을 그 분야의 전문가들은 알고 있었다.

쿠각은 이미지 면에서도 아무런 문제가 없었다. CEO는 얼마전 "신기술" 분야에서 올해의 경영인으로 선정된 인물이었다.

이 거래에서 이득을 보는 측은 오직 훅테코뿐이었다.

평소에는 커뮤니케이션에 능한 인물인 쿠각의 CEO 한스 슈타펠이 이번 경우에는 정보를 흘리는 정책에 어눌하게 대처한 점도 눈에 띄었다. 이 보도로 매스컴의 주목을 받게 된 측도 역시 훅테코였다. 쿠각은 처음에는 '노코멘트'로 일관하다가, 곧 아직 결정된 단계가 아니라고 하더니, 뒤늦게야 어물쩍 네덜란드 측의 보도를 전적으로 인정하는 공식성명을 내놓았다.

월요일에 쿠각의 주가는 몰매를 맞았다. 반대로 훅테코는 신바람나게 한 주를 시작했다.

쿠각의 여성 대변인—이 기업은 필시 커뮤니케이션 전문가의 조언에 따라 한 여성 대변인을 고용했다—은 주가하락을 대수롭지 않은 것으로 폄하하면서, 그 거래는 기업가가 취할 수 있는 한정된 범위의 지극히 통상적이며 강자의 입장에서 추진된 조치라고 발표했다.

한 전문해설자는 강자의 입장이라는 말에 의구심을 표명하면서, 미국 서브프라임 시장에의 상장이 초래할 수 있는 빼도 박도 못할 경제적 난국에 대해서 이런저런 추측을 내놓았다.

또다른 전문해설자는 어째서 이 회사의 자문위원회가 이런 행보를 막지 못했는지에 의문을 제기했다. 거기에 덧붙여 슈타펠이 자신의 역량을 넘어선 월권을 행사했는지도 모른다는 추측도 내놓았다.

그러나 평소에는 매스컴의 각광을 꺼리지 않던 쿠각의 CEO 당사자는 이에 대해서 어떠한 입장표명도 하지 않았다.

37

요즘 마라반은 대체로 저녁마다 바빴다. 하지만 점심 때쯤에는 요리준비를 잠시 중단하고 짬을 낼 수 있었고, 그 틈에 산다나를 만났다. 여행 센터 앞에서 그녀가 나오기를 기다렸다가, 두 사람은 함께 역사 안에 있는 카페나 레스토랑 혹은 간이음식점에 갔다.

그들은 빠듯한 시간을 각자 자신과 자신의 삶에 대해서 이야기하는 데에 할애했다.

한번은 그녀가 물었다. "만약 우리가 지금 스리랑카에 있다면, 뭘 하고 있을까요?"

"지금, 바로 이 순간?"

산다나는 고개를 끄덕였다. "낮 12시 30분."

"그곳 시간으로?"

"그쪽 시간으로."

"날씨는 더울 테고, 비는 오지 않을 테고."

"그러니까. 뭘 하겠어요?"

"해변에 있을 겁니다. 파도소리가 들리는 야자수 아래는 더 시원하죠. 바다는 평온할 거고. 2월의 바다는 대체로 조용해요."

"우리끼리만 있나요?"

"아득히 먼 곳까지 인적은 없어요."

"왜 그늘에만 앉아 있고 물속에는 들어가지 않죠?"

"우린 수영복이 없잖아요. 사롱밖엔."

"그걸 입고 들어가면 되죠."

"그럼 알몸이 다 비치니까."

"비치는 게 눈에 거슬려요?"

"산다나 씨라면, 아니에요."

"그럼 들어가요, 우리."

다음번에 그녀를 만났을 때, 마라반은 울라구에 대한 불안감을 털어놓았다. 그리고 낭가이 이모할머니에 대해서도. 이모할머니가 자신에게 어떤 존재였는지. 이모할머니의 죽음에 얼마나 죄책감을 느끼고 있는지도.

"이모할머니께서는 그 약을 복용하지 않았으면 탈수증에 걸릴 거라고 했잖아요?"

마라반은 고개를 끄덕였다.

"그리고 누님도 그러셨다면서요. 멀쩡하셨는데―, 별안간 돌아가셨다구요."

그렇게 그들은 가까워졌다. 스킨십은 없었다. 하지만 만나고 헤어질 때는 언제나, 그들의 문화에는 어긋나지만 이곳에서는 의례적인 인사로 키스를 주고받았다.

그녀는 여전히 직장동료와 함께 살고 있었다. 알프스 서부

고지대 출신의 붙임성 있는 여자로, 그녀들이 함께 여행 센터를 나왔을 때 마라반도 만난 적이 있었다. 산다나는 아직 부모님들과 연락을 두절한 채 지내고 있었다.

2월의 어느 날 밤, 팔켄 가에서 요리를 한 뒤에 일찍 퇴근한 마라반은 컴퓨터 앞에 앉아 웹사이트를 뒤져보고 있었다. 고국의 뉴스는 갈수록 침울했다.

난민 보호구역을 지정해놓았던 스리랑카 정부군이 막상 그 지역을 폭파하고 있다는 것이 LTTE와 여러 구호기관에서 흘러나오는 일치된 보도내용이었다. 수많은 민간인 사망자들이 나왔고, 전투지역에서 빠져나올 수 있는 사람들은 곧장 난민 수용소에 억류되었다. 많은 이들은 정부군의 승리가 임박했다고 말했다. 그러나 마라반을 비롯한 대다수 동포들은 어느 편이 이기든지 그 승리가 평화로 가는 길이 아님을 알고 있었다.

밤 11시가 조금 지나서 초인종이 정신없이 울렸다.

렌즈 구멍으로 한 중년 타밀인의 모습이 보였다. "무슨 일이세요?" 초인종이 잠시 멈추자 마라반이 물었다.

"문 열어!" 남자가 명령했다.

"누구신데요?"

"아버지다. 당장 문 열어. 박차고 들어가기 전에."

마라반은 문을 열었다. 그제야 산다나의 아버지를 알아보았다. 그는 벼락치듯이 문을 밀치고 집 안으로 들어섰다.

"내 딸 어딨나?"

"산다나 말씀이시라면, 여기 없습니다."

"여기 있는 거 알아."

마라반은 둘러보라는 손짓을 하며 안으로 그를 안내했다. 산다나의 아버지 마히트는 방마다 샅샅이 뒤졌다. 욕실도 들여다보고 발코니까지 빼놓지 않았다.

"내 딸 어딨나?" 그는 위협적으로 물었다.

"아마 댁에 있겠지요."

"집에 안 들어온 지가 언젠데!"

"그럼 여자친구 집에 있을 겁니다."

"흥, 여자친구 좋아하시네? 여기 살고 있잖은가!"

"산다나가 그렇게 말했나요?"

"우린 서로 말도 안 한 지 한참 되었네!" 그는 버럭 소리를 질렀다. 그리고는 그제야 자신의 목소리를 의식했는지 흠칫 놀라며 갑자기 소리를 낮추어 되뇌었다. "서로 말을 안 한 지가 한참 되었어."

마라반은 남자의 눈에서 눈물이 쏟아지는 것을 보고, 그의 어깨에 손을 얹었다. 그의 어깨가 격렬하게 들썩였다.

"앉으세요. 차를 한잔 드릴게요." 그는 모니터 앞 의자를 가리켰다. 마히트 씨는 순순히 앉아 두 손에 얼굴을 파묻고는 소리 없이 흐느꼈다.

마라반이 차를 내왔을 때, 산다나의 아버지는 진정되어 있었다. 그는 고맙다고 말하고 천천히 조금씩 찻잔에 입을 댔다.

"왜 그 애가 우리한테는 여기에 산다고 믿게 해놓고, 친구 집에 가 있는 건가?"

"어르신이 골라준 남자와 결혼하지 않으려고 그런 걸 겁니다."

마히트 씨는 대책이 없다는 듯 고개를 가로저었다. "그 청년이 얼마나 괜찮은 신랑감인데. 마누라랑 내가 오랫동안 물색했지. 쉽게 찾은 게 아니었어."

"이곳 처녀들은 자기 남자를 자신이 선택하고 싶어합니다."

마히트 씨가 다시 언성을 높였다. "그 애는 여기 처녀가 아닐세!"

"그렇다고 그곳 출신도 아니잖습니까."

산다나의 아버지가 고개를 끄덕였다. 다시 눈물이 흘렀다. 이번에는 눈물을 닦으려고도 하지 않고, "이 빌어먹을 전쟁. 이 지랄 같은 전쟁!" 하면서 흐느꼈다.

마히트 씨는 마음이 진정되자 찻잔을 비웠다. 그리고는 마라반에게 사과를 하고 돌아갔다.

38

마라반은 "러브 푸드" 일에 전처럼 몰입하지 않았다. 예전 같았으면 음식준비에 전념했을 시간인데도 ʒ의 매일 점심 때가 되면 1시간씩 외출을 했다. "요기 좀 하고 올게"라는 것이 그가 내세우는 외출 이유였다.

돌아왔을 때는, 대체로 들떠 있었다. 러브 메뉴를 변형시켜 요리했던 그날 밤 이후로는 오랫동안 볼 수 없던 모습이었다.

그날 밤 왔던 고객은 얼마 후 다른 여자를 데리고 와서 재차 그때와 똑같은 메뉴를 주문했다. 하지만 마라반은 단호하게 거부했다. "그런 짓을 위해서 요리했던 게 아냐." 그가 안드레아에게 한 답변이었다.

"그 손님 말로는, 효과가 끝내주더래."

"그게 내 의도는 아니었어." 그 대답으로, 그 주제는 더 이상 거론되지 않았다.

그는 그 변형요리가 자신과 무슨 연관이 있는지 안드레아에게 설명하려 들지 않았고, 그녀 또한 캐묻지 않았다. 그녀로서는 건드리기 민감한 주제라고 짐작했고, 그의 기분을 다치게 하고 싶지 않았다. 그런 의미에서, 그녀는 어쨌든 근래 들어서 그의 기분이 좋아진 것이 기뻤다.

마라반의 태도에 변화가 온 이유를 알게 된 것은 순전히 우연이었다. 제네바 유엔 회의에 참석하는 어떤 남자에게 예약된 마케다를 역까지 전송해준 참이었다. 기차가 떠나고, 역사(驛舍) 안에 있는 샌드위치 가게에 갔다가 그를 보게 되었다.

마라반은 예쁘장한 타밀 여자와 작은 테이블에 앉아 있었다. 두 사람의 눈과 귀는 둘만의 세계에 빠져 있었다.

안드레아는 잠깐 망설이다가 곧 이 목가적인 장면을 방해하기로 마음먹고 그들의 테이블로 다가갔다. "방해해서 어쩌나."

여자가 먼저 그녀를 보았고, 누구냐고 묻는 듯이 마라반에게 시선을 던졌다. 그는 말문이 막혔다.

안드레아가 자기소개를 했다. "안드레아예요. 마라반의 동업자랍니다." 그녀가 손을 내밀자 젊은 처녀는 안도하는 듯한 미소를 지으며 손을 마주잡았다. "산다나예요." 그녀는 타밀어 억양이 없는 완벽한 스위스 독일어로 자기소개를 했다.

마라반은 앉으라고 권하지 않았다. 그래서 마라반에게는 "이따 보자"고 하고, 산다나에게는 "만나서 반가웠어요"라고 말하고는 얼른 그들과 헤어졌다.

나중에 팔켄 가의 집에서 안드레아가 물었다. "아니 왜 배고픈 여자친구를 좀더 좋은 레스토랑으로 데려가지 않고?"

"여행 센터에서 일하는데, 점심시간이 짧거든."

안드레아가 미소를 지었다. "이제야 여러 가지로 확실해지네. 사랑에 빠졌구나."

마라반은 그녀를 쳐다보지도 않고 하던 일을 계속 했다. 그리고 머리를 절레절레 흔들더니 우물거리며 말했다. "난 아냐."

"그 아가씬 그렇던데, 뭘." 안드레아가 대꾸했다.

다음날 아침, 쿠각과 연관된 또다른 경제뉴스가 주목을 끌었다. 어쨌거나 올해의 경영인으로 뽑혔던 한스 슈타펠이 졸지에 해고되었다는 내용이었다. "기업의 전략적인 방향설정 측면에서의 견해 차이가 그 이유"였다. 논평가들이 보기에는 뻔한 사안이었다. 그의 해고는 가장 큰 경쟁사와 합작투자에 들어선 CEO의 결단의 불투명성과 관련이 있었다.

"이것 봐. 우리가 아는 사람이야." 마케다가 슈타펠이 잘나가던 시절에 사보에 싣기 위해서 제법 돈을 들여 어느 카메라맨에게 찍어둔 홍보용 사진을 가리키며 말했다. 그들은 침대에 누워 있었다. 안드레아는 아침에 먹을 크루아상을 사러간 김에 사들고 온 신문을 훑어보는 중이었고, 독일어를 읽을 줄 모르는 마케다는 신문을 읽는 그녀를 바라보고 있었다.

"이 사람 무슨 일이래?" 마케다가 물었다.

안드레아가 기사를 읽었다. "쫓겨났어."

"똑똑한 줄 알았더니?"

"한 네덜란드 회사랑 뭔가 큰 실수를 저질렀나봐."

"그때 팔켄 가에 왔던 그 사람 말인가?"

"누구?"

"네덜란드 사람."

마라반은 다른 이유로 그 신문을 읽었다. 1만 명이 넘는 이곳 타밀 동포들이 군사적 공격의 즉각적인 중단을 요구하며 제네바의 유엔 빌딩 앞에서 시위를 벌였다.

스리랑카쪽 소식은 최근 들어서 갈수록 드라마틱해졌다. LTTE의 점령구역은 이제 푸투쿠디리루푸를 중심으로 하는 150 평방미터도 되지 않는 소수민족 거주지로 축소되었다. 킬리노치치와 엘리펀트 패스 그리고 항구도시인 물라이티부와 칼라이는 이미 정부의 수중에 들어갔다. 적십자의 추산에 따르면, LTTE 전투원 1만여 명과 민간인 25만 명이 이 지역에 포위당한 채 계속되는 총격에 시달리고 있었다.

제네바에서 시위가 벌어지는 동안에 스리랑카 정부는 군사 퍼레이드를 펼치며 독립 61주년을 기념했다. 마힌다 라자팍세 (Mahinda Rajapakse, 1945- , 2005년 11월 선거 이후, 스리랑카의 6대 대통령/ 역주) 대통령은 "며칠 내로 타밀 호랑이를 완전히 격파할 것이라고 확신한다"고 공표하며, 내전 때문에 고국을 떠난 모든 스리랑카인들에게 본국으로 귀환할 것을 호소했다.

아울러 정부는 타밀 호랑이의 사령관 프라바카란이 거주하다가 도망치듯 떠난 곳이라며, 별로 진짜처럼 보이지 않는 2층짜리 안락한 벙커 사진들까지 공개했다.

신문을 밀어놓으려던 마라반은 지난달 팔켄 가에서 안드레아가 성냥을 구하러 간 사이에 일찌감치 나타나서 그가 집 안으로 맞아들인 적이 있는 남자의 사진을 비로소 신문에서 보게 되었다. 그는 사진 하단에 쓰인 글만 읽었다. "올해의 경영인 한스 슈타펠. 해고."

안드레아와 마케다는 그날 오전에 늦게까지 침대에 누워 있었는데, 그때 마케다가 뜬금없이 말했다. "그 남자 사진, 그 사람이 찍었어."

"그 사람이라니?"

"네덜란드 사람 말이야. 쫓겨난 사장이 세실하고 옆방으로 가고 나서 얼마 뒤였어. 그 네덜란드 남자가 일어나서 재킷에서 뭔가를 꺼내더니 그 방문을 소리 없이 열어놓고 문께에 있는 걸 세실이 알아채고 쫓아냈거든."

"그 남자가 사진을 찍었다는 건 어떻게 알았어?"

"세실이 소리치는 걸 들었으니까. 불어로 '그만해요! 사진 값은 별도예요!' 하고."

39

"러브 푸드"는 다시금 한 부부를 위한 요리를 맡아 기분전환을 하게 되었다. 고객은 역시 성치료 전문의 에스터 뒤브아를 주치의로 둔 부부였다. 무슨 공예와 관련된 일을 하는 40대 중반인 그들은 부부관계에 꽤나 진지했다. 그들이 어디서 "러브 푸드"에 대한 정보를 입수했는지, 안드레아로서는 전혀 감이 잡히지 않았다. 다만 에스터 뒤브아의 병원을 찾는 고객들이 연락해오는 경우가 심심치 않게 있었기에, 그곳 환자들이 낸 입소문으로 알게 되었으려니 짐작했다.

그들 부부는 텃밭이 딸린 단독주택에 살고 있었는데, 부인은 마라반에게 유기농으로 재배된 식재료만 사용하겠다는 다짐을 받아냈다. 모든 분자요리에서 음식의 식감을 살리기 위해 쓰는 재료부분은 전혀 확증할 수 없는 것이었는데도, 마라반은 그러겠다고 답했다.

식사준비를 하는 동안 안드레아가 말했다. "슈타펠이란 사람 잘렸단 소식 들었지?"

"위기의 바람은 누구 앞에서라고 멈추지 않는 모양이네."

"마케다가 그러는데, 그 네덜란드 사람이 슈타펠이 여자랑 뒹굴고 있는 장면을 사진기로 찍었대."

"그들이 안에서 무슨 짓거리를 하는지, 알고 싶지 않아."

"내 말이 무슨 말인지 모르겠어? 그 네덜란드 놈이 슈타펠의 섹스 장면을 찍어놓고, 그 사진으로 그를 압박했다구. 그래서 슈타펠은 별안간 누가 봐도 이해할 수 없는 사업상 결정을 내리고 경쟁사와 합작할 수밖에 없게 된 거란 말이지."

이러한 설명에도 마라반은 어깨를 으쓱할 뿐, 별다른 반응을 보이지 않았다.

"맞혀봐, 이 나라 사람들에게 경쟁자가 누구겠는지."

"네덜란드인들?" 마라반은 답을 맞혔다.

이즈음에 사랑에 빠진 사람은 마라반 말고도 또 있었다. 달만 역시 실로 오랜만에—몇 해만인지 기억도 나지 않았다—병든 심장으로 사랑에 빠졌다. 지금 그의 마음은 어찌 접근해야 할지도 모를 한 여인에게 사로잡혀 있었다. 에티오피아 출신의 콜걸이자, "러브 푸드"의 여사장 안드레아와 줄곧 붙어다니는 마케다였다.

달만은 일주일에 여러 번 그녀를 예약했다. 성욕을 주체할 수 없거나, 자신의 성기능이 대단해서가 아니었다. 이 점에서 달만은 이제 그의 나이, 심장, 매일 복용하는 온갖 약을 의식하고 있었다. 그렇다. 그녀와 함께 있으면 그냥 편안했다. 그녀의 유머 감각과 때로는 의미를 꿰뚫기 어려운 반어적인 말솜씨가 마음에 들었다. 그리고 무엇보다도 그녀는 아무리 쳐다봐도 진력이 나지 않았다.

그리하여 달만은 이 어설픈 관계를 위해서 적잖은 돈을 지출하며, 그의 집에서 마케다와 더불어 많은 시간을 보냈다. 텔레비전도 보고, 이기지도 못할 백게몬(인도에서 최초로 시작된 것으로 보이는 장기와 주사위놀이를 결합한 가족놀이로 우리나라에서는 쌍륙[雙六]이라고 불렸다/역주) 놀이를 몇 시간씩 즐겼다.

그녀는 과거의 다른 애인들처럼 공개 석상에 나서겠다고 요구한 적도 없고, 그들의 관계가 순전히 비즈니스적 성격임에 추호의 의심도 하지 않았다.

처음에는 그도 그 점이 마음에 들었지만, 시간이 갈수록 바로 그 점이 신경쓰이기 시작했다. 자기를 눈곱만치라도 좋아하느냐고 그녀에게 묻기 시작했고, 그때마다 듣는 대답은 한결같았다. "눈곱만치라도 좋아하냐구요? 저야 절대적으로 사장님을 존경하죠"라는 영어를 섞은 답변이었다.

그녀의 이 같은 냉담함이 그로 하여금 선물공세를 펴게 만들었다. 진주 목걸이며 거기에 어울리는 진주 팔찌 그리고 새까만 밍크코트까지.

어느 날, 그는 그녀를 대동하고 후빌러에 등장하기까지 했다.

마케다는 거창한 서프라이즈 메뉴를 일상적으로 먹는 음식처럼 대수롭지 않게 먹어 치우면서 끝까지 샴페인잔을 붙들고 있었다. 그것이 프리츠 후빌러 안에 잠재한 요리사 의식을 구겨놓기는 했지만, 그래도 장사꾼 후빌러의 속내는 만족스러웠다. 달만이 아페리티프를 마신 후에 포도주를 주문하면서, 주류담당 웨이터에게 선별을 일임했던 것이다.

달만이 오늘 굉장한 여자를 대동하고 왔다는 말이 삽시간에 주방에 퍼졌다. 전체 종업원이 차례로 배식구를 통해서 달만의 테이블을 엿본 다음, 무용수라느니, 모델이라느니, 몸 파는 여자라느니, 나름의 짐작을 한마디씩 내놓았다.

솔직히 말해서 마케다는 달만이 감당하기에는 분수에 넘치는 여자였다. 이른바 그의 안정적 자금을 투자해놓은 스위스 최대은행 주식은 전혀 회복의 기미가 없었다. 회복은커녕, 정부의 지원을 받는 그 은행이 작년 한 해 동안 200억 프랑의 손실을 보았다고 막 발표된 참이었다. 스위스 경제사에 유례없는 손실액이었다. 은행 고객들은 2,600억의 돈을 인출해갔고, 주가는 거의 3분의 2 수준으로 폭락했다. 게다가 미국 국세청은 만약 미국인 탈세혐의자 200–300명의 자료를 자기들에게 넘겨주지 않으면, 미국 내 이 은행의 인가를 취소하겠다고 압박을 가해왔다. 미국 내의 인가가 취소된다면, 이 스위스 최대은행은 꼼짝없이 문을 닫는 수밖에 없었다.

대신에 슈타펠과 반 겐더렌이 얽혔던 건은 순조롭게 풀렸다. 하긴 신임 사장이 주주들의 압력을 받으며 쿠각과 흑테코의 합자계약을 취소하려고 절치부심 중이기는 했다. 그러나 그것은 그와는 아무 상관없는 일이었다. 거래수수료는 이미 입금이 완료되었다. 그것도 제대로 된 은행으로.

반 겐더렌이 그토록 삽시간에 불쌍한 슈타펠을 설복해낸 재간에 그도 놀라기는 했다. 하지만 그 건이 성사된 내막은 전혀 알 길이 없었다. 몇 가지 짐작되는 요인은 있었다. 슈타펠의 부인이 이혼서류를 제출했다는 소문이었다. 큰 일간지에 줄곧 한심한 주간 칼럼을 기고하는 잘츠부르크 출신의 한 여성 가십 칼럼니스트가 퍼뜨린 소문이었는데, 이는 그 사이에 남녀문제가 얽혔음을 시사해주었다. 그렇다고 한들, 그 역시 달만과는 상관없는 일이었다.

중개활동 및 고문활동은 다른 건에서도 반가운 수확의 조짐을 보이고 있었다. 즉 타이와 파키스탄의 접선책인 바엔과 파자하트와의 일이었다. 두 사람은 칼라일과 합의를 보았고, 그 후에 군수품은 일단 미국으로 판매되었다가 타이와 파키스탄으로 이송되었다. 달만은 물품들이 그 두 나라에 안착했으리라고는 믿지 않았다. 타이로의 수송품은 아마도 비공식적인 경로를 통해 벵갈 만에서 LTTE의 배에 적재되었을 것이고, 파키스탄행 수송품은 명백히 공식적인 수순을 거쳐 콜롬보로 수송되었을 가능성이 컸다.

이 모든 일도 물론 달만의 책임 밖의 문제였다. 그는 다만 자신의 역량껏, 그것도 지극히 합법적으로 서비스를 제공해주고 그 대가로 적절한 수수료를 받았을 뿐이었다. 이 일에 그가 나서지 않았다고 하더라도 분명 다른 누군가가 했을 것이 아닌가. 요컨대 이 수수료 역시 앞서 말한 문제의 최대은행보다 소규모이기는 하지만, 안전한 은행계좌로 입금되었다.

이런 부수입들이 그를 거부(巨富)로 만들지는 못해도, 어쨌거나 그의 사치를 영 무분별한 짓이라고 여기지 않을 만큼은 커버해주었다.

40

저녁 9시 무렵, 경비행기 두 대가 스리랑카 북쪽 하늘로부터 콜롬보 방향으로 날아갔다. 각 조종석에는 블랙 에어 타이거, 즉 LTTE의 공중 자살 폭격단 루반 대령과 시리트티란 중령이 앉아 있었다. 비행기는 포위된 격전지의 한 도로에서 이륙했다. 루반은 타밀 청년들에게 타밀 호랑이에 입단할 것을 호소하는 편지 한 통을 남겼다.

수도 콜롬보에 조금 못 미쳐 두 비행기는 갈라졌다. 한 대는 카투나야케 공군기지 방향으로 날았고, 다른 한 대의 목표지는 콜롬보 시내 한복판 공군사령부였다.

9시 20분 정각, 콜롬보 시의 모든 불빛이 꺼졌고, 두세 차례 사이렌 소리만 울려퍼졌다.

마라반이 타밀 식료품점에 막 들어섰을 때, 블랙 에어 타이거의 공습소식이 전해졌다. 가게의 뒷방에서 갑자기 환호와 박수소리가 터져나왔다. 곧이어 가게주인이 매장으로 뛰쳐나와 부르짖었다. "우리가 카투나야케와 콜롬보를 폭격했소! 우린 절대로 진 게 아니라구!"

마라반은 살리 쌀과 벵갈후추, 종려당을 들고 계산대에 서서 계산해주기를 기다렸다. 그러나 고객도 점원도 서로 떠드느라 정신이 없었다. 카투나야케와 콜롬보를요! 폭격했다니까요! 그런데도 정부군 측은 타밀 호랑이를 박살냈다고 줄곧 발표하네요. 우린 절대로 진 게 아니에요!

마라반은 가게주인한테로 갔다. "완전 박살냈대나. 라자팍세의 말이야. 완전 박살냈다는군!" 가게주인은 목소리까지 갈라져가며 외쳤다.

"계산해주시죠." 마라반이 말했다.

"그런데 말일세, 프라바카란은 그 땅을 떠났다네! 종적을 모른다는군. 인터넷에 두 조종사랑 찍은 그 사람 사진이 올라왔어. 허참!"

"계산이요."

"자넨 기쁘지 않은가?"

"평화가 오면, 그때는 기쁠 겁니다."

다음날 마라반은 밤늦도록 계피 연기로 그의 연기찜기를 실험했다. 발코니로 통하는 주방문을 열어놓고 다시 한번 신선하고 차가운 공기로 환기시키려는데, 위층에서 환호성과 박수소리가 났다. 그는 발코니로 나가 위층 창문을 올려다보았다.

발코니에서 담배를 피워야 하는 신세인 옆집 가장 무루간도 발코니에 서서 위층을 쳐다보고 있었다.

"또 공습이 있었나요?" 마라반이 물었다.

"슬럼독 밀리어네어(대니 보일 감독, 2008년작. 우리나라에서는 2009년 3월 개봉했다/역주) 때문이야."

"슬럼독 밀리어네어라뇨?"

"뭄바이 출신 한 소년에 관한 영화인데, 빈민가에 살던 녀석이 텔레비전 퀴즈쇼에 나가 100만 루피를 타는 이야기라네. 오스카 상을 싹쓸이하고 있는 모양일세. 상을 탈 때마다 라트남 가족들이 환호성을 지르는군."

"라트남 네는 인도사람도 아니잖아요?"

"스위스인보다는 인도인에 더 가깝지. 우리 모두가 그렇잖나."

스리랑카 내부사건이나 그 주변문제도, 오스카 상 수여식도, 달만에게는 먼 나라 일이었다. 그는 경제계의 장사꾼이었고, 장사판에서는 그런 일이 아니라도 흥분할 거리가 수두룩했다.

매일 밤 그가 하늘을 향해 절박하게 건재를 빌고 있는 그의 주거래 은행은 탈세 비난을 받고 있는 미국인 고객 300명의 정보를 미국 측에 넘기게 해달라고 정부에 청원서를 냈다. 은행기밀에 치명타를 가하는 조처였다.

휘청거리는 제너럴 모터스와 한 식구였던 스웨덴의 자동차 제조업체 사브가 파산을 선고했다. 전문가들끼리의 이 같은 유동성 있는 발표에 한번도 관심이 없었던 달만은 크게 놀라지 않았다. 하지만 정부 측에서 그 일에 손을 놓고 있었다는 점이 그를 생각하게끔 만들었다.

독일은 400억 유로로 달하는 경기부양 법안을 통과시키고, 국가부채의 기록치를 새롭게 상승시키고 있는 중이었다.

그리고 결국—,

마케다의 향수에 취해 좀더 뒹굴고 싶은 순간, 셰퍼의 초인종

소리가 그를 침대에서 끌어냈다.

그는 셰퍼를 1시간 동안 기다리게 내버려둔 채, 샤워와 면도를 하고는 진한 향수 냄새를 풍기며 식당으로 들어섰다. 그의 하수인은 빈 찻잔과 사과 2개를 깎아 먹은 껍질을 앞에 쌓아두고 앉아 있었다.

"뭐 급한 일이 있는 게로군." 사소한 일이 아님을 직감하면서 내민 달만의 인사였다.

"무기 수출을 반대하는 사람들 때문에요."

"그자들이 나랑 무슨 상관인가?"

"그렇게 쑤셔대더니 결국 바엔을 추적해냈어요."

"그래서?"

"미국으로 반환된 자주포를 그가 사들인 걸 저들이 눈치챈 거죠."

"그 일에 불법적인 요소는 전혀 없다는 건 자네도 나만큼이나 잘 알고 있지 않나?"

"문제는 바엔이 그걸 타밀 호랑이한테 넘긴 것까지 그들이 알아버렸다는 거죠."

"그건 바엔의 문제야."

"그렇게 느긋하게 생각하니 좋군요."

"자넨 안 그런가?"

"그자들은 자기네 홍보지에 그 사실을 발표할 테고, 기자들 중에 냄새깨나 맡는 친구는 여기저기 코를 드밀고 다니다가 달만이라는 이름과 맞닥뜨리지 않으란 법이 없죠."

"바엔과 엮어서?"

"칼라일과 묶여서요. 그 사람이 구매할 때 중개했잖아요."

"그랬지." 달만은 대수롭지 않은 척 반응했다. 그러나 이 장사판과 묶여 그의 이름이 거론되는 것을 달만이 감당할 수 없으리라는 것을 두 사람 모두 알고 있었다.

셰퍼가 일어섰다. "그저 경고의 말을 전하고 싶었을 뿐입니다."

"잠깐. 그렇게 서두르지 말게."

셰퍼가 다시 자리에 앉았다.

"우리가 뭘 어찌해야 되겠나?"

"별로 없어요."

"그래도 있다면?"

셰퍼는 오랫동안 고심했다는 듯 말했다. "어쩌면, 우리가 그래도 영향력을 행사할 수 있는 매체를 통해서 이 사건을 휘두르도록 만들어보는 거겠죠."

달만은 고개를 끄덕였다. 그런 매체가 딱 하나 있었다. "그럼 그 일을 어떻게 꾸밀 텐가?"

"그 매체에 칼라일의 이름을 실마리로 흘릴게요. 달만이라는 이름은 뺀다는 조건으로."

셰퍼는 꽤 괜찮은 인물이었다. 신경을 조금 거슬려서 그렇지 쓸 만했다. "그럼 다른 기자가 캐려고 들 땐 어떻게 막을 건가?"

"동료의 폭로기사를 추적하고 다니는 기자는 없어요. 베끼기나 할 뿐이죠."

그렇게 말하고, 셰퍼는 돌아갔다. 달만은 어느 정도 마음이 진정되어 허겁지겁 아침을 먹기 시작했다.

41

오전 11시 직전, 안드레아는 마케다의 아파트에서 이니셜 M자가 쓰인 초인종을 눌렀다. 지난밤 그녀는 밤새도록 하릴없이 마케다를 기다렸다. 달만에게 예약되어 있다는 말을 듣기는 했지만, 보통 밤을 새우는 경우는 드물었다.

그들은 결코 상대방을 기다리지도 매달리지도 말자고 합의했었다. 그리고 어느 쪽이든 깜짝 방문을 했을 때는 언제라도 기뻐하기로 했다. 그러나 모든 연인들이 그렇듯이 그들 사이에도 많은 약속들이 있었고, 또한 모든 연인들이 그렇듯이 약속을 지키지 못하는 경우가 수시로 벌어졌다.

그럴 때면 누구도 캐묻지 않고, 서로의 비밀을 존중했다. 크고 중요한 비밀이 아니라, 그저 피차 상관없는 그런 비밀이었다.

그러나 안드레아에게는 그것이 늘 쉽지만은 않았다. 대놓고 묻지는 않지만, 마케다에게라기보다는 스스로에게, "지난밤 으슥하도록 네가 무슨 짓을 했는지 난 알고 싶지 않아"라고 중얼거리는 경우가 빈번했다.

그러나 마케다는 이런 식의 간접적인 수사학적 질문에 답변을 한 적도, 안드레아에게 그런 질문을 던진 적도 없었다.

잠에 취해 있는 마케다의 목소리가 스피커에서 흘러나왔다.

"네-에?"

"나야. 안드레아."

마케다는 현관문 버튼을 누르고, 엘리베이터가 5층에 도착해서 안드레아가 나타나기를 문에서 기다렸다.

안드레아는 건성건성 키스로 그녀에게 인사를 하고는, 집 안으로 들어섰다.

"커피 줄까?" 마케다가 물었다.

안드레아는 아름답고, 우아하고, 편안한 모습의 연인을 보자 조금 전까지 차 있던 울화가 순식간에 날아갔다. "그러지 뭐"라고 말하며 미소로 응했다.

마케다는 에스프레소 두 잔을 만들어 안락의자 사이의 작은 티테이블에 내려놓은 다음, 안드레아의 맞은편에 다리를 포개고 앉았다. "달만 말이야." 마케다는 뭔가 마뜩찮다는 듯한 손짓을 해보이며 입을 뗐다.

"좀 심해." 안드레아도 마케다의 손짓을 따라했다. "달만 그 사람, 내 생각은 그래."

"돈도 넉넉히 주겠다, 별나게 힘들게 하지도 않는 걸." 마케다가 대꾸했다.

"음침한 사업을 하는 기분 나쁜 영감탱이야. 문제의 사진이 찍힌 그날 밤에 그 네덜란드 사람이랑 루각 사장을 엮어준 자라구."

"그걸 어떻게 알아?"

"그 네덜란드 사람을 끌고 온 사람이 바로 달만의 똘마니였거든."

"셰퍼? 야, 그거 재밌는데."

"이런 말 하는 거, 약속에 어긋난다는 건 알지만, 난 네가 달만이랑 그렇게 많은 시간 붙어 있는 거, 질색이야. 구역질이 난다구."

"다른 여자들이 구역질을 내는 남자들이랑 시간을 보내는 게 내 직업이야."

"다른 남자들도 얼마든지 있잖아."

"그 사람, 쿨의 중요한 고객이야. 장사에 중요한 인물이라고 쿨이 그랬어."

안드레아가 불행한 표정을 지었다. "아휴. 마케다. 정말 힘들다." 그리고 한숨을 지었다.

마케다는 연민을 느꼈다. "나 그 사람이랑 지금껏 섹스한 적은 없어."

안드레아는 그녀가 말을 계속 이어가기를 기다렸다.

"그 사람 그짓 못하거든. 심장병이야. 하루에 약을 수천 가지나 먹어대. 게다가 술도 마시구."

"그럼 대체 둘이 뭐해?"

"금지된 질문이야."

"나도 알아. 근데 도대체 뭘 하냐구?"

"이야기하고, 먹고, 텔레비전 보고. 노부부처럼."

"그게 다야?"

마케다가 웃었다. "가끔은 내가 옷 벗는 모습을 보고 싶어해. 그럼 난 모른 척 벗어주지. 그 사람 관음증 환자거든."

"역겨워."

269

"내 참, 그러지 마. 돈 벌기가 어디 쉬운 즐 알아?"

안드레아는 일어서서 마케다에게로 다가가 열정적으로 키스를 퍼부었다.

42

「프라이탁」이라는 금요판 주간지가 무기 수출 반대자들의 제보를 받아, "고철-유통 루트"라는 머리기사를 내걸고 폐기 판정을 받은 자주포의 거래사실을 폭로했다.

몇 점의 탱크 사진, 여러 척의 배와 화살표가 그려진 벵갈 만 주변의 그래픽 외에, 미국인 사업가 칼라일과 그의 타이인 거래 상대 바엔의 사진이 각각 네모난 뉴스 상자에 담겨 눈에 잘 띄는 위치에 실렸다. 두 사람에 관한 정보는 엉성했지만, 몇 가지 사실을 알기에 충분한 기사였다. 칼라일이 무기 폐처분 및 생산국으로의 반환업무를 주관하는 관청으로부터 생산업체의 명의로 폐처분된 탱크를 지극히 합법적으로 아주 헐값에 손에 넣은 다음, 필시 막대한 이윤을 남기면서 미국을 경유해 타이인 바엔에게 팔아넘겼다는 것, 그리고 바엔은 자국에서 그것을 계속 처분하고 있으리라는 내용이었다.

자주포 M 109는 타이에서 그 종적이 묘연해졌다. 그러나 계속 장사꾼에게 넘어가 벵갈 만에서 고객을 맞는 "바다 위에 뜬 백화점"이라고 불리는 배에 선적되었으리라는 추측이 유력했다. 얼마 전 항구도시 물라이티부와 칼라이가 함락되기까지 그 배의 주된 고객은 LTTE였다.

달만은 흡족한 마음으로 「프라이탁」을 아침식사용 접시 옆에 내려놓고 일간지를 집어들었다. 어제 장크트 갈렌의 한 체육관에서 1교시 체육시간이 시작되기 직전에, 쌓인 눈의 하중으로 체육관 지붕이 무너져내리는 사건이 있었다. 사상자는 없었다.

산다나는 12번 창구에 앉아 있었다. 유니폼 상의에 그에 딸린 별 멋없는 스카프를 맨 그녀를, 안드레아는 두 차례나 둘러본 다음에야 알아볼 수 있었다.

대기자들은 여행 센터의 의자에 번호표를 들고 앉아서, 부저가 울릴 때마다 숫자가 하나씩 올라가는 전광판을 쳐다보고 있었다.

안드레아는 행여 엉뚱한 창구에서 불릴 경우를 염두에 두고 잇따르지 않은 번호표를 여러 장 뽑았다.

여기까지 오다니, 결국 이번에도 남의 삶에 끼어들기 좋아하는 자신의 오지랖을 탓할 수밖에 없었다. 마케다가 예약이 없는 날 저녁에 그녀를 위해 에티오피아 요리를 해주겠다면서, '하긴 마라반과 그의 여자친구를 초대해도 좋겠지' 하고 지나가는 투로 말했던 것이다.

안드레아도 그런 생각을 하기는 했지만, 마라반은 거절할 것이 뻔했다. 우선 그는 여전히 산다나가 그의 여자친구임을 인정하지 않았고, 마케다와 안드레아와의 관계 역시 줄곧 무시하는 태도로 일관하고 있기 때문이었다.

그의 고국의 상황은 마라반을 침울하게 만들었다. 거기다가 그와 산다나의 관계 또한 모든 면에서 순조롭지는 않은 모양이라고 안드레아는 짐작했다. 덧붙여 그가 이따금씩 씁쓸하게 자칭하는 "섹스 요리사"라는 직업 역시 그를 행복하게 만들지는 못했다.

안드레아는 넷이서 하는 이번 저녁식사가 작업 분위기를 한결 원만하게 개선해줄 수 있으리라는 생각이었다.

그래서 그녀는 마라반을 앞질러 지금 이곳에 와 있는 참이었다. 우선 산다나를 초대해놓고, 기정 사실 앞에서 그가 딴소리를 하지 못하게 만들 생각이었다.

그녀가 뽑은 첫 번째 번호표가 곧장 12번 창구로 연결되었다. 산다나는 그녀를 알아보았고, 이름까지 기억했다. "안드레아 씨, 어쩐 일이세요?"

"사적인 일이에요." 안드레아가 말했다. "내 여자친구가 내일 에티오피아 요리를 할 거거든요. 그래서 산다나 씨랑 마라반을 초대하고 싶어서요."

산다나는 약간 혼란스러워했다.

"그 자리에 와줘요."

"내가 가는 걸, 마라반 씨도 원해요?"

안드레아는 즉각 대꾸했다. "그럼요."

"그럼 기꺼이 갈게요."

"모두들 기뻐할 거예요."

오후가 되어서 저기압골 "엠마"가 스위스를 벗어났다. 외풍이 심한 안드레아의 집 안에는 아직도 간간이 돌풍이 들이쳐 촛불을 파르르 떨게 만들었다. 그들은 식탁에 둘러앉았다. 마케다와 안드레아는 담배를 피웠고, 산다나와 마라반은 차를 마셨다. 그렇게 그들은 맛있는 음식이 가져다준 느긋한 분위기에 젖어 있었다.

폭풍이 몰아치던 이날 밤 모임은 제법 품격을 갖춘 자리였다. 마케다는 땅에 끌리는 에티오피아 드레스 티뱁을, 산다나는 연하늘색 사리를, 안드레아는 목둘레가 깊게 파인 이브닝드레스를 입었다. 그리고 마라반은 양복에 넥타이를 매고 나타나서 모두를 놀라게 했다.

안드레아가 그를 초대했을 때, 그는 일언지하에 거절했었다.

"유감이네, 산다나 씨도 온다는데." 안드레아가 말했다.

"그럴 리 없어. 산다나는 얌전한 타밀 처녀야."

안드레아는 미소를 지으며 말했다. "그럼 네가 그 아가씨를 에스코트해주는 게 좋지 않을까."

마라반은 지금까지는 이 파티에 온 것이 후회되지 않았다. 음식이 맛있었고, 고향의 음식과 크게 다를 바 없었다. 자극적인 맛도 그렇고, 양파와 마늘, 생강, 카르다몸, 정향, 울금, 호로파, 커민 씨앗, 육두구, 계피를 써서 조리한 점도 그랬다.

요리에는 기이도 사용되었는데, 니터 키베라고 이름이 달랐고, 양념이 되어 있었다.

또한 수저를 쓰지 않고 먹는 방식도 같았다. 심지어 접시도 쓰지 않았다.

하얀 종이를 깐 테이블 위에는 주로 에티오피아에서만 육종되는 수수의 일종인 테프 가루에 이스트를 넣고 반죽하여 넓적하게 지져낸 "인제라"라는 전병(煎餠)이 펼쳐져 있었다. 다른 요리들을 인제라 위에 올리고, 각자 손으로 인제라를 한 조각씩 뜯어 그 위에 얹힌 요리를 조금씩 만 다음, 한입에 넣을 만큼의 크기로 뭉쳐 먹는 식이었다.

"우리 나라에서는 인제라를 식탁보만 하게 부치기도 하거든. 하지만 이곳에서 쓰는 가스레인지로는 어림도 없어." 마케다가 말했다.

모임은 편안했다. 마라반이 우려하던 일 따위는 벌어지지 않았다. 산다나는 초대한 여자들이 연인 사이라는 사실에도, 얼마 지나지 않아서 비밀을 벗은 마케다의 직업에도, 충격을 받지 않았다. 세 여자들은 마치 오랜 친구처럼 허물없이 어울렸다. 마라반은 긴장을 풀었다.

산다나의 편견 없는 태도는 마케다에 대한 그의 의구심을 떨쳐내는 데도 도움이 되었다. 음식도 한몫했다. 이런 요리를 하는 사람이라면 결코 나쁜 사람일 리가 없었다.

그러나 어느 순간, 여자들의 대화가 마라반의 느긋해진 기분을 긴장시키는 주제로 넘어갔다.

"마라반한테 들었는데, 그쪽 사람들은 결혼 배우자를 부모님이 정해준다면서요?" 질문을 한 사람은 안드레아였다.

"유감스럽게도 그래요." 산다나가 한숨을 지었다.

"그럼 부모님들은 제대로 된 짝을 어떻게 찾아요?" 마케다가 물었다.

"친척이나, 지인, 더러는 전문적인 결혼정보업체를 통해서, 때로는 인터넷으로도요. 물망에 오른 대상을 찾아내고 나서도, 별자리나 신분 같은 궁합도 맞아야 해요."

"그럼 사랑은요?"

"사랑은 신뢰할 만한 중매쟁이로 여겨지지 않아요."

"그럼 산다나 씨랑 마라반 씨는요?" 마케다가 물었다.

산다나는 식탁에 시선을 박고 있는 마라반을 쳐다보고는 고개를 가로저었다.

창문을 뒤흔드는 돌풍에 커튼이 살짝 부풀었다.

"어쨌든 여기서야 누구든 자신이 원하는 사람과 결혼할 수 있잖아." 안드레아가 단정적으로 말했다.

"그럼요. 집안을 망신시키고 형제자매의 혼삿길을 망쳐도 상관없다고 여긴다면요." 산다나는 잠시 입을 다물었다가 덧붙였다. "그리고 부모님 가슴에 못을 박아도 상관없다면."

"그럼 본인 마음은 어쩌구요?" 안드레아가 물었다.

"그건 부차적인 문제죠."

얼마 동안, 휘몰아치는 돌풍이 어느 집 유리창 덧문을 때리는 소리만 아득히 먼 데서 들려왔다. 곧이어 마케다가 물었다. "그럼 산다나 씨는? 어떻게 집을 나올 수 있었어요?"

그러자 산다나도 눈을 내리깔았다. 그리고는 기어들어가는 소리로 말했다. "나한테는 내 마음이 우선이에요."

어색한 침묵이 흐르자, 마케다가 짐짓 명랑하게 말했다. "동침을 하자고 반드시 결혼할 필요까진 없지."

"그랬다가 들키면 끝장이에요. 나쁘기로 치자면, 신분이 다른 사람끼리 결혼하는 거나 똑같죠. 가문 전체를 욕되게 하는 짓이거든요. 스리랑카에 남아 있는 가족들까지." 산다나는 잠시 말을 끊었다가, 신랄한 어조로 덧붙였다. "하긴 그곳 사태가 계속 저 모양으로 가다가는, 곧 욕되게 할 사람도 남아 있지 않게 되겠지만."

"차나 뭐 다른 거라도 좀더 들래요?" 안드레아가 쾌활하게 물었다.

마라반은 산다나에게 묻는 듯한 시선을 보냈다. 산다나가 그러겠다고 하면, 그도 한 잔쯤 더 마셨을 것이다.

그러나 그녀는 가타부타 대답이 없더니, 불쑥 전혀 예기치 않은 화제를 꺼냈다. "이 전쟁에 대해서 신문에는 한 줄도 나지 않아요. 텔레비전에서도 일언반구가 없구요. 정치가들은 이 전쟁을 함구하고 있다구요. 그리고 이건 분명 밥상머리 대화로도 적합하지 않죠. 이 전쟁은요!"

산다나는 의자에 꼿꼿하게 앉아서 아름다운 눈썹을 찌푸렸다. 마라반이 그녀의 어깨에 손을 얹었고, 안드레아는 미안한 표정을 지었다.

"그건 제3세계에서 벌어지는 쌈박질의 하나일 뿐인 거야." 마케다가 입을 뗐다. "나 역시 세상에선 철저히 묵살된 제3세계의 쌈박질에서 쫓겨났지. 제3세계에서 벌어지는 싸움질은 제1세계에서는 주제가 되지 않아."

"하지만 장삿거리는 되더군요." 산다나는 의자등받이에 걸쳐 두었던 핸드백을 집어 뒤적이더니 접힌 종이 한 장을 꺼내보였다. 그것은 「프라이탁」에서 잘라낸 "고철-유통 루트"에 관한 기사였다.

"자, 봐요." 그녀는 접힌 신문지면을 안드레아에게 내밀었다. "고물 탱크를 이런저런 간접 경로를 통해서 스리랑카로 팔아넘기고 있다구요. 그러면서 그 전쟁을 피해 이곳으로 도망쳐온 사람들을 보고도, 누구도 그들이 위험에 처해 있다고는 생각하지 않아요."

안드레아가 기사를 읽기 시작했고, 마케다는 그녀의 어깨너머로 지면을 들여다보았다.

"내가 아는 사람들이네." 마케다가 말하고는 바엔과 칼라일의 사진을 가리켰다.

안드레아와 산다나는 놀란 눈길로 그녀를 쳐다보았다. "이 사람들을? 어떻게?" 안드레아가 물었다.

마케다는 눈을 동그랗게 뜨고 말했다. "맞혀봐. 세 고개 수수께끼야."

마라반은 일어서서 약간 꾸깃꾸깃해진 신문지면을 자세히 들여다보았다. 안드레아가 구겨진 신문지를 두 손으로 반반하게 폈고, 마케다는 식탁 위의 등을 켰다. 안경을 쓴 동양인과 살집이 있는 미국인이 눈에 들어왔다.

"틀림없어. 이 두 사람의 만남을 누가 주선했는지 알아?" 마케다는 누군가 답을 내놓을 때까지 기다리지 않았다. "달만하고 셰퍼야."

"미안해요, 내가 함부로 처신했나봐요." 산다나가 말했다. 그들은 12번 전차 정류장의 대기실에 서 있었다. 여기서 갈아타야 하는 산다나를 위해서 마라반은 그녀가 탈 전차가 올 때까지 함께 기다리려고 중간에 내렸다. 추운 날씨에 여전히 성난 돌풍이 몰아쳤다.

"잘못 처신한 것 없어요. 당신이 한 말이 맞아요."

"달만이랑 셰퍼가 누구예요?"

"고객이요."

"마라반 씨의, 아님 마케다의?"

"양쪽 다요."

"그 일의 이름이 왜 러브 푸드예요?"

그날 저녁 내내 안드레아와 마케다는 "러브 푸드"라는 명칭을 맥도널드나 뫼벤픽처럼 누구에게나 통용되는 상표인 양 입에 올렸었다. 그는 산다나가 왜 식사 때 그 질문을 하지 않았는지 벌써부터 의아했었다. "이름이 좋잖아요." 그의 대답이었다.

산다나가 미소를 지었다. "아이, 마라반, 그러지 말구요. 사실대로 말해줘요."

그는 그녀가 탈 전차가 올 방향을 바라다보았다. 전차는 보이지 않았다. "내가 하는 요리는 그러니까……." 그는 적절한 단어를 찾으려고 애썼다. "……돋워주는 메뉴예요."

"식욕을 돋워주는 거예요?"

마라반은 산다나가 자기를 놀리는 것인지 아닌지 알 수가 없었다. "암튼 뭐 그래요." 그가 당황해서 대답했다.

"그 요리법은 어디서 배웠어요?"

"낭가이 이모할머니한테요. 다 이모할머니한테 배운 거예요."

신문 배포함들 속으로 돌풍이 휘몰아쳐 남아 있던 무가지 몇 부가 회오리치며 날아갔다. 산다나가 탈 전차가 그를 구원해주었다.

그녀는 전차에 오르면서 수줍게 그의 입술에 키스를 했다. 그

리고 차문이 닫히기 전에 말했다. "언제든 내게도 그런 요리를
해줄 거죠?"

마라반은 미소를 지으며 고개를 끄덕였다. 전차가 출발했다.
산다나는 맨 뒤쪽에 서서 그에게 손을 흔들었다.

43

「프라이탁」은 익명의 정보원을 통해서 자파르 파자하트까지 추적했다. 독자들은 이 주간지의 최근판에서 폐장갑차 몇 대가 미국을 거쳐서 스리랑카 정부군에 가장 중요한 무기공급국인 파키스탄으로 가기까지의 우여곡절의 여정을 알게 되었다.

이 기사는 다시금 스티븐 엑스 칼라일과 바엔의 사진까지 실었다. 새로운 것은 콧수염을 기른 카치 라차크라는 이름의 파키스탄인의 사진이었다. 이 인물에 관한 「프라이탁」의 보도내용은 그가 지난날 핵무기 사건에 핵심 역할을 했던 자파르 파자하트의 측근 출신이라는 정도였다.

각각의 사진 하단에 실린 설명은 제법 흥미를 촉발시키는 것이었다. '해방호랑이의 무기공급자 바엔', '스리랑카 정부군의 무기공급자 라차크' 그리고 '양측 모두의 무기공급자 칼라일'.

"그저 이 정도로만 잘 넘어간다면." 셰퍼가 신문을 가져왔을 때, 달만이 한숨을 지으며 한 말이었다.

그리고 그 일은 그렇게 잘 넘어갔다. 일간지들이 그 기사를 취급하고 전파매체로도 확산되기는 했지만, 더 깊이 들춰내려고 관심을 보이는 보도는 없었다.

최근의 실황 뉴스도 달만에게는 어느 정도 유리하게 작용했다. 미국 앨라배마 주에서는 한 총기 난사범이 자신의 어머니를 포함해 11명을 사살한 후, 자살한 사건이 터진 것이다.

다음날에는 슈투트가르트의 근교 빈넨덴에서도 한 열일곱 살짜리 소년이 그가 전에 다니던 학교에서 12명을, 연달아 행인 3명을 총으로 쏘아 죽이고는 결국 자살했다.

그리고 하루가 지난 다음날 스위스 정부는 달만이 은행 비밀주의의 종말이라고 예단(豫斷)했던 OECD의 조세협력기준을 수용했다.

이런 판에, 고철에 가까운 전쟁무기 약간이 뉴스의 사각지대인 한 전쟁터로 옮겨갔다 한들, 이렇다 할 보도 가치는 없었다.

그들은 8번 플랫폼의 맨 뒤쪽, 지붕이 덮인 벤치에서 만났다. 약속장소는 산다나의 제안이었는데, 그녀는 방해받지 않고 이야기를 나누고 싶다면서 두 사람 몫의 점심거리도 준비해오겠다고 했다. 치즈와 햄을 넣은 롤빵 두 개, 무탄산 생수 한 병씩 그리고 사과 한 개씩이었다.

마라반이 먼저 도착했다. 지붕이 끝나는 한발 앞쪽 아스팔트가 비에 젖어 반짝거렸다. 지난밤부터 보슬비가 그칠 줄 모르고 내렸다.

선로 건너편 플랫폼은 기다리는 여행객으로 붐볐지만 그가 앉아 있는 쪽은 텅 비어 있었다. 기차가 막 떠났고, 다음 기차가 오려면 한참 걸릴 것이었다. 산다나가 미리 계산해둔 바였다.

철도청 유니폼 바지에 패딩점퍼 차림의 그녀가 드디어 나타났다. 마라반은 벤치에서 일어났다. 그리고 그들은 의례적인 키스로 인사를 나눈 다음 자리에 앉았다.

그는 곁눈질로 산다나를 살펴보았다. 지난번 퐁갈 축제에서 보았던 반항적이면서도 체념적인 표정이었다. 그녀는 「프라이탁」 최신판을 내밀며, "12쪽"이라고만 말했다.

마라반은 기사를 읽고 나서, 그 사이에 낯익어진 바엔과 칼라일의 사진 곁에 실린 카치 라차크의 사진을 찬찬히 뜯어보았다. 그리고는 기대에 찬 눈빛으로 그를 지켜보는 산다나에게 시선을 돌렸다.

"어떻게 생각해요?" 그녀가 물었다.

"무기 암거래상들이죠." 그가 어깨를 으쓱하며 대답했다. "어차피 도덕적인 원칙을 모르고 일을 벌이는 작자들이에요."

"그건 나도 알아요. 하지만 요리사들은요. 요리사들도 자기가 대체 누구 입에 들어갈 요리를 하는지쯤은 알고 있어야죠."

그는 그제야 그녀의 의중을 알아챘다. "달만 때문에 하는 말이군요."

산다나는 힘주어 고개를 끄덕였다. "그 사람이 그 미국인이랑 타이인하고 거래를 했다면, 문제의 파키스탄인에게도 손을 뻗쳤을 게 틀림없어요."

마라반은 당혹스러운 듯 다시 어깨를 으쓱했다. "그럴 수도 있겠죠."

산다나는 믿을 수 없다는 표정으로 그를 바라보았다. "할 말이 그게 다예요? 그 작자가 우리 동포들끼리 서로를 죽이는 무기를 양쪽에 공급해주는 치들과 한통속인데, 그런 인간을 위해서 요리를 한다구요?"

"몰랐어요."

"지금은 알았잖아요?"

마라반은 생각에 잠겼다. 그리고는 한참 만에 대답했다. "난 요리사일 뿐이에요."

"요리사들에게도 한 가닥 양심은 있기 마련이잖아요."

"양심이 먹여 살려주진 않아요."

"하지만 양심을 팔아넘길 수는 없어요."

"내가 그 돈으로 뭘 하는지, 알기나 해요?" 마라반의 목소리에서 분노가 배어나왔다. "내 가족과 해방전을 지원하고 있다구요."

"무기 밀매상한테 받은 돈으로 해방전을 지원한다. 기가 막히네요."

그는 벌떡 일어나서 울분에 찬 시선으로 그녀를 내려다보았다. 그러나 산다나가 그의 손을 잡아 다시 의자로 끌어당겼다. 그는 자리에 앉아서 그녀가 내미는 샌드위치를 받아들었다.

한동안 그들은 묵묵히 샌드위치만 먹었다. 그러다가 그가 기어들어가는 목소리로 말했다. "그자가 손님으로 온 적은 한 번밖에 없었어요. 그는 그냥 중개인 노릇을 했다구요."

산다나는 그의 팔에 살그머니 손을 얹었다. "미안해요. 하긴, 나도 내가 누구한테 여행상품을 팔고 있는지 몰라요."

"안다면요?"

산다나는 생각하다가 말했다. "안 팔았을 것 같아요."

마라반은 고개를 끄덕였다. "내 생각도 그래요."

만약 달만이 "집에서 늘 지내던 대로의 하루 저녁을" 다시 한번 예약하지 않았던들, 마케다는 폐무기의 파키스탄 유통 루트에 대해서 더 이상은 알 수 없었을 것이다.

달만은 루르드에게 2인분의 냉요리를 준비해달라고 부탁해 놓았다. 늘 그렇듯이 각종 햄 슬라이스와 냉 프라이드 치킨, 그릴에 구워낸 치폴라타 소시지 찬 것, 그나기라고 불리는 삶은 슈바인스학세, 감자 샐러드 그리고 채소 샐러드였다. 여기에 얼음에 넣어둔 이 지역 토산 포도주 한 병과 맥주 두세 병이 더해졌다. 마케다는 변함없이 샴페인을 고수했다.

그들은 거실에서 식사를 했다. 이야기도 별로 나누지 않고, 텔레비전 프로그램을 여기저기 돌려보다가 일찍 자러 갔다.

지극히 예사로웠던 그날 밤, 그녀는 텔레비전을 보며 식사를 하는 중에 담배 탁자 위에 놓인 신문을 집어들고, 입 안 가득 음식을 물고 오물거리면서 들여다보았다. 마케다는 별 생각 없이 세 사람의 사진을 훑어보며 넘겼다. 그리고 두세 장을 넘긴 후 손을 멈추고 다시 앞면으로 돌아갔다.

그중 둘은 그녀도 아는 사진이었다. 칼라일과 바엔의 사진. 세 번째는 처음 보는 사진이었다. 다시 말하면 사진으로는 초면이었지만, 사진 속의 인물은 구면이었다. 장크트 모리츠에서 같이 식사를 했던 파키스탄인들 중 한 사람. 이제야 그녀는 그의 이름이 카치 라차크이며, 무기 구매업자라는 것을 기억해냈다.

스리랑카 정부군에 무기를 팔아넘긴 자. 이 작자 역시 달만이 주선한 자리에서 알게 되었다. 달만과 그의 알쏭달쏭한 똘마니 셰퍼가 마련한 자리에서.

그녀는 소파에서 몸을 앞으로 숙이고 앉아 숨을 헐떡거리며 그나기의 뼈를 발라내는 데에 열중하고 있는 달만을 건너다보며 중얼거렸다. "그러다 숨이나 콱 막혀버리시지."

달만이 싱긋 웃으며 그녀를 돌아보았다. "뭐라고, 달링?"

"맛있게 드시라구요, 허니."

마케다가 불쑥 일어서며 말했다. "먼저 들어갈게요." 그리고는 그의 이마에 키스를 하고 계단을 올라 침실로 들어서면서 우연인 듯 문을 살짝 열어두었다.

달만은 소리 없이 그녀를 뒤따라와, 그녀가 느릿느릿 도발적으로 옷을 벗고 욕실로 사라지는 과정을 문틈으로 엿보았다. 마케다는 욕실문도 살짝 열어두었다. 그는 그녀가 샤워를 하고 몸에 비누칠을 하고 물로 헹군 다음 수건으로 물기를 닦고 크림을 듬뿍 바르는 모습을 욕실 문틈으로 지켜보았다.

그러나 이번에 마케다는 욕실을 나오기 전에 그가 침실을 빠져나갈 틈을 주지 않았다. 욕실에서 불쑥 튀어나와, 그의 넥타이를 잡고 침대로 끌고 가서는 그를 매트리스 위로 밀친 것이다. 그가 낄낄거리며 뻗댔지만 그녀는 손을 놓지 않았다. "오늘 머리끝부터 발끝까지 다 먹어주겠어." 그녀는 그를 위협하며 그의 옷을 벗겼다.

마케다는 성심껏 노력했고 그녀의 노력이 거의 성공할 뻔한 적도 있었다. 그러나 달만의 그것은 그녀의 몸속을 파고들자마자 무기력해지기 일쑤였다.

그녀는 계속 그짓을 시도했다. 나긋나긋하게, 때로는 거칠게, 진지하게, 상대에게 맞춰주면서, 마지막에는 단호하고 고압적인 태도로. 그러나 결과는 번번이 같았다. 결국 그녀는 포기하고 그가 알아듣지 못하는 말로 소리 죽여 욕설을 내뱉고는 베개에 얼굴을 파묻었다.

달만은 욕실로 가서 샤워를 하고 파자마를 입고 나왔다.

"이 빌어먹을 놈의 약." 그가 욕을 내뱉었다. "전에는 이런 적이 없었다구."

"그럼 약 먹는 걸 집어치우지 그래요."

그러자 그는 수술을 받고 나서 살아난 자의 의기와 전문지식을 동원하여, 심장마비의 원인인 좁아진 심혈관이 다시 막히지 않게 확장시켜주는 기구인 그의 몸 안에 이식된 스텐트에 관해 시시콜콜 설명을 늘어놓았다. 혈압을 적정선으로 유지시키고, 심장박동을 고르게 하며, 혈액순환을 도와주는 갖가지 알약과 가루약에 대해서도.

마케다는 열심히 그의 말에 귀를 기울이다가 그가 말을 끝내자 이렇게 말했다. "우린 왜 러브 메뉴의 도움을 받을 생각을 한번도 못했죠?"

달만은 다시 한번 일어나 냉장고에서 취침용 맥주를 꺼내오며 생각했다. 왜 안 했겠어?

44

마라반은 컴퓨터 앞에 앉아 누나와의 접속을 시도했다. 기다리는 시간에 전투지역에서 흘러나오는 뉴스들을 훑어보았다. 전선은 동해안에 면한 좁다란 구역으로 압축되었다. 이 지역에는 LTTE의 전투원들과 함께 근 5만 명의 어린이들을 포함한 민간인이 갇혀 있었다. 식량도, 물도, 비를 피할 곳도, 약품 그리고 어떤 위생시설도 없었고, 수시로 떨어지는 미사일과 박격포 유탄이 민간인을 살상했다.

접전 중인 어느 쪽도, 난민들에게 자유로운 통행권을 주고 난민 밀집지역 외곽으로 전쟁을 제한하라는 국제적인 호소에 귀를 기울이지 않았다.

전투지역에는 기자들의 출입이 허용되지 않았기 때문에 자세한 상황은 알 수 없었다.

이윽고 전화가 연결되었다. 누나의 목소리는 기력이 없고 망연자실한 듯했다. 그녀는 죽거나 실종된 친구, 친척, 지인들의 이름을 열거했다. 식량공급 사정은 말이 아니었다. 운송차량들은 며칠씩 검문소에 묶여 있고 상품들은 압류당하기 일쑤였다. 바다에서 반도로 들어가는 통로는 스리랑카 해군에 의해 통제되고 있었다.

울라구한테서는 아무런 소식도 없었다.

그녀는 또다시 돈을 달라고 할 수밖에 없어서 면목이 없다고 말했다.

그는 그럴 필요 없다고 누나를 안심시켰다. 면목이 없는 쪽은 오히려 자신이라고 덧붙이고 싶었다.

LTTE의 두 요원, 테바람과 라트남이 예고 없이 마라반을 방문하는 일이 중단되었다. 이제는 굳이 요구하지 않아도 마라반이 기부금을 낼 것을 믿기 때문이었다.

"아주 난처한 상황에 처해 계시더군요." 마지막으로 만났을 때 테바람이 말했다. "출장요리 서비스를 운영하시던데, 그러려면 허가가 있어야 할 텐데요. 그런데 마라반 씨는 허가도 없고, 그렇다고 허가를 받을 처지도 못 되죠. 게다가 돈을 충분히, 아니 그 이상을 벌어들이면서 실업급여까지 챙기시더군요. 그렇다고 그걸 포기할 수도 없는 노릇이죠. 그랬다가는 뭘 해서 먹고 사느냐고 관청에서 물어올 테니 겁이 나시겠죠. 그렇게 부당하게 챙긴 돈을 적어도 좋은 목적을 위해서 쓰신다면, 양심의 부담이 좀 덜어지지 않겠습니까? 조카도 돕게 되는 일이구요."

그때부터 마라반은 실업급여가 나오면 밀봉한 봉투에 '테 앞'이라고 적어서 바티칼로아 바자에 맡겼다.

안드레아는 이 모든 사정을 전혀 몰랐다. 만약 "러브 푸드"의 기획회의라는 것이 달리 진행되었더라면, 마라반은 그 일을 언제까지나 혼자 끌어안고 있었을 것이다.

그랬다. 안드레아는 이제 기획회의를 소집했다. 그는 이에 반대하지 않았고, 좋은 점도 있었다. 음식을 준비하는 중이나 자동차를 타고 가면서 일정이며 주문을 상의할 필요가 없으니까. 그러나 그 회의가 늘 안드레아의 집에서 열린다는 점, 그리고 마케다가 동석하는 경우가 점점 잦아진다는 점에는 짜증이 났다. 사적인 것과 공적인 것은 구분해야 한다는 생각이었고, 제3자 앞에서 돈문제를 거론하는 것도 불편했다.

그 사이에 거주용 방으로 탈바꿈한 사무실에서 열린 그 같은 회의에서 안드레아는 마케다와 2주일간 여행을 떠나기로 했다고 그에게 통고했다.

"그럼 누가 널 대신하지?" 그가 물었다.

"네 여자친구한테 부탁하면 어떨까?"

"산다나? 정신이 나갔군."

"어째서? 예쁘고 센스도 있던데."

"산다나는 타밀 여자야. 타밀 여자는 섹스업계에서 일하지 않는다구."

지금까지 입을 다물고 있던 마케다가 웃음을 터뜨렸다. "에티오피아 여자도 그래."

"그럼 타밀 남자는?" 안드레아가 물었다.

"역시 안 하지." 마라반이 풀이 죽어 말했다.

"그럼 넌 왜 이 일을 하는데?"

"난 그 빌어먹을 돈이 필요하니까!"

안드레아는 깜짝 놀랐다. 마라반이 그렇게 소리를 지른 적은 처음이었다. "그럼 그냥 모든 주문을 취소하지, 뭐. 너도 휴가를 보내고." 그녀가 제안했다.

"난 그럴 여유가 없어." 마라반이 퉁명스럽게 대꾸했다.

"우리 그동안 잘 벌었잖아. 너도 틀림없이 2주 정도 보낼 돈은 충분히 모아두었을 텐데."

이 말이 마라반에게 자신의 상황을 털어놓게 만들었다.

두 여자는 입을 다물고 귀를 기울였다. 마침내 안드레아가 단정적으로 말했다. "그러니까 너, 갈취당하고 있구나."

"꼭 그렇지만은 않아. 그 사람들도 나를 도와주고 있어."

"어떤 점에서?"

마라반은 조카 울라구에 대해서 말해주었다. 그가 블랙 타이거에 지원했었다는 것, 두 사람이 그의 입단을 막아주었다는 것 등의 이야기였다.

"그 사람들 말을 믿는 거야?" 마케다가 물었다.

그는 대답하지 않았다.

"어린애들을 전쟁터로 보내는 사람은 절대 믿지 마."

마라반은 여전히 아무 말도 하지 않았다.

"남자들이란." 마치 신물이 난다는 듯, 마케다가 말했다. "미안해요, 마라반. 난 남자와 전쟁과 돈이라면, 그저 구역질밖에는 나질 않아서."

안드레아가 그녀의 말을 받아쳤다. "그렇다면서 해방호랑이와 스리랑카 군대에 무기를 헐값에 팔아넘기는 장사치와 한통속인 자랑 온 밤을 보내는구나."

마케다는 말없이 일어나 방을 나가버렸다. 그러나 안드레아는 고집스럽게 자리를 지키고 앉아 있었다.

"달만 말이야?" 잠시 후 마라반이 물었다.

"그럼 누구겠어."

"그 사람, 그 파키스탄 사람하고도 관계가 있는 거야?"

안드레아가 고개를 끄덕였다. "너도 그래. 너도 그 사람을 위해서 요리를 했잖아."

"장크트 모리츠에서였지." 그것은 의문의 여운을 품은 소리가 아니었다. 불길한 예감에 대한 확신이었다. "그렇지만 난 정말 몰랐어."

"이젠 알았잖아. 마케다도 알고 있고. 그럼 이제 어쩔 건데?"

"더 이상 그자를 위해서 요리하지 않겠어."

"좋았어. 그리고?"

마케다가 기척도 없이 다시 들어왔다. 외투를 입고, 머리에 스카프를 두르고, 핸드백을 메고 있었다.

"너는?" 안드레아가 물었다. "달만하고 얼마나 더 갈 거야?"

"다 끝나가." 마케다는 안드레아의 뺨에 키스를 하고, 마라반의 머리를 쓰다듬어주고는 떠났다.

45

폭풍이 몰아치는 추운 밤, 눈과 비가 뒤섞여 내렸다. 전차 정류장까지는 걸어서 5분. 마라반은 가죽재킷 주머니에 두 주먹을 파묻고, 털모자를 쓴 머리를 어깨 사이로 움츠렸다.

그 말이 맞았다. 달만은 스리랑카 군대와 해방호랑이 양측에 무기를 공급한 자들과 연관이 있었다. 그가 그 장사판과 무관하다면, 무엇 때문에 그 사람들하고 관계를 맺었겠는가. 산다나의 말이 옳았다. 마라반이 가족에게 보내는 돈은 동포들끼리 서로 싸워 죽게 만든 자가 챙긴 이윤에서 나온 것일 수 있었다. 그리고 그가 LTTE를 지원했던 돈은 바로 LTTE에서 나온 것일 수 있고, 그들은 또 그 돈을 마라반 같은 사람들한테서……

머릿속이 온통 뒤죽박죽이었다. 정류장에 다다랐지만 그냥 계속 걸었다. 마치 아무 일도 없다는 듯, 전차 안에 편안하게 앉아 간다는 상상이 그를 경악하게 했다.

거리에는 인적이 없었다. 간간이 자동차들만이 지나다녔다. 가게문은 닫혔고, 커튼이 쳐진 집들이 어둠 속에 서 있었다. 마라반은 성큼성큼 걸음을 빨리했다. 흡사 도망치는 범인 같다는 생각이 들었다. 심정 또한 그랬다.

눈비로 흠뻑 젖은 채 숨을 헐떡이며 집에 도착하기까지는 거의 1시간이 걸렸다. 마라반은 석유난로에 불을 지피고 사룽과 깨끗한 셔츠를 걸친 다음, 제단 앞 디팜에 불을 켜고 사원의 종을 울리고 나서 저녁기도를 올렸다.

푸자를 마치고 나자, 그가 해야 할 일이 무엇인지 뚜렷해졌다. 내일 당장 안드레아에게 가서 "러브 푸드" 일을 그만하겠다고 통고할 것이다. 달만을 위한 일을 거절하는 것만으로는 충분하지 않았다. 그 언저리에는 수많은 달만이 있었다. 확실하게 때를 벗고 싶다면, 그 일을 그만두는 길밖에는 없었다.

테바람과 라티남에게도 출장요리를 그만두게 되어서 실업급여가 다시 필요하게 되었다고 알릴 것이다.

새벽 1시가 지났지만 너무 심란해서 잠을 이룰 수 없었다. 마라반은 컴퓨터를 켜고 스리랑카 내전 사이트를 열었다.

LTTE가 일방적으로 휴전을 선포했다. 스리랑카 국방장관은 이를 "난센스"라고 일축하면서, "저들은 항복할 수밖에 없습니다. 우리와 싸우지 않고, 도망치고 있습니다"라고 말했다.

국방부의 웹사이트는 해방호랑이들에게 남은 구역이 몇 제곱킬로미터인지 추론할 수 있는 "최종 카운트다운"을 열어놓았다. 그리고 그 구역 안에는 수천 명의 난민들도 함께 밀집해 있었다. 30제곱킬로미터도 되지 않는 구역이었다.

한 친정부 사이트는 LTTE가 그들의 약속을 어기고 아직도 소년군을 징집하고 있다는 증거로 한 장의 사진을 공개했다. 몬순 초목의 짙은 녹음 속에 두 명의 소년군이 위장복 차림으로 자동소총을 둘러메고 무표정하게 카메라를 바라보고 서 있었다. 배경에는 야자수와 바나나 관목들이 빽빽한 벽을 이루고 있는데, 그 숲 사이로 길이 하나 뚫려 있었고, 부드러운 땅바닥이 탱크 바퀴에 헤집어져 있었다.

소년병들의 발치에는 다른 소년들의 시신 네 구가 쓰러진 나뭇등걸에 기대어져 있었다. 마치 졸고 있는 듯 머리를 어깨에 떨군 채. 이들은 두 소년병들과는 약간 다른 무늬의 전투복 차림이었다.

마라반은 사진을 확대했다. 그리고는 큰소리로 신음을 내뱉었다.

네 시신 중 한 명이 울라구였다.

마라반은 제단 앞에서 기도를 올리다가 명상을 하고 멍하니 앉아 있기를 반복하며 남은 밤을 지새웠다. 4시 30분에 모니터 앞으로 가서 자프나에 있는 가게의 전화번호를 눌렀다. 현재 그곳 시간은 아침 8시였으니 가게가 열린 시간이었다.

수화기에서는 계속해서 모든 전화가 통화 중이니 나중에 다시 걸어달라는 말만 나왔다. 30분 후에야 가게주인이 전화를 받았다.

마라반은 라기니 누나에게 사람을 보내달라고 부탁했다. 주인은 다음번 송금할 때 5,000루피를 팁으로 보내겠다는 약속을 받아낸 다음에야, 2시간 후에 다시 전화를 걸라면서 그의 청을 들어주었다.

고통스러운 2시간이었다. 자꾸만 울라구가 눈앞에 어른거렸다. 낯가림을 하지 않기까지 늘 얼마간의 시간이 걸렸던 겁 많은 꼬마의 모습. 뛰노는 법도 없고 말썽도 부리지 않으면서, 요리에 관해서는 무엇이든 알고 싶어했던 진지한 소년의 모습. 울라구의 웃는 모습을 볼 수 있는 것은, 요리를 준비하거나 실제로 요리를 하면서 어려운 무엇인가를 성취해냈을 때, 그리고 어떤 음식이 제대로된 맛이 났을 때뿐이었다.

마라반은 그렇게 꼬마 때부터 자기가 되고자 하는 바를 확실히 알고 있는 아이를 지금껏 본 적이 없었다. 그리고 언젠가 그런 사람이 될 것이라고 그렇게 확신하는 아이도.

마라반은 정확히 2시간 후에 다시 전화를 걸었다. 가게주인이 전화를 받아 곧장 누나와 연결해주었다.

"누나?"

"응." 그녀가 가라앉은 목소리로 대답했다.

"누나." 그가 흐느꼈다.

"마라반." 누나도 흐느꼈다.

그렇게 그들은 8,000킬로미터의 거리를 사이에 두고 함께 울었다. 전 세계를 잇고 있는 통신망의 전자 잡음도 그들을 따라 울었다.

46

그날 밤, 안드레아는 마케다를 뒤쫓아가서 집으로 돌아가자고 붙잡고 설득했다. 마라반은 이미 돌아갔고, 그들은 화해를 했다. 그러나 오늘 아침, 다시 그새 조금 다투고 말았다.

안드레아는 아침식사를 침대로 가지고 갔다. 그리고 분위기가 아주 기분 좋게 풀리자 이렇게 쐐기를 박았다. "달만의 이름을 들먹이는 건 지금부터 금지. 오케이?"

마케다는 미소를 지으며 대답했다. "아주 쉽지는 않겠는걸. 그 사람 러브 메뉴를 먹겠대."

안드레아는 기가 막혀 그녀를 바라보았다.

"그 사람 집에서. 나랑."

"당치도 않는 소리라고 말했길 바란다."

"아니, 못했어. 그 일은 쿨을 통해서 진행되는 거 알잖아."

"그럼 '내가' 쿨한테 말할게." 안드레아는 베어 먹던 크루아상을 접시에 내려놓고 팔짱을 꼈다.

마케다는 조용히 먹기를 계속했다. "그렇게 쉽게 들어주지 않을 거야. 달만은 중요한 고객이랬어. 고객들을 대주는 중요한 중개업자."

"그럼 난 중요한 하청업자야."

마케다가 그녀를 안았다. "에이, 아마추어 같이 그러지 마, 꼬맹아. 그 사람 그짓 못할 거야. 그건 마라반의 예술이라도 어쩌지 못해."

"그렇지만 해보려고 들 거 아냐." 안드레아는 뾰로통하게 말했다.

"내가 바라는 바야." 마케다가 단호하게 말했다.

"뭘 기대하고?"

"그러다 그자가 뒈지는 거." 마케다가 음울하게 대답했다.

안드레아는 기겁을 해서 여자친구를 뚫어지게 바라보았다. 마케다는 소리내어 웃으며 그녀에게 키스를 했다.

그 순간 현관문에서 벨이 울렸다.

"올 사람 없는데." 안드레아는 일어나려고 들지 않았다.

다시 벨이 울렸다. 그리고 또 한 번. 안드레아는 짜증을 내며 일어나 기모노를 걸치고 쿵쾅거리며 문으로 걸어갔다. 그리고는 "네?" 하고 인터폰에 대고 쏘아붙였다.

"나야, 마라반." 그는 이미 올라와서 현관문 앞에 서 있었다. 안드레아는 문을 열고 그를 안으로 들였다.

"대체 어쩌다 꼴이 그 모양이야?"

마라반의 머리는 헝클어져 있었다. 면도도 하지 않아서, 원래도 숱이 많은 수염이 사흘은 자란 양 덥수룩했다. 눈 밑은 검게 그늘이 져 있었고 눈빛도 달라져 있었다. 초점이 없었다.

"무슨 일이야?"

대답 대신 그는 말없이 고개만 저었다. "나 집어치울래." 그가 불쑥 내뱉었다.

안드레아는 무슨 뜻인지 즉각 알아챘지만, 다시 물었다. "뭘 집어치운다는 거야?"

"러브 푸드, 당장 그만두겠어."

그때 마케다가 침실 문께로 나와 섰다. 그녀는 젖가슴 위로 시트를 감아 묶고 담배를 피우고 있었다.

"조카는 어쩌구요?" 마케다가 물었다.

그는 고개를 떨구었다.

마케다가 마라반에게 다가가 그를 두 팔로 안았다. 안드레아는 그의 어깨가 들썩이는 모습을 보았다. 등까지 들썩이더니 갑자기 가슴 밑바닥으로부터 흐느낌이 터져나왔다. 키가 크고 조용한 이 남자에게 전혀 어울리지 않는, 높고 길게 뿜어져나오는 비탄에 찬 울음소리였다.

그리고 마케다의 얼굴도 일그러졌다. 눈에 눈물이 가득 차오르더니 이내 흐느끼며 마라반의 어깨에 얼굴을 묻었다.

1시간쯤 지나서야 마라반은 진정이 되었고, 그제야 그들은 그를 집으로 보낼 수 있었다.

"그만두는 건 다음에 얘기하기로 하자." 안드레아가 현관문 앞에서 말했다.

"끝난 얘기야."

"그럼 최소한 달만 건은 해결되겠네." 마케다가 말했다.

"무슨 건?"

"달만이 러브 메뉴를 먹겠대." 안드레아가 설명했다. "마케다랑, 그 사람 집에서."

마라반은 갔다. 그러나 층계참에서 돌아서더니, 되돌아와서 말했다. "달만 건까지 하고, 그만둘게."

47

"사람이 자연사하지 못하면, 한 맺힌 영혼이 안식을 찾지 못하고 끊임없이 이승을 떠돌게 된대요."

"그걸 믿어요?" 산다나가 물었다.

그들은 전차로 갈 수 있는 도시근교의 가장 높은 산턱까지 와서 인근 숲 속을 산책했다. 추운 날씨에 해발 800미터까지는 눈이 내렸다. 엥가딘에서 겨울 산책을 한 이후로 문득문득 새하얀 정적이 그리웠던 마라반은 설경이 보고 싶었다. 그러나 주변은 온통 초록색이거나 갈색이었다. 높은 안개층을 바람이 흩트려놓을 때만, 그 사이로 얼핏 새하얗게 반짝이는 산등성이와 숲을 볼 수 있었다.

"그렇게 배웠죠. 난 종교에 회의를 품어본 적이 없어요. 그걸 의심하는 사람도 못 봤구요."

산다나는 패딩점퍼에 핑크색 털모자를 이마까지 깊이 눌러쓰고 있었다. 그 모습이 그녀를 어린아이처럼 보이게 했다. 진지한 주제에도 불구하고, 입을 크게 벌리고 숨을 내쉬면서 뿜어져나오는 자신의 입김에 반한 듯 시선을 떼지 못하는 모습도 어린아이 같은 인상을 더해주었다. "난 의심이 많아요. 이곳에서 성장하다보면 의심하는 걸 배우게 되거든요."

마라반은 그 점을 찬찬히 생각해보았다. "힘들겠네요."

"의심하는 게요?"

그는 고개를 끄덕였다.

노부부 한 쌍이 맞은편에서 걸어오고 있었다. 부인이 남편에게 뭔가 열심히 이야기를 하다가 입을 다물었다. 마라반과 산다나도 대화를 중단했다. 네 사람이 산자락의 같은 지점에서 마주치게 되었을 때, 숲 산책객의 불문율대로 모두가 이구동성으로 "안녕하세요" 하고 인사했다.

갈림길에 이르렀다. 마라반은 주저 없이 눈[雪]이 마주 보이는 오르막길로 결정했다.

그들은 보조를 맞추어 계속 걸었다. 힘이 들어 걸음을 멈추는 경우가 점점 잦아졌다. 말을 하면서도 처음에는 한 문장이, 그 다음에는 한 마디가 끝날 때마다 쉬었다.

"모두들 전쟁이 곧 끝날 거라던데요."

"바라는 바예요." 마라반이 한숨을 쉬었다.

"졌는걸요." 그녀가 덧붙였다.

"그래도 최소한 끝나잖아요."

"돌아갈 건가요?"

마라반은 멈춰 섰다. "지금까지는 확실하지 않았어요. 그런데 낭가이 이모할머니도 올라구도 없는 지금은……. 당신은요?"

"돌아갈 거냐구요? 난 여기 사람인걸요."

숲 속의 빈터로 들어서는 길은 약간 굽이져 있었다. 중간쯤 다다랐을 때, 홀연 노루 한 마리가 길을 막았다. 노루는 화들짝 놀란 듯이 그들 쪽을 힐끗 보더니 줄행랑을 쳤다. 그러더니

비탈의 맨 꼭대기에 올라서서 꼼짝 않고 그들을 내려다보았다.

"혹시 울라구가 아닐까." 산다나가 말했다.

마라반은 놀랍다는 듯이 그녀를 바라보고 미소를 지었다. 그리고는 두 손을 얼굴 앞으로 마주 모으고 노루가 있는 방향으로 절을 했다. 산다나도 그가 하는 대로 따라했다.

숲 속의 빈터 위 부연 하늘에서 눈이 내리기 시작했다.

48

몇 가지 시간이 오래 걸리는 메뉴의 식재료들은 얼마든지 전날 미리 준비해놓을 수 있었다. 예컨대 냉동보관할 수 있는 에로틱 캔디. 건조시켜서 젤리화하는 데에 시간이 걸리는 검정녹두 꽈배기. 또는 회전 증류기에서 뽑아낸 에센스도 진공 밀폐용기에 담아두면 아무 문제가 없었다.

이런 일로 한창 바쁜데, 현관문에서 초인종이 울렸다. 마라반이 문을 열었더니, 어둑한 층계참에 훌쩍 큰 키의 마케다가 미소를 지으며 서 있었다.

"그렇게 놀란 얼굴 하지 말아요. 3층에 사는 여자밖에는 아무도 못 봤어요."

"그거면 소문은 충분히 나고도 남죠." 그는 마케다를 안으로 들였다.

그녀는 외투를 벗었다. 안에는 에티오피아의 전통 드레스를 입고 있었다. "이 동네에는 이 옷이 더 잘 어울릴 것 같아서."

"뭘 원해요?" 그가 물었다.

"백차면 좋겠네요. 이 집에 샴페인은 없을 테구요."

마라반은 그런 뜻으로 한 질문이 아니었다. 또한 과연 그녀가 그의 질문을 정말 잘못 이해한 것인지도 확신이 가지 않았다. 그렇지만 그는 고개를 끄덕였고, 그녀는 그를 따라 주방으로 들어섰다.

그녀의 시선이 여러 단계의 완성과정에 있는 과자로 갔다. "달만과 나를 위한 것?"

마라반은 고개를 끄덕이며 찻주전자에 물을 부었다.

"먹어봐도 돼요?" 그녀는 아직 시럽을 바르지 않은 이집트콩-생강-후추로 만든 여근 모양 과자 하나를 가리켰다.

"딱 하나만요. 숫자를 맞춰서 만들어놓은 거니까." 그는 찬장에서 찻잔과 잔받침 두 벌을 꺼내 쟁반에 놓았다.

마케다는 과자 하나를 집어 한입 베어 먹었다.

물이 끓자 그는 차에 물을 붓고는 쟁반을 들고 작은 거실로 앞장서 들어갔다.

제단 앞에는 디팜이 타고 있고, 평소와 달리 백단향(白檀香) 냄새가 났다. 마라반이 방금 전에 기도를 올리면서 헌향(獻香)했던 것이다. 제단 앞에는 전사한 소년병들의 사진이 놓여 있었다. 마라반이 찻상을 차리는 동안 마케다는 사진을 유심히 들여다보았다.

"이 중에서 누구예요?"

마라반은 쳐다보지 않았다. "왼쪽에서 첫 번째요."

"아이네요."

"나처럼 요리사가 되고 싶어했어요."

"틀림없이 훌륭한 요리사가 되었을 거예요."

"아무렴요." 마라반은 사진을 내려다보았다. "한마디로 부당해요." 그의 목소리가 제대로 나오지 못했다.

마케다가 고개를 끄덕였다. "나한테는 사촌 여동생이 있었는데 간호사가 되고 싶어했어요. 그런데 열 살 때 징병되어서는 병을 고치고 환자를 돌보는 일 대신에 칼라슈니코프 총(러시아 육군장군 미하일 칼라슈니코프가 발명한 총기/역주)으로 사람을 죽이는 방법을 배워야 했죠. 그리고는 열두 살도 되지 못하고 죽었어요."

이제 마케다도 목이 메어 소리가 나오지 않았다. 마라반은 그녀의 어깨에 손을 얹었다.

"해방된 에리트레아(아프리카 북동단 홍해에 면한 국가. 1961년부터 30년간의 독립투쟁 끝에 1993년에 에티오피아로부터 독립했으나, 이후에도 국경분쟁은 계속되었다/역주)를 위하여." 그녀는 소리내어 웃으려고 했지만 웃음소리는 오히려 흐느낌으로 들렸다.

그들은 자리에 앉아 아직도 꽤 뜨거운 차를 조심스럽게 홀짝이며 음미했다.

마케다가 찻잔을 내려놓고 말했다. "달만 같은 작자들이 이 아이들을 죽인 거예요."

마라반은 머리를 흔들었다. "아니에요. 전쟁이라는 음모를 꾸미는 사람들이죠."

"이념주의자들. 그들도 물론 나쁘죠. 그렇지만 무기공급자들이 더 악랄해요. 그자들은 무기를 공급하는 것으로 세상의 전쟁에 불을 붙인다구요. 전쟁 덕분에 돈벌이를 하고, 전쟁을 연장시키는 작자들. 달만 같은 놈들 말이에요."

마라반은 그렇게 단정하기에는 너무 하찮다는 투로 손을 내

저었다. "달만은 한낱 피라미에 불과해요."

마케다는 고개를 끄덕였다. "그래도 '우리의' 손 안에 든 피라미죠."

마라반은 아무 말도 하지 않았다.

한동안 침묵이 이어진 후, 마케다가 힘주어 말했다. "그자는 다른 모두를 대표하고 있어요."

마라반은 여전히 입을 다물고 있었다.

"마라반, 일을 그만두겠다면서 이 음식은 왜 만들고 있는 거죠? 하필이면 이번 음식을?"

"모르겠어요."

"뭔가 계획이 있는 거죠. 아닌가요?"

"모르겠어요. 그럼 마케다 씨는? 어째서 이 일을 하나요?"

"난 알고 있어요."

밖에서 순찰차의 사이렌 소리가 요란하게 났다가, 서서히 잠잠해졌다.

"달만은 심장병을 앓고 있어요." 그녀가 말했다.

"심각한 증세면 좋겠군요."

마케다가 웃음을 띠었다. "심장마비가 온 적이 있었죠. 의사들이 그자의 심혈관에 작은 관을 삽입했어요. 지금은 혈압을 낮춰주고 피를 묽게 해야 하는 상황이에요. 안 그러면 다시 심장마비를 일으키거든요."

마라반은 침묵을 지키며 찻잔에 대고 입김을 후후 불었다.

"그 사람, 어디에서 심장마비를 일으켰는지 알아요?"

마라반은 고개를 저었다.

마케다는 그녀 특유의 거리낌 없는 웃음을 터뜨렸다. 하지만 그 웃음소리에는 긴장감이 배어 있었다. "후빌러에서. 그것도 가장 북적이는 시간에."

마라반은 아무런 반응을 보이지 않았다.

"달만은 몸조심을 해야 해요. 과도한 긴장도 안 되고, 체력의 한계를 넘어서도 절대 안 되고."

"알겠네요."

마케다는 차를 한 모금 마시고는 느닷없이 물었다. "음식으로 발기부전도 해결할 수 있어요?"

"그럴 수 있을 거예요. 왜요?"

"발기가 가능하게 하는 뭔가를 음식에 넣는 건가요?"

"즉효는 아니래도, 시간이 지나면 효과가 있는 게 있죠."

"즉효가 나야 해요."

마라반은 유감이라는 듯이 어깨를 으쓱했다.

"30분이면 효력을 내는 약이 있다구요."

"그런 건 나한테 없어요."

"나한테 있어요." 마케다가 말했다.

15분 후 그녀가 집을 떠났을 때, 찻잔 옆에는 알약 네 알이 담긴 약봉지가 놓여 있었다.

한밤중에 마라반은 소스라치게 놀라 잠에서 깨어났다. 그는 웬 초록색 벽 앞에 서 있었다. 비에 젖은 암녹색의 빽빽한 벽—정글이었다. 갑자기 그 총림(叢林) 속에서 탱크들이 몰려나와 거꾸로 방향을 틀더니, 숲을 갈아붙여 새로운 길을 내면서 엔진 소리가 거의 들리지 않을 때까지 멀리 사라졌다. 곧이어 탱크들은 다시 돌진해왔다. 그리고는 역시 거꾸로 방향을 돌려 사라졌다가 나타나기를 반복하면서, 결국 녹색 정글을 깡그리 밀어버렸다. 마라반은 그 뒤로 어둡고 평온한 바다를 보았다.

그는 이제 잠이 달아나버렸고 그래서 불을 켰다. 침대 옆 카레나무들이 겁에 질린 생물처럼 꼼짝도 않고 서 있었다.

시계를 보았다. 새벽 3시였다. 얼른 일어나서 카르다몸과 울금을 넣은 따끈한 우유를 마셔야겠다는 생각이 들었다. 안 그러면 동이 트도록 잠을 이룰 수 없을 것 같았다.

주방에서 우유를 데우는 동안, 그는 마케다의 제안에 대해서 곰곰이 생각했다.

우유가 미지근해졌을 즈음, 그는 결단을 내렸다.

49

"연방검찰청 서류철에? 그냥 그렇다니? 자네 날 가지고 놀 셈인가?" 달만은 이미 만찬을 위한 옷차림을 하고, 그의 서재 안에서 금빛 치장이 된 초록색 가죽시트와 놋쇠장식이 박힌 책상 앞에 앉아 있었다. 출장요리 팀은 벌써 오후 내내 집에 와 있었고, 그는 마케다가 오기 전에 셰리주를 한 잔 더 즐기려던 참이었다. 그때 셰퍼가 예고도 없이 불쑥 나타난 것이다. 뭔가 다급한 일이 생겼다고 했다.

실제로 다급한 일이었다. 연방의회가 예외적으로 선견지명도 있고 CIA의 압력도 있어서, 폐기처분하도록 지시했던 이른바 핵무기 밀매에 관한 서류사본 전문(全文)을, 연방검찰청의 얼뜨기들이 아무 서류철에나 끼워서 뒹굴렸다는 내용이었다. 조금만 분별 있는 인간이라면 소리 없이 분쇄기에 넣고 끝냈을 일을, 그 얼뜨기들은 한술 더 떠서 사방에 나발을 불고 다닌다고 했다.

"그게 전문이라고 했나? 내 말은, 한 자도 빠지지 않고 모든 내용이 다 들어가 있다는 건가? 원, 허튼소리. 내 말은, 빌어먹을 팔루크론도 거명되었냐는 말일세."

"그 점에 대해서는 저도 전혀 아는 바가 없어요. 하지만 그럴 거라고 예상을 해야겠죠. 제가 아는 건, 국제 핵위원회 전문가들이 이미 며칠 전에 그 서류를 검토해서 논란이 큰 내용과 무탈한 내용을 구분해놓았다는 겁니다."

"팔루크론은 논란거리에 끼지 않을 거네."

"바로 그 점을 전제하고 대처하자는 거죠."

"그렇게 되면 그 국제 핵도사들은 논란거리는 손에 넣고, 나머지는 분쇄기 속에 넣겠지."

"오히려 논란거리가 분쇄기에 들어가지 않을까, 그게 걱정되네요."

달만은 그의 입바른 소리가 불쾌했다. "그럼 이제 어쩔 작정인가, 셰퍼?" 달만은 그의 하수인이 무슨 용서할 수 없는 과오라도 저지른 듯이, 당장 취소하라는 투의 비난에 찬 시선을 던졌다.

"아직 속단하기는 일러요. 전 그저 신속하게 상황에 대처하길 바랐을 뿐입니다. 그리고 이해하시겠지만, 이 문제를 전화상으로 거론하고 싶지는 않았구요."

"내가 도청당하고 있다고 까놓고 말하게."

"비밀경찰들이 개입된 판에서는 아무리 조심해도 지나치지 않으니까요."

초인종이 울렸다.

"내 손님이 왔군. 또다른 용건이 있나?"

셰퍼가 일어났다. "그래도 어쨌든 좋은 밤 되세요. 푹 쉬시구요. 그 일은 무사히 지나갈 겁니다."

"내 말이 그 말일세." 달만은 반쯤 진심으로 툴툴대면서 따라 일어나 셰퍼를 홀까지 배웅했다. 홀에서는 루르드가 외투를 벗는 마케다를 거들고 있었다. 그녀의 모습이 얼마나 매혹적인지 셰퍼도 느끼는 듯했다.

마라반은 오후 내내 널찍하기만 했지 속물스러운 이 집의 불편하기 짝이 없는 주방에 갇혀 있었다. 그는 정성을 기울여 요리에 전념했다. 울라구와 낭가이 이모할머니도 그곳에서 그와 함께하고 있었다. 그 점이 분명히 느껴졌다. 그들은 그가 토마토를 잘라 속을 파내고 칼질하는 모습, 새하얀 양파를 사각으로 잘게 썰어 쌓아놓는 모습, 단 두 번의 칼질로 쪽마늘에서 파란 싹을 빼내는 모습 그리고 고수와 커민, 고추와 타마린드 콩가루로 말랑말랑한 반죽을 이기는 모습을 지켜보고 있었다. 한편그는 그들에게 새로운 분자식 요리기법도 소개했다. 젤리화시키는 것, 스페리코 만드는 법, 거품을 내는 작업, 진액을 뽑아내는 과정을 보여주었다. 그렇게 그는, 아무나 붙들고 분통을 터뜨리고 싶어하는 안드레아는 아랑곳하지 않은 채, 그들과 소리 없이 이야기를 나누었다.

전날 마라반은 일찌감치 일어나 근처 약국으로 가서, 낭가이 이모할머니의 장기 처방전을 내밀고 미니린을 구입했다. 여자 약사가 그를 기억하고 관심 있게 물었다. "이모님은 어떠세요? 어머님이셨던가?"
"이모할머님이에요. 그럭저럭 지내십니다. 고맙습니다." 마라반이 대답했다.
주방에 돌아와서 그는 약상자에 첨부된 설명서를 꼼꼼하게 읽고, 알약 하나를 조각내어 돌절구에 넣고 미세한 분말로 갈았다. 그리고는 새끼손가락을 약간 축여 분말을 살짝 묻힌 후 맛을 봤다. 썼다.

작은 술잔에 물을 담아 분말을 녹여보았다. 술잔에 담긴 내용물은 우윳빛이 되었다가 잠시 후 다시 맑아졌다. 그는 냄새를 맡아보고 잔을 내려놓은 다음 생각에 잠겼다.

그러다가 벌떡 일어나 옆 골목에 있는 식료품 가게로 가서 캄파리 한 병을 사들고 돌아왔다.

알약 또 하나를 돌절구에 갈아, 같은 술잔에 캄파리를 붓고 녹여보았다. 아까와 똑같이 내용물은 우윳빛으로 번졌다가 다시 맑아졌다.

마라반은 또다른 잔에 캄파리만 따르고 피펫으로 두 종류의 캄파리를 각각 한 방울씩 맛보았다. 둘 다 쓴 맛이 났다.

곧이어 그는 10배 양의 알약을 가루로 내어 150밀리리터의 캄파리에 녹였다. 그리고 용액이 다시 맑아지자 얼른 1.5그램의 알긴을 넣고 휘저었다.

이렇게 준비된 캄파리 용액을 캐비아 제조용 주사기에 넣고 염화칼슘을 용해시킨 간수에다가 방울방울 고르게 떨어뜨렸다. 그런 다음 간수에서 작은 알맹이들을 건져내 탱글탱글한 캐비아 모양새가 되었는지 살펴보고 냄새를 맡아보았다. 그러나 맛은 보지 않았다.

이어서 냉동시켰던 오렌지 한 개로 주스를 만들어 포도주잔에 담고, 종잇장처럼 얇게 썬 오렌지 조각으로 장식하고는 빨간색 가짜 캐비아 알맹이들을 띄웠다.

마라반의 캄파리 오렌지 미니린이었다.

그는 이 칵테일의 냄새를 맡아보고는 개수통에 부어버렸다. 그리고는 다시 한번 돌절구에 알약을 빻았다. 이번에는 내일 쓸 것이었다. 캄파리 석 잔에 넣기에 충분한 양으로—. 달만이 술을 많이 마신다는 말을 들은 바 있었다.

마라반은 초인종 소리에 화들짝 놀랐다. 마케다라면 예정보다 30분이나 일찍 온 것이었다. 그러나 잠시 후 안드레아가 주방으로 들어와서 아직은 아니라고 그를 안심시켰다. 방문객은, 안드레아의 표현을 빌자면, 도무지 피해볼 대책이 없는 셰퍼였다.

30분이 너끈히 지나서 다시 초인종이 울렸다. "마케다가 왔어." 안드레아가 풀 죽은 목소리로 보고했다.

마라반은 아페리티프를 완성했다.

"캄파리 오렌지는 남자분 것, 마케다는 물론 샴페인이고."

사실 달만은 그냥 보통 캄파리 오렌지가 나왔더라면 싶었다. 또는 캄파리 소다라면 더 좋았을 것을. 그러나 그는 흥을 깨는 인물이 아니었고, 지금껏 한번도 그런 적이 없었다.

그래서 예쁘장한 웨이트리스가 들고 온 쟁반에서 칵테일잔을 집어들고 술에 대한 설명을 들었다. "시원한 오렌지 주스에 띄운 캄파리-캐비아입니다. 유리처럼 투명한 네이블오렌지 슬라이스로 장식했구요. 맛있게 드세요."

달만은 그녀가 방에서 나가기를 기다렸다가 잔을 들고 마케다에게 건배를 청했다. 마케다는 늘 그렇듯이 샴페인잔을 들고 있었다. 그녀는 잔테두리 너머로 시선을 보내며 연방검찰청의 칠칠치 못한 처사 때문에 언짢아진 마음이 싹 가시도록 미소를 지었다.

침실, 또는 그의 표현대로 하면, 마스터 베드룸은 몰라볼 정도로 달라져 있었다. 침대와 사이드 테이블 외에 모든 가구가 치워졌다. 그 대신에 낮은 원탁이 이국적으로 세팅되어 있었고, 앉을 자리에는 방석과 쿠션이 놓여 있었다.

"야, 이걸 침대로 삼아도 되겠군." 그들이 방으로 들어서고 나서, 방 안의 유일한 조명인 촛불에 눈이 익숙해진 달만이 농담을 했다.

술맛은 뭐랄까—장난스러웠다. 도저히 쉽게 마실 수가 없었다. 표면을 덮은 채 떠 있는 캄파리 알맹이들이 미끈거려서, 그놈의 것을 들이마시려니 훌쩍훌쩍 소리를 내거나 입술을 뾰족하게 내밀어 잡을 수밖에 없었다. 그 모습을 본 마케다가 웃음을 터뜨렸고, 덩달아 우스워진 달만은 그녀를 즐겁게 해주려고 애쓰며 그것을 마시는 시늉을 짐짓 과장해서 보여주었다.

이런 장난을 치는 사이에 순식간에 술잔이 비게 되자, 그가 물었다. "어때, 이거 수플레망이 될까?"

마케다가 무슨 말인지 알아듣지 못하자 그가 설명했다. "이걸 한 잔 더 만들어줄 수 있으려나?"

그녀는 사원의 종을 울렸다.

마라반은 주요리에 앞서 내어갈 입가심거리를 만드는 중이었다. 카레잎-계피-야자유에서 얻은 진액을 담아놓은 병뚜껑을 열고 쌀가루로 만든 미니 차파티에 한두 방울 떨어뜨리자, 그의 소년 시절의 향이 코로 물씬 올라왔다. 그건 너무나 일찍 생을 마감해버린 울라구의 유년 시절의 향이기도 했다.

그는 평소에는 결코 하지 않던 짓을 했다. 차파티 한 조각을 입에 넣고 눈을 감은 다음, 혀와 입천장으로 퍼지는 맛을 음미한 것이다.

뾰로통한 표정으로 문께에 서서 종이 울리기를 기다리던 안드레아가 그를 쳐다보았다. "그거 개수를 맞춰놓은 거 아니었어?"

마라반은 눈을 뜨고 먹던 것을 씹어 삼킨 뒤에 대답했다. "이걸로도 충분하게 될 거야."

2층에서 종소리가 들리자 안드레아는 차파티를 들고 계단을 올라갔다.

그녀가 주방으로 다시 돌아왔을 때, 쟁반에는 빈 칵테일잔이 놓여 있었다. "이거 한 잔 더 달래."

마라반은 두 번째 칵테일을 만들었다.

달만은 두 가지 질감으로 만든 검정녹두-렌즈콩 꽈배기와 아이스 사프란-아몬드 에스푸마 그리고 사프란 젤리의 맛까지는 즐길 수 있었다. 그리고는 마케다가 요란하게 종을 울리며 계단을 뛰어내려왔다.

"그 사람, 죽어가." 그녀는 이 말만 내뱉고는 다시 계단을 뛰어올라갔다. 마라반과 안드레아도 그녀의 뒤를 따랐다.

달만은 인도 방석과 시트들 사이에 묻혀 누워 있었다. 가슴에 얹힌 오른손에는 경련이 일었다. 새하얗게 질린 얼굴은 촛불을 받아 축축하게 번들거렸고, 겁에 질려 두 눈을 부릅뜬 채 숨을 헐떡이고 있었다.

마케다, 안드레아, 마라반, 세 사람 모두 약간의 거리를 두고 서서 그 장면을 지켜보았다. 아무도 가까이 다가가려고 들지 않은 채, 각자 자기만의 생각에 빠져 있었다.

달만은 뭔가 말을 하고 싶은 모양이었다. 그러나 목숨을 부지하려고 숨을 몰아쉬느라 힘에 부쳐 말을 하지 못했다. 그는 간간이 포기하려는 듯 눈을 감고 거의 숨도 쉬지 않고 있다가는, 곧 다시 온몸을 뻗대며 죽을힘을 다하곤 했다.

"누군가에게 전화를 걸어야 하는 거 아냐?" 안드레아가 말했다.

"응, 그래야겠지." 마케다가 동의했다.

"144에." 마라반이 덧붙였다.

그러나 세 사람 모두 움쩍도 하지 않았다.

구급차가 왔을 때는 안드레아와 마라반이 "러브 푸드"와 관련될 법한 일체의 것들을 챙겨 떠난 뒤였다. 마케다가 144에 전화를 걸고 구급차를 기다렸다.

응급의사는 환자의 사망을 확인하는 일밖에 할 것이 없었다. 사체 부검 결과, 8개월 전 첫 번째 심장마비 이후에 환자의 몸 안에 삽입한 스텐트가 심장 강화제와 항혈제의 복용에도 불구하고 다시 막혔다는 사실이 확인되었다. 달만의 주치의 호팅어 박사는 고인의 지속적인 무분별한 생활습관이 이런 불행한 결과를 초래했다는 소견을 내놓았다.

그날 밤 고인을 위해 요리를 했던 에티오피아계 영국 여인 마케다 F의 진술, 그리고 사망 당시 혈중 알코올 농도 역시 의사의 소견을 입증해주었다.

헤르만 셰퍼는 에릭 달만을 위해 적절히 예를 갖춘 장례식을 준비했다. 찾아온 조문객은 기대에 미치지 못했다. 또한 그는 「프라이탁」에 감동적인 추도문도 실었다.

그 밖의 미디어들은 짤막한 부고를 싣는 데에 그쳤다. 어쨌거나 그 시점까지는 팔루크론의 이름도, 팔루크론과 달만의 관계도 언급되지 않았다.

영구 서남부 실리 섬에는 11월이면 수선화가 핀다. 그리고 4월인 지금, 영국 잔디와 흡사한 잡풀 속에는 여전히 수선화가 여기저기 작은 군락을 이루며 피어 있었다.

안드레아와 마케다는 어느 민박집에 2주일간 방을 빌렸다. 그들은 매일처럼 해변을 따라 좁은 길을 산책했다. 해안선 앞쪽으로는 부서지는 파도를 맞는 바위들이 마치 굼실거리는 거대한 동물들처럼 허우적거렸다.

"내가 왜 달만을 도와주지 않았는지 알고 싶어?" 지금까지 가능하면 멀찍이 피해왔던 주제였는데, 안드레아가 뜬금없이 물었다.

"넌 그 사람이 죽기를 바랐잖아."

안드레아가 고개를 끄덕였다. "그 정도로 질투가 났었어."

마케다는 그녀의 어깨를 감싸안았다.

그들은 그런 자세로 얼마 동안 계속 걸었다. 그러다가 길이 너무 비좁아져서 떨어지지 않을 수 없게 되자, 안드레아가 앞장을 섰다.

갑자기 마케다가 안드레아의 뒤통수에 대고 말했다. "그 사람 죽도록 그짓을 할 판이었는데."

안드레아가 우뚝 멈추고 돌아섰다. "그짓 못하는 줄 알았는데?"

"내가 발기제를 억지로 먹이려고 했거든."

"어떻게?"

"음식에 넣어달라고 마라반한테 부탁했어."

안드레아는 눈을 휘둥그레 뜨고 그녀를 바라보았다. "너희들, 그 사람을 죽일 작정이었던 거야?"

마케다가 고개를 끄덕였다. "그 작자 같은 모든 위인들의 대표격으로."

안드레아는 길가에 난 푹신한 풀더미 위에 주저앉았다. 그녀의 해쓱한 얼굴이 더 해쓱해졌다. "틀림없이 그 약 때문에 심장마비를 일으켰을 거야."

마케다가 그녀의 옆으로 가서 앉으며 미소를 지었다. "절대로 그렇지 않아. 마라반은 그 약, 음식에 안 섞었어."

"어떻게 그렇게 확신해?"

"그 약, 마라반이 나한테 돌려줬거든. 바로 그날 밤에 아주 몰래."

"다행이다!" 그들은 한참 동안 그곳에 앉아, 멕시코 만류가 밀려와 적절한 온도로 조율된 바다와 서쪽 하늘에 층층이 몰려드는 구름을 지켜보았다.

"한 단계 높은 정의라는 것이 있긴 있나봐." 안드레아가 깊이
생각에 잠겨 말했다.

"분명히 있어." 마케다가 대답했다.

50

쟁반 위에는 절반으로 가른 망고와 파인애플이 담긴 작은 그릇들이 놓여 있었다. 그는 망고의 씨앗을 바짝 도려내고는 샛노란 과육을 바둑판 모양으로 칼질해서 속이 위로 보이도록 뒤집어놓았다. 그러고보니 부드러운 과육이 마치 반듯하게 각진 주사위들로 이루어진 갑각류 같아 보였다.

파인애플의 경우에는 그릇의 장식용으로 단단한 이파리들을 남겨두었다. 그리고는 예리한 칼로 비늘 같은 껍데기와 질긴 심지를 발라내고 가로로 썰었다. 이어서 이렇게 만들어진 얇은 파인애플 조각들을 그릇 위로 솟아올라오도록, 일부는 왼쪽으로, 다른 일부는 오른쪽으로 밀어가며 배열했다. 두 과일을 다룬 솜씨가 별나게 독창적인 것은 아니었지만, 보기에 아름다웠고, 손으로 집어먹기도 편했다.

마라반은 그의 주방에 서 있었다. 이른 아침, 비가 내릴 듯이 우중충하고 싸늘한 날씨였다. 청소차가 요란한 소리를 내며 쓰레기 컨테이너들을 비웠다. 곧이어 다시 테오도르 가의 주택가에는 스산한 정적이 깔렸다. 스리랑카 정부가 LTTE를 타도했다고 선포한 그날부터 들어선 정적이었다. 기자, 어디에도 매이지 않은 관측자, 구호기구 할 것 없이 전쟁지역으로의 출입은 차단되어 있었다. 믿을 만한 뉴스가 없었다. 소문만 무성했다. 살해당하고, 굶주리고, 전염병에 걸린 수단 명에 달하는 민간인과 양측 전쟁범들에 대한 끔찍한 소문이었다. 그 지역에 가족을 둔 사람들은 가족들의 소식과 그들이 살아 있다는 신호라도 받기를 애타게 기다렸다. 희소식을 들은 이들도 흉보를 접한 이들을 배려해서 드러내놓고 기뻐할 엄두를 내지 못했다. 그리고 모두가 어떻게 될지 모른다는 불확실성에 짓눌려 있었다. 이쪽은 이쪽대로, 저쪽은 저쪽대로.

그러나 다시 몇 가지 사건들이 이 극적인 사건을 그곳 전쟁터에만 머물지 못하게 만들었다. 그중 지배적인 화제는 모든 세계인과 연관된 것이었다. 멕시코에서 돼지독감이 발생해서 수백만 명의 희생자를 내며, 제1차 세계대전 후 전염병이 창궐했을 때처럼, 전 세계를 전염병에 대한 공포 속으로 몰아넣었다.

마라반은 전날 저녁 쌀가루와 코코넛 우유에 설탕과 약간의 이스트를 넣고 걸쭉하게 반죽해서 밤새 발효시켜두었다. 그리고 바로 30분 전에 그것에 약간의 소금과 베이킹파우더를 첨가했다. 이제는 뜨겁게 달군 반달 모양의 작은 프라이팬에 야자유를 살짝 두를 차례였다.

그는 프라이팬을 내려놓고 반죽을 두 숟가락 떠넣은 다음 손잡이를 잡고 들어올려 내용물의 가장자리에 층이 생기도록 뱅글뱅글 돌렸다. 그리고는 달걀을 반죽 한가운데 깨넣고, 줄인 불 위에 프라이팬을 다시 올린 다음 뚜껑을 덮었다. 3분 후 호퍼의 가장자리가 바삭거리는 밤색이 되었고 달걀도 익었다. 그는 그것을 따뜻하게 오븐에 넣어두고, 다음 것을 만들었다.

그가 향긋한 호퍼와 코코넛 처트니, 차, 과일을 담은 쟁반을 들고 침실로 들어섰을 때, 그곳은 아직 어두웠다.

그러나 산다나의 목소리는 맑게 깨어 있었다.

"그런데 나한텐 언제 러브 메뉴를 만들어줄 거야?"

"그럴 일은 없어, 절대로."

마라반의 레시피

마라반의 레시피는 하이코 안토니비츠(독일 분자요리의 대가, 『간식, 미식 예술의 지존』이라는 책으로 주목을 받기 시작해 여러 요리 저서를 출간했다/역주)의 경이로운 요리책(하이코 안토니비츠와 클라우스 달벡, 『대담하게 요리하기 : 분자 기법과 식감』)에서 일부 영감을 받았다. 다음의 레시피 모음은 하이코 안토니비츠가 마라반의 레시피를 우리가 따라할 수 있도록, 그리고 우리에게 요긴하게도, 단순한 주방기기로도 요리할 수 있도록 만들어준 것이다. 러브 메뉴 레시피의 질량 표시는 10코스짜리 식사의 경우에 2인분 기준이며, 시식 메뉴는 4인분 기준이다.

러브 메뉴

카레잎-계피-야자유 에센스를 친 미니 차파티
두 가지 식감의 검정녹두-렌즈콩 꽈배기
살리 쌀밥에 마늘거품 소스를 곁들인 오크라 카레
사슈티카 쌀밥에 고수거품 소스를 곁들인 치킨 카레
니바라 쌀밥에 박하거품 소스를 곁들인 상어 카레
아이스 사프란-아몬드 에스푸마와 사프란수술 젤리
카르다몸-계피-기이로 만든 매콤달콤한 스페리코
이집트콩-생강-후추로 만든 시럽을 입힌 여근 모양 쿠키
아스파라거스와 기이로 만든 남근 모양 젤리
감초-꿀-기이 아이스바

카레잎-계피-야자유 에센스를 친 미니 차파티

밀가루 65g
미지근한 물 40ml
기이 1 찻술

되도록 손을 써서 밀가루와 물을 섞어 말랑말랑한 반죽을 만
든 후 약 8분간 치댄다. 반죽을 1시간 동안 면포로 덮어둔다. 손
에 밀가루를 묻히고 반죽을 떼어서 아기주먹만 한 크기의 공모
양을 만든다. 작업도마에 밀가루를 약간 뿌리고 동그란 반죽
을 납작하게 누른 다음 밀대로 얇게 민다. 식탁에 내기 직전에
뜨겁게 달군 마른 무쇠 팬에 양쪽을 노릇노릇하게 굽는다.

카레잎-계피-야자유 에센스

야자유 100g
신선한 카레잎 9장
막대계피 1개, 돌절구에 거칠게 빻는다

모든 재료를 회전 증류기에 넣고 55도에서 1시간 동안 돌린다.
위쪽 플라스크에서 모아진 증류액 또는 아래쪽 플라스크에 모
아진 농축액을 에센스로 사용한다. 마라반은 두 가지를 혼합
했다. 피펫으로 에센스를 취해서 차파티에 떨군다.

두 가지 식감의 검정녹두-렌즈콩 꽈배기

렌즈콩 200g
우유 150ml
요거트 50g
얼음설탕 70g
우뭇가사리 2g

설탕을 가미한 우유에 렌즈콩을 넣고 최소한 6시간 담가두었다가 곱게 간다. 렌즈콩 간 것을 절반만 베이킹매트 위에 펴바른 다음 띠모양으로 길게 잘라서 오븐에 넣고 50도에서 말린다. 아직 따뜻할 때 매트에서 떼어내 원하는 모양으로 말아서 건조시킨다.

남겨둔 절반의 반죽에 우뭇가사리를 넣고 섞어서 90도의 열을 가한다. 여기에 요거트를 넣고 저어서 섞은 다음 마찬가지로 베이킹매트에 얇게 펴발라 차게 식혀 띠모양으로 자른다. 건조시켜둔 것과 묶어서 꽈배기 모양을 만들어 서빙한다.

살리 쌀밥에 마늘거품 소스를 곁들인 오크라 카레

연한 오크라 10개
풋고추 2개, 곱게 다진다
중간 크기 양파 1개, 곱게 다진다
호로파 ¼찻술
고춧가루 ½찻술
소금 ½찻술

신선한 카레잎 5-8장
물 50ml
야자우유 진한 것 50ml

오크라를 씻어서 물기가 마르도록 두거나 키친타월로 닦아서 3센티미터 크기로 자른다. 오크라, 고추, 양파를 다른 양념들과 함께 냄비에 넣고 잘 섞은 다음, 물을 붓고 국물이 없어질 때까지 끓인다. 계속 저어가며 야자우유를 붓는다. 3분간 더 끓인 다음, 낮은 불에서 졸인다.

살리 쌀밥
살리 쌀 1컵
물 2컵
소금

냄비에 쌀을 약간 볶다가 물을 붓고 뚜껑을 덮은 다음 오븐에 넣고 160도에서 20분간 익힌다. 밥알이 들러붙지 않도록, 오븐에서 꺼내자마자 나무주걱으로 뒤적여준다. 모양틀에 담아 따뜻하게 둔다. 음식을 낼 때 틀을 접시에 엎어 빼내고 밥 위에 카레를 얹는다.

마늘거품
기름기를 잘 제거한 닭고기 육수 200ml
마늘 1쪽
레몬즙 약간
콩레시틴 2g

육수를 다른 재료와 함께 믹서기로 곱게 갈아서 체에 거른다. 콩레시틴을 넣어서 간을 맞춘 다음 핸드 블렌더로 돌린다. 튀어 나가는 것을 막기 위해서 큰 그릇에 투명한 랩을 씌우고 그 속에서 거품을 낸다. 거품이 잔뜩 부풀 때까지 돌리고, 사그라지지 않도록 좀더 돌린다. 구멍이 송송 뚫린 스푼으로 거품만 걷어 얹어낸다.

사슈티카 쌀밥에 고수거품 소스를 곁들인 치킨 카레

영계 200g, 한입 크기로 자른다
고수 씨앗 3½찻술
커민 씨앗 ½찻술
검정후추 ½찻술
말린 홍고추 1개
큰 양파 1개, 다진다
호로파 ¼찻술
울금가루 한 자밤
마늘 6쪽
소금, 입맛대로
물 400ml
타마린드콩 페이스트 ½찻술
신선한 카레잎 6–8장
야자우유 진한 것 1큰술

고수 씨앗, 커민 씨앗, 후추, 고추를 곱게 간다. 닭에 양파, 호로 파, 울금, 마늘, 소금을 넣고 물 300밀리리터를 부어 뚜껑을 덮은 다음 익힌다. 갈아놓은 양념과 타마린드콩 페이스트를 100

밀리리터의 물에 개어 카레잎, 야자우유와 함께 냄비에 붓는다.
한소끔 끓이고 약한 불로 2분간 더 뜸을 들인 후, 냄비를 불에
서 내린다.

사슈티카 쌀밥
　사슈티카 쌀 1컵
　물 3컵
　소금

조리과정은 위의 살리 쌀밥과 같다.

고수거품
　기름기를 잘 제거한 닭고기 육수 200ml
　고수씨앗 20톨
　고수잎 1묶음
　콩레시틴 2g

조리과정은 위의 마늘거품 소스와 같다.

니바라 쌀밥에 박하거품 소스를 곁들인 상어 카레

　상어 스테이크 250g
　야자열매 간 것 200g
　울금가루 ¼찻술
　후춧가루 ½찻술
　커민가루 1찻술
　소금 1찻술

고춧가루 ¼찻술(입맛대로)
야자유 1½큰술
큰 양파 1개, 다진다
말린 홍고추 4개
겨자씨 ½찻술
신선한 카레잎 9–11장

상어를 쪄서 식힌다. 생선살을 가닥가닥 찢어서 야자열매, 울금, 후추, 커민, 소금, 고춧가루(입맛대로)와 잘 버무린다. 프라이팬에 야자유를 두르고 양파가 투명해지도록 익힌다. 여기에 말린 고추, 겨자씨, 카레잎을 넣고 겨자씨가 통통 튈 때까지 볶는다. 양념해둔 상어를 넣고 약한 불에서 모든 재료를 골고루 섞는다.

니바라 쌀밥
나바라 쌀 1컵
물 3컵
소금

조리과정은 위의 살리 쌀밥과 같다.

박하거품 소스
기름기를 잘 제거한 닭고기 육수 200ml
잘 다듬은 박하 1묶음
저지방 우유 약간
콩레시틴 2g

조리과정은 위의 마늘거품 소스와 같다.

아이스 사프란-아몬드 에스푸마와 사프란수술 젤리

사프란 젤리
생수 200ml
얼음설탕 80g, 곱게 간다
사프란 가루 2g
사프란 수술 2g
우뭇가사리 2g
젤라틴 1장, 부드러워지도록 물에 불린 다음 물기를 짠다
기이 40g

물에 얼음설탕을 넣고 데운다. 여기에 사프란 가루를 풀고 우뭇가사리와 섞는다. 한소끔 끓인 후에 젤라틴을 넣는다. 미리 따뜻하게 데워둔 네모난 플라스틱 쟁반에 내용물을 부어서 식힌다. 2센티미터 너비로 길게 자른다. 그 위에 기이를 얇게 바르고 사프란 수술을 골고루 뿌린다. 원통형으로 말아서 에스푸마 옆에 에둘러 장식한다.

에스푸마
생크림 300ml
사프란 가루 3g
아몬드 간 것 140g
달걀 흰자 2순갈
얼음설탕 곱게 간 것 1큰술
소금 2g

생크림을 60도에서 데운 다음, 달걀 흰자를 제외한 모든 재료를 골고루 혼합한다. 혼합물에 달걀 흰자를 첨가해서 0.5리터 짜리 휘핑기에 넣고 가스를 충전한 후 3시간 동안 차게 보관해 둔다. 서빙 직전에 이중유리로 된 진공용기 안에 질소 가스를 넣고 메탈 스푼을 담가 차갑게 만든다. 이 스푼에 에스푸마를 호두 크기만큼 짜서, 액화질소에 넣고 20초 동안 둥글게 굴린다. 사프란 젤리 사이에 담아 즉시 서빙한다.

카르다몸-계피-기이로 만든 매콤달콤한 스페리코

양념
  야자열매액 200ml
  기이 40g
  벵갈후추 2알
  카르다몸 씨앗 1깍지
  계피가루 약간
  종려당 40g
  크산텐 0.5g
  젖산칼슘 2g

양념들을 기이와 함께 절구로 빻아서 곱고 되직한 반죽으로 만든다. 반죽을 따뜻하게 데운 다음 체에 걸러서 야자열매액을 부으며 질감제를 넣고 섞는다. 기포가 빠져나갈 때까지 두었다가 사용하기 전에 살짝 데운다.

간수에 스페리코 만들기

    생수 500ml

    알긴산 2.5g

    두 재료를 미리 혼합해둔다

반구형의 스푼으로 스페리코 양념을 떠서 미리 혼합해둔 간수
에 넣어 동그란 알모양으로 빚는다. 따끈하게 데운 기이를 작
은 일회용 주사기로 빨아들인 다음 주사기에 주사바늘을 끼운
다. 새알심을 간수 안에 둔 채로 그 속에 기이를 주입한다. 바늘
을 빼자마자 바늘구멍이 메워지도록 새알심을 재빨리 굴려준
다. 3분에서 5분 정도 그대로 간수에 담가둔다. 건져서 맑은 물
에 씻은 다음 랩으로 싸서 60도로 따끈하지 보관한다.

이집트콩-생강-후추로 만든 시럽을 입힌 여근 모양 쿠키

    살리 쌀 50g

    우유 300ml

    이집트 콩가루 2큰술

    기이 1큰술

    종려당 2큰술

    아몬드 다진 것 1큰술

    건포도 1큰술

    대추야자 3개

    생강가루 ½찻술

    검정후추 간 것 ¼찻술

쌀을 우유에 적신 다음 우유를 조금씩 부어가며, 몽글고 촉촉한 반죽이 되도록 절구에 간다. 우유 150밀리리터를 더 붓고 잘 저어준다. 촘촘한 거즈에 걸러서 꼭 짠다. 걸러낸 쌀물에 나머지 우유 50밀리리터를 붓는다. 기이에 이집트 콩가루를 넣어서 볶다가 설탕을 넣고 완전히 녹아 액상이 될 때까지 끓인 다음 약한 불에서 저어가며 끈적끈적해지도록 졸인다. 나머지 재료를 마저 넣고 약한 불에서 2, 3분간 더 저어준다. 익힌 재료를 베이킹매트에 펴바른 다음 식힌다. 같은 크기로 잘라서 여근 모양으로 빚은 다음 시럽을 입힌다. 오븐에 넣고 60도에서 건조시킨다.

시럽 입히기
　가루설탕 100g
　석류 시럽 1큰술
　시럽 재료들을 섞어서 쿠키에 입힌 다음,
　은은한 광택이 나도록 건조시킨다.

아스파라거스와 기이로 만든 남근 모양 젤리

(신선한 아스파라거스로 조리한다. 마라반은 말린 것을 사용했으며, 회전 증류기로 수분의 양을 줄였다.)

　흰색 아스파라거스 200g, 껍질을 벗긴다.
　설탕 1큰술
　소금 약간
　우뭇가사리 4g

엽록소 1g
카르다몸 씨앗 4톨, 곱게 빻는다.
기이 100g

찬물에 아스파라거스를 넣고 뚜껑을 덮고 삶는다. 카르다몸을 첨가해서 아스파라거스가 물러질 때까지 우려낸다. 내용물을 믹서기로 곱게 갈아서 체에 거른다. 그중 4큰술을 덜어내서 엽록소와 혼합하여 따로 둔다. 나머지에 우뭇가사리 3그램을 섞어서 한소끔 끓이고 젤라틴을 첨가한다. 납작한 틀에 붓고 모양을 잡을 수 있을 때까지 식힌다. 기다랗게 여러 줄로 썰어서 유산지로 말아 차게 둔다. 굳으면 유산지를 벗기고 소시지 모양의 것을 10센티미터 길이로 자른다. 따로 남겨둔 아스파라거스 반죽에 나머지 우뭇가사리 1그램을 넣고 한소끔 끓인다. 여기에 앞서 만들어놓은 아스파라거스 젤리의 한쪽 끝이 초록색으로 뭉툭해질 때까지 2센티미터 정도의 깊이로 담금질한다. 차게 식힌다. 초록색 부분이 아스파라거스의 대가리처럼 보이게끔 작은 가위로 다듬어도 좋다. 따뜻하게 데운 카르다몸-고춧가루-기이 소스가 담긴 작은 종지를 곁들여 서빙한다.

감초-꿀-기이 아이스바

물 100g
감초 페이스트 20g
꿀 30g
기이 30g
크산텐 0.5g
피스타치오 40g, 얇은 편으로 썬 것.

뜨거운 물에 꿀과 감초 페이스트를 넣고 섞는다. 따끈한 상태의 반죽에 크산텐을 혼합하고 기이를 넣어 골고루 젓는다. 유산지를 깐 철판 위에 나선형으로 반죽을 부어 높이 쌓고 나무 꼬챙이를 꽂는다. 마지막으로 피스타치오를 뿌려 냉동시킨다. 필요할 때 꺼내서 접시에 낸다.

시식 메뉴

계피와 카레로 만든 캐비어를 얹은 차파티
자바욘 소스를 곁들인 울금에 잰 새끼도미요리
아이스 망고카레-에스푸마
말린 살구 퓌레를 깔고 양고기 진육수를 친 어린 양고기 커틀릿
토마토-버터-파프리카-젤리를 깐 너도밤나무 훈제 탄두리 치킨
망고 거품을 곁들인 아이스크림

카레잎-계피-야자유로 만든 캐비어를 얹은 미니 차파티

(회전 증류기를 사용하지 않고 만드는 법)

생수 40ml
신선한 카레잎 4장
막대계피 1개
설탕 한 자밤
소금 한 자밤
야자열매액 120ml
알긴산 1g
염화칼슘 2g
물 500ml
야자지방 10g

338

생수를 살짝 데워서 카레잎과 계피를 넣고 1시간 동안 우린다. 소금과 설탕을 치고 고운 면포에 걸러서 꼭 짠다. 걸러진 즙이 20밀리리터의 진액이 되도록 졸인다. 야자열매액을 섞고 간을 맞춘 다음, 알긴산을 넣고 핸드 블렌더로 섞어준다. 기포가 다 빠져나갈 때까지 둔다. 염화칼슘을 물에 녹여서 한켠에 둔다. 카레 진액과 야자열매액을 섞은 액을 커다란 주사기에 주입해서 염화칼슘 간수에 방울방울 떨어뜨린다. 최대 1분이 넘지 않게 간수에 담가두었다가 체로 건져서 맑은 물에 헹군다. 물기를 잘 뺀 다음 탱글탱글한 알맹이들이 엉겨붙기 전에 신속하게 상에 올리도록 한다. 따끈한 블리니에 얹어서 그 위에 야자지방을 살짝 바른다.

자바욘 소스를 곁들인 울금에 잰 새끼도미요리

새끼도미살 4포
울금 아주 조금
소금 약간
코코넛 우유 60ml, 묽은 것
레몬 1개, 즙과 과립

포 뜬 생선을 반듯하게 손질해서 그릇에 나란히 놓는다. 나머지 재료들을 믹서기로 갈아서 생선에 끼얹는다. 적어도 6시간 동안 냉장고 안에 재워놓았다가 꺼내서 물기를 닦는다. 폭이 넓은 생선의 대가리쪽부터 돌돌 말아서 나무꼬챙이로 고정한다. 기

름을 살짝 두른 철판에 담아 오븐에 넣고 60도의 열풍에 생선
살이 윤기가 날 정도로 약 12분 내지 15분간 익힌다.

생선 스튜와 카레로 자바욘 소스 만들기
　작은 양파 1개, 네모나게 잘게 썬다
　작은 고추 1개, 씨를 빼고 네모나게 잘게 썬다
　마늘 1쪽, 잘게 다진다
　다진 생강 10g
　야자유 20g
　완숙 토마토 1개
　후추 5알, 빻는다
　정향 2개, 으깬다
　카르다몸 씨앗 1개
　카레잎 4장
　새끼도미를 재웠던 육수
　생선 육수 300ml
　야자유 50ml
　크산텐 1g
　구아 검 1g

야자유(20그램)에 양파를 넣고 다른 양념들과 함께 투명해지도
록 볶는다. 토마토를 4쪽으로 잘라 넣고 약한 불에서 뭉근해지
도록 익히고, 양념이 골고루 밸 때까지 볶아준다. 그 위에 도미
를 재워두었던 육수를 붓고 잠깐 끓인다. 여기에 다시 생선 육

수를 붓고 수분이 300밀리리터가 되도록 중탕기에서 졸인다. 졸인 것을 곱게 체에 내려서 야자유(50밀리리터)와 섞고, 크산텐과 구아 검을 첨가해 핸드 블렌더로 간다. 모든 내용물을 0.5리터짜리 휘핑기에 넣고 가스를 충전한 다음, 60도 온도의 중탕기에 넣어둔다. 차려진 생선요리 접시에 휘핑기의 자바용 소스를 곁들여 서빙한다.

아이스 망고카레-에스푸마

망고 퓌레 200g
생크림 150g
이집트 콩가루 20g
생강즙 10ml
고춧가루 아주 조금
커민가루 아주 조금
캐슈미어 카레가루 아주 조금
(마라반은 이 양념들을 따로따로 볶은 다음 절구에 찧어 그만의 고유한 카레 양념을 만들었다)

모든 재료를 믹서기에 살짝 갈아 체에 거른 다음 0.5리터들이 휘핑기에 담는다. 휘핑기에 질소 가스를 충전한 다음 차게 놓아둔다. 서빙 시에는 미리 질소에 담가 차게 해둔 메탈 스푼에 내용물을 짠 다음 최대 20초 동안 질소에 넣는다. 곧바로 상에 낸다.

말린 살구 퓌레를 깔고 양고기 진육수를 친 어린 양고기 커틀릿

양고기 커틀릿 2토막
양고기 육수 200ml
양파 2개, 네모나게 잘게 썬다
생강 20g, 네모나게 잘게 썬다
마늘 2쪽, 곱게 다진다
막대계피 2개
작은 풋고추 1개, 으깬다
커민 약간
기이 1큰술

기이에 양파를 넣고 데치다가 양념류를 넣그, 기이가 녹아서 향을 낼 때까지 살짝 볶는다. 양고기 육수를 부은 다음 중탕기에 넣고 국물이 절반이 되도록 줄인다. 육수를 고운 체에 걸러 양고기 커틀릿과 함께 진공봉지에 담는다. 중탕기에 넣고 65도에서 15분 동안 찐다. 커틀릿을 꺼내서 물기를 뺀 후 프라이팬에 노르스름하게 굽는다.

말린 살구 퓌레

씨를 발라 말린 살구 100g, 유황처리를 하지 않은 것
오렌지 주스 50ml
맑은 포도 식초 1큰술
연한 양파 100g

오렌지 주스와 포도 식초를 혼합한 용액에 말린 살구를 넣어서
불린다. 양파와 함께 가열해서 곱게 뭉그러진 퓌레로 만든다.
접시에 퓌레를 깔고 먹기 좋게 자른 커틀릿을 배열한다. 감자요
리를 곁들이고 졸인 양고기 육수를 약간 끼얹는다.

토마토-버터-파프리카-젤리를 깐 너도밤나무 훈제 탄두리 치킨

> 영계 2마리, 뼈를 발라낸다
> 마늘 1쪽, 간다
> 생강 10g, 잘게 다져 썬다
> 풋고추 1개, 잘게 다져 썬다
> 고수 씨앗 8개, 빻는다
> 혼합 향신료 가람 마살라 약간
> 소금 약간
> 레몬 1개, 즙과 과립
> 요거트 30g

영계를 진공봉지에 담아둔다. 다른 모든 양념재료를 으깨 페이
스트로 만들어서 첨가한다. 봉지를 닫은 다음, 중탕기에 넣고
65도에서 20분간 삶는다. 영계를 꺼내 노릇노릇하게 굽는다.

> 토마토-버터-파프리카 젤리
> 토마토 주스 100ml
> 붉은 파프리카 주스 100ml

기이 20g
우뭇가사리 2g
너도밤나무 훈연톱밥 1찻술

토마토 주스, 파프리카 주스에 기이와 우뭇가사리를 넣고 섞는
다. 한소끔 끓여 사각형 그릇에 붓는다. 2시간 동안 식힌 다음
원하는 크기로 자른다. 오븐에 넣고 90도에서 데운다.
둥근 내열 유리접시에 영계요리를 놓고 젤리를 배치한다. 닭 삶
은 육수를 약간 붓는다. 훈연톱밥을 전기 훈연 필터기에 넣고
불을 붙인 다음, 접시 아래쪽에 연기를 쏘인다. 연기를 쏘이는
시간은 1분이 넘지 않도록 하고, 즉각 상에 올린다.

망고 거품을 곁들인 아이스크림

우유 100ml
생크림 100ml
설탕 40g
라임즙 약간
카르다몸 아주 조금
사프란 1g

우유를 60도로 데우고 설탕을 넣어 녹인다. 라임즙, 카르다몸,
사프란을 넣고 골고루 섞는다. 생크림과 혼합한 다음, 간을 맞
춘다. 두툼한 그릇에 담아 질소와 함께 거품기로 저어서 아이스
크림이 된 즉시 공모양으로 만든다.

망고 거품

    망고 주스 200ml
    라임즙 약간
    콩레시틴 2g
    은박지 4장

모든 재료를 한곳에 넣고 핸드 블렌더로 돌려서 거품을 만든다. 거품이 자리잡을 때까지 좀더 돌려준다. 은박지에 담아서 아이스크림에 곁들여 서빙한다.

참고 문헌

『자프나 지방의 타밀식 레시피(*Recipes of the Jaffna Tamils*)』, 네사 엘리처, 오리엔트 롱햄 프라이빗 Ltd, 하이데라바드, 2003

『생명을 위한 아유르베다 : 영양, 성 에너지 그리고 치료(*Ayurbeda for Life: Nutrition, Sexual Energy and Healing*)』, 뷔노드 베르마, 웨이저 북스, 요크 비치 메임, 1997

『실론 요리(*Ceylon cookery*)』, 찬드라 디사나야케, 펠릭스 프린터스, 콜롬보, 1968(절판)

『카레—인도요리의 핵심(*Currys—Das Herz der indischen Küche*)』, 카멜리아 판자비, 크리스티안 출판사, 뮌헨, 1996

『분자의 기초 : 토대와 조리법(*Molekulare Basics: Grundlagen und Rezepte*)』, 하이코 안토니비츠, 마태스, 슈투트가르트, 2008

『대담하게 요리하기 : 분자 기법과 식감(*Verwegen kochen: Molekulare Techniken und Texturen*)』, 하이코 안토니비츠와 클라우스 달벡, 마태스, 슈투트가르트, 2008

『간식, 미식 예술의 지존(*Fingerfood, Die Krönung der kulinarischen Kunst*)』, 하이코 안토니비츠, 슈투트가르트, 2007

『분자요리(*Die Molekularküche*)』, 토마스 빌기스, 트레 토리, 비스바덴, 2007

『그들 자식들의 고향에서(*In der Heimat ihrer Kinder*)』, 베라 마르쿠스, 오피친, 취리히, 2005(절판)

『전대미문 위기의 연대기(*Chronik einer beispieliosen Krise*)』, DRS4 뉴스(http://www.drs4news.ch)

감사의 말

이 책을 두루 읽으며 조언과 경험을 아낌없이 내주고 오류를 바로잡아주고 조리법에 도움을 주신 하이코 안토니비츠께 감사한다. 타밀 문화 및 타밀의 상황과 관련된 모든 의문에 응답해주신 라단 순타랄링감 님에게도 감사한다. 또한 사악한 의료행위의 특성을 알려준 나의 친구 아라우 주립병원의 한스 란돌프 박사에게 감사한다. 취리히 주정부 경제부 노동경제국의 이레네 쵸프 여사와 칸 아리칸 씨, 취리히 이민국의 베티나 당엘 씨, 취리히 실업급여계의 비트 린츠 씨 그리고 취리히 시경 경찰허가계와 취리히 식품안정청의 형사들께도 감사드린다. 모두들 친절하고 관료적이지 않은 태도로 질문에 답변해주셨다. 연방경제사무국(SECO) 수출통제계 전쟁물자 담당관 지몬 플뤼스 씨의 세밀한 정보에 감사한다. 베라 마르쿠스 여사의 도움과 그분의 책 『그들 자식들의 고향에서』에도 감사하며, 그 저서 안에 전문가적 안목의 원고를 기고한 파울라 랑프랑코니 여사와 다마리스 뤼티 여사에게도 감사드린다. 군대 없는 스위스를 위한 단체 GSoA의 안드레아스 바이벨 씨에게 감사한다. 그분이 알려준 스위스의 무기 수출상황에 대한 자세한 정보들은 참으로 유용했다.

한결같이 전문가다운 열의를 가지고 편안하게 함께 작업한

나의 친구이자 편집자 우어줄라 바움하우어에게 감사한다. 이 책을 집필하는 동안, 소소한 방해를 했던 내 아이들 안나와 안토니오에게도 감사한다(스위스를 떠나서 과테말라와 이비차를 오가며 사는 작가는 그곳 현지에서 두 아이를 입양했는데, 2009년 8월에 가족이 스위스를 방문했을 때, 세 살짜리 아들 안토니오가 점심을 먹다가 질식사하는 불운을 겪었다. 이 책은 저자가 이 비운의 아들에게 바치는 헌정서이기도 하다/역주). 아내 마그리트 나이 주터의 기탄없고, 적확하고, 창의적인 비판에 감사한다. 어려운 와중에도 지원을 아끼지 않은 디오게네스 출판사에 감사드린다.

마르틴 주터

옮긴이의 말

'첨단'이라는 말은 현대인 누구에게나 매혹적이다. 특히나 '자기 앞의 생'을 한참 둔 젊은이들에게는 지겨운 일상을 뛰어넘는 희망의 활력소가 된다. 시대를 주도하는 과학이든 패션이든 주거환경이든, 심지어 섹스까지도 '첨단'은 세인의 두뇌와 오관을 사로잡으며 지구 전체를 도배하고 있다. 그러다보니 음식이라고 뭐가 다르랴. 첨단에 매혹된 이들에게는 '밥'만 먹고 사는 것은 옛날 이야기이다. '분자요리'라는 말을 들어본 적이 있는지?

독일어 문화권에서 문학적 위치를 확고하게 한 베스트셀러 작가 마르틴 주터(스위스 태생)가 이번에는 '첨단 요리'를 소재로 한 이색적인 소설 『욕망을 요리하는 셰프(*Der Koch*)』를 발표하여 주목을 받았다. 일명 "러브 푸드"로 마법 같은 요리세계를 펼쳐보이는 한 요리사의 곡절 많은 인생 이야기이다. 작가는 주인공이 인도와 스리랑카의 민간요법인 아유르베다식 레시피와 최근 미식계의 혁명을 일으키고 있는 분자요리를 조화시켜 만든 음식을 두고 "러브 푸드"라고 이름 붙였다
속도에 쫓기는 현대인의 먹거리를 '패스트푸드'가 커버하고 있는 오늘날, 새삼스럽게 "러브 푸드"라니?
이 말과 함께 옮긴이에게 맨 먼저 떠오른 것은 "사랑은 위장

을 타고 흐른다"는 독일 속담과 아울러, 바닥 깊은 후진 부엌에서 갖은 양념을 넣어 조물조물 나물을 무치시던 내 어머니의 모습이었다. 하지만 책을 덮을 때까지, 이 현대판 "러브 푸드"가 옮긴이의 머릿속에 박힌 고전적 그림과는 영 핀트가 맞지 않아 못내 답답했다.

그렇다면 현란한 첨단 요리와 섹스 치료, 그리고 2008년과 2009년의 복잡다단한 현대사의 얼개 속에 작가가 담고자 한 궁극적인 메시지는 무엇일까?

작가 마르틴 주터는 역시나 단순히 첨단을 예찬하는 것이 아니었다. 첨단의 화려한 무대 한 끝에 매달려 살아남으려고 발버둥치는 주인공 마라반을 통해서, 그 생존의 뒤안에서 수천 년의 역사가 흘렀어도 똑같은 미망(迷妄)을 되풀이하는 인간의 한계, 세계사의 근원적이고 만성적인 문제점을 들춰내려고 한 것이다.

"러브 푸드"의 예술가 마라반은 타밀계 스리랑카인이다. 스리랑카는 세계사의 한 귀퉁이에서 28년간(1983-2009) 처절하게 통곡하다가 작년 5월에야 눈물을 거둔 나라로, 옮긴이에게는 실론이라는 국명으로 더 친숙했다. 때로는 따뜻하게 때로는 시원하게, 자판기 음료의 이름 속에서 일상의 목마름을 해갈해주는 휴식과 같은 이름—그 속에 인간의 피와 눈물과 고난의 시간이 얼룩져 있다니. 우선 이 책을 통해서 옮긴이는 참으로 무지의 소치를 깨닫는 한편, 관심권 밖에 존재하는 지구 일각의 역사를 들여다보게 되었다.

전쟁으로 넌더리쳐지는 고향을 떠나 마라반이 선택한 망명지는 스위스—전쟁과는 무관할 것 같은 이 중립국은 과연 주인공에게 안식을 주게 될까?

작가는 우선 고향에 남은 가족의 연명을 위해서 자신이 타고난 문화적, 종교적 관습을 거스를 수밖에 없는 주인공의 처지를 그린다. 어쩔 수 없이, 타인의 '성 에너지'를 되살려주는 "섹스 요리사"가 된 마라반—그의 마법 같은 요리를 향유하는 대상은 대체로 그와는 너무나 동떨어진 세계의 특권층이다. 야비한 수법으로 라이벌 기업을 손아귀에 넣는 장사꾼, 철통같은 보안 속에서 섹스 요리를 즐기는 수수께끼 권력층, 젊은 여자와 외도를 일삼는 늙은 졸부, 그 가운데 지구상의 전쟁에 기름을 붓는 일로 장사판을 벌이는 무기 밀매단이 등장한다. 그리고 하필이면 그들이 마라반의 조국에 연계된 사실이 이 소설을 극적으로 만든다. 그것도 영세중립을 내건 스위스 땅에서.

그 실상을 알고 난 가엾은 일개 망명 신청자 마라반이 할 수 있는 일은 과연 무엇일까? 이는 촌보도 발전하지 않은 역사의 아이러니의 재판이 아닐까? 아무도 오늘날 '노예'가 있다고 말하지는 않지만, 사실은 이 작품에 소개된 요리법대로 이'어쳐구 니없는 현실은 '시럽을 입힌' 채 반복되고 있는 것이 아닐까? 일찍이 마르크스가 지적한 말처럼, "대중은 자신이 하는 일이 무엇인지 모른 채"로, 또한 세계를 주도하는 자들 역시 그들이 하는 일이 무엇인지 모른 채로?

작가는 그 어느 편도 들지 않고, 그 어떤 해석도 붙이지 않았다. 마치 레스토랑에서 다양하게 제공되는 코스를 고객이 구미에 맞는 대로 취하여 각자 나름대로 소화하기를 기대하는 것처럼……

이 책을 번역하면서 해결되지 않은 부분이 역자들에게는 무수히 많았다. 우선 인도-타밀계 요리나, '서프라이즈'를 내세우는 '첨단 분자요리'에 무지한 탓이다. 아울러 실제 그런 요리에 쓰이고 있는 주방의 첨단 가전제품이나 식재료의 명칭이 우리에게 익숙지 않고 우리 생활에 정착되지 않은 점도 있다.

옮긴이의 선에서 이 모든 의문을 풀지 못한 채로 책을 소개하게 되어 유감이다. 미비한 점은 독자들이 풀어나가기를, 그 과정에서 작가가 의도한 주제에 어떤 면에서든 접근하게 되기를 기대한다.

2010년
역자